T0270202

Proyecto Overmind

Daniel Sánchez Cantero

Proyecto Overmind

Papel certificado por el Forest Stewardship Council®

MIXTO
Papel | Apoyando la
silvicultura responsable
FSC® C117695

Penguin
Random House
Grupo Editorial

Primera edición: julio de 2024

© 2024, Daniel Sánchez Cantero
© 2024, Penguin Random House Grupo Editorial, S. A. U.
Travessera de Gràcia, 47-49. 08021 Barcelona

Printed in Spain – Impreso en España

ISBN: 978-84-19835-22-2
Depósito legal: B-9256-2024

Compuesto en Mirakel Studio, S. L. U.

Impreso en Liberdúplex,
Sant Llorenç d'Hortons (Barcelona)

SL35222

A mi pequeña Vega,
a la que llevo esperando toda mi vida
y que ya habrá nacido cuando se impriman estas letras.
Bienvenida al mundo, hija

Licencias literarias

El espíritu humano debe prevalecer sobre
la tecnología.

ALBERT EINSTEIN

La mejor manera de predecir el futuro es
inventarlo.

ALAN KAY

Prólogo

Nora Baker no había sentido tanto miedo en toda su vida. Su corazón latía con fuerza mientras los pies descalzos se le hundían en el barro a cada paso. El aroma de la tierra mojada impregnaba sus pulmones, agotados por el esfuerzo. No tenía ni idea de cuánto tiempo llevaba corriendo; lo único que sabía era que no se detendría hasta encontrar ayuda. La supervivencia era la única razón que espoleaba sus piernas.

La espesura de aquella selva era tan densa que las ramas laceraban su cara y su cuerpo sin apenas detener su rápido avance. Había visto más que suficiente para saber que lo que acechaba tras sus pasos era mil veces peor que aquellas heridas. La luz de la luna apenas lograba traspasar las copas de los árboles, que se erguían gigantescos a más de veinte metros sobre su cabeza. La oscuridad tampoco la frenaba. Solo percibía el sonido de las ramas meciéndose tras sus embestidas.

De repente, el aullido de un mono la detuvo en seco. Buscó entre las sombras presa del pánico. A juzgar por el potente rugido, hubiera jurado que provenía de un simio. Al cabo de un segundo, algo se movió a pocos metros y Nora distinguió un pequeño mono aullador que saltaba de un árbol a otro. Recordó que su aullido ronco podía escucharse a más de cinco kilómetros. Aprovechó el momento para concentrarse en los sonidos a su alrededor. Salvo por los chirridos de los insectos y el balanceo de las plantas producido por la suave brisa, el silencio era ensordecedor.

Su mirada descendió lentamente hacia la ropa que llevaba puesta. Un grito quiso brotar de su interior al ver su vestido empapado de sangre. Lo retuvo en su garganta, aterrada. Sin embargo, no pudo contener las lágrimas que rodaron por sus mejillas. El olor metálico inundó sus fosas nasales, hundiéndola aún más en la vorágine de emociones que la abrumaban. Todavía estaba en shock por lo ocurrido; no quería pensar en toda aquella sangre ni en quién la había derramado. Las últimas horas habían sido un infierno y, a juzgar por el ritmo de su perseguidor, no tardaría en revivirlo.

El sonido de una rama al partirse la sacó de su ensimismamiento. Su cerebro procesó rápidamente la señal auditiva y envió de inmediato la orden a su sistema nervioso central: hora de ponerse en marcha. Echó a correr como alma que lleva el diablo. Había perdido su ventaja. Alguien la seguía de cerca, a grandes zancadas. Casi podía oír su respiración acelerada a escasos metros detrás de ella. Se sintió derrotada. Sabía que no era rival. Ninguno de los hombres lo había sido. Estaban todos muertos y ahora había llegado su turno.

Agarró con fuerza el medallón que llevaba colgado del cuello. Aquel objeto representaba todo su mundo. La aferraba a la vida y se convertía en el estímulo necesario para revitalizar sus fatigadas piernas. Era algo por lo que merecía la pena seguir viviendo. Al menos un poco más, hasta que consiguiera su objetivo. Sin embargo, las ondas sonoras que vibraron en su tímpano no trajeron buenas noticias. Los ruidos de pisadas amortiguadas indicaban que su perseguidor estaba cada vez más cerca.

Después de todo lo que había pasado, iba a morir en mitad de la selva. Nadie escucharía sus gritos de socorro. La enterrarían en aquella tierra húmeda y acabaría siendo devorada por un puma. Nadie se preguntaría qué fue de ella, llevaba más de dos años desaparecida. El nombre de Nora Baker se perdería, junto con el gran secreto que pendía del cuello.

Poco a poco notó que la espesura de la selva disminuía; los árboles crecían más separados, las ramas ya no golpeaban su rostro y la claridad de la luna y las estrellas conseguía traspasar las copas y llegar hasta el suelo. Se atrevió a mirar atrás, un solo segundo. A cierta distancia pudo distinguir la oscura sombra de la muerte que la perseguía para silenciarla.

De repente, cuando volvió la vista al frente ya era tarde. Una luz blanca cegadora la obligó a cubrirse con el codo. Un instante después, el sonido de unas ruedas que derrapaban en la tierra y un golpe seco.

Todo se fundió a negro.

1

Una llamada

La noche había ido bien, muy bien. Dos margaritas sobre la encimera, un poco de jazz saliendo de los altavoces, la luz cálida en el ambiente y sus manos en la masa; por el momento, la de la pizza casera que estaban cocinando.

Miró de reojo a la chica que acababa de conocer. Cortaba unos tomates de espaldas a él. Se había quitado los vaqueros y enfundado unos pantalones cortos de pijama cuya tela era tan fina que Miller tuvo que apartar la vista para no prender el horno antes de contar con todos los ingredientes.

Se concentró en la casa.

Demasiado minimalista para su gusto. El único detalle que llamó su atención fue un violín, que descansaba sobre un taburete al otro lado de la estancia.

—No te pega ser una virtuosa del violín.

Ella se giró para mirarlo. Las facciones de su rostro eran suaves, sin embargo, había algo duro en la expresión de sus ojos.

—¿Y qué se supone que me pega?

Miller se encogió de hombros.

—No lo sé...

Ella frunció el ceño expectante.

—¿El boxeo? —aventuró Miller—. Tienes pinta de que podrías meterme una paliza si quisieras.

—Puedes apostar a que te la daría.

Él rio ante la ocurrencia; ella apenas sonrió.

Se quedaron en silencio unos segundos.

—Aprendí de pequeña —dijo de repente señalando el violín con la cabeza—. Mi padre quiso que me formara.

—¿Es músico?

—No —contestó ella, escueta.

Miller no se dejó amedrentar por la respuesta cortante. Contaba con un amplio abanico de recursos para romper corazas gracias a su experiencia en interrogatorios.

—Mi madre toca el piano. —Los ojos de la chica ascendieron de nuevo hasta encontrarse con los suyos—. No es Stevie Wonder, pero tiene sus fans y toca en algunos hoteles.

—Nunca he actuado para otros.

—Deberías hacerlo. Mi madre dice que no hay nada mejor que el sonido de un caluroso aplauso —dijo Miller acercándose—. Y ella no puede ver, pero su oído es extraordinario.

Percibió que una pregunta se desvanecía en los labios de su acompañante.

—Es ciega de nacimiento —añadió.

—No, si yo no iba a...

—Lo sé. —Sonrió él—. ¿Están los tomates?

La chica estiró el brazo y sus manos se tocaron un instante. El estadounidense notó la electricidad entre ellos y supo que ella también la había sentido.

—No se me da bien la gente —explicó ella.

—Conmigo se te está dando bastante bien —bromeó Miller.

Ella lo observó sin abrir la boca durante unos segundos. La manera en que lo miraba incomodó incluso a Miller, que no se sentía incómodo ni en la boda de una ex.

—Anda, ven aquí a ayudarme con esto —pidió él.

Había conocido a Valentina Vargas hacía dos horas escasas en un bar cerca de allí. Ni siquiera había sido consciente de que le gustara, la chica se había mostrado poco expresiva. Pero justo cuando estaba a punto de despedirse, ella le había sorprendido invitándolo a su casa. Ahora solo faltaba rematar la faena.

Miller le sonrió mientras ella se acercaba y le dejó espacio para que se colocara delante de él. Valentina pegó su cuerpo contra el suyo y sus manos se encontraron entre la harina. Ella levantó la cabeza para mirarlo. Miller admiró aquella expresión dura que sobresalía sobre las facciones delicadas. Sus labios se rozaron con ternura mientras sus manos descubrían sus cuerpos. Él la cogió de la cintura y la aupó para sentarla sobre la encimera. Ella tiró hacia arriba de su camiseta. Sus ojos se posaron sobre su torso definido, repleto de tatuajes.

Valentina se detuvo.

—¿Qué te pasó? —preguntó deslizando su dedo por la cicatriz del hombro, como si le fascinara.

—Un accidente —contestó Miller buscando los labios de Valentina con deseo. Pero ella se echó hacia atrás intrigada.

—¿Qué son estos tatuajes?

—¿Cuál de ellos? —preguntó divertido.

Buscó su cuello con los labios, pero ella lo apartó de nuevo.

—Este —dijo señalando su pecho, donde una descomunal loba daba de mamar a dos niños—. Qué tatuaje más curioso.

—Es Luperca. —Miller aceptó que no tendría sexo hasta satisfacer la curiosidad de la chica—. Y los niños son Rómulo y Remo. ¿Te dice algo?

—Suena a romanos —contestó Valentina encogiéndose de hombros.

—Son los fundadores de Roma —asintió Miller—, y la leyenda cuenta que fueron amamantados por una loba que los salvó de morir.

Los labios de Valentina dibujaron una sonrisa por primera vez.

—¿Y con el acento de gringo que paseas qué haces tú con un tatuaje como ese?

—Me llaman Lobo —contestó él acercándose de nuevo, travieso.

—Ah, ¿sí? —Valentina lo atrajo hacia ella—. Tendrás que hacer honor a tu nombre, Lobo.

Se devoraron con prisa colmando sus ansias, sus lenguas bailaban al son de sus deseos. Las piernas de ella rodeaban la cintura de él, incapaces de despegarse. Ella arrojó su sudadera sobre los restos de lo que iba a ser una ensalada caprese. Miller hizo lo propio con el pantalón del pijama. Su lengua recorrió sus firmes pechos hasta llegar a sus oscuros y pequeños pezones, donde se detuvo. Ella gimió mientras él seguía su andadura hacia el bajo vientre. En el momento en que su cabeza se perdió entre las piernas de la joven, un teléfono comenzó a sonar en la mesa del salón.

—¡Joder! —maldijo Valentina.

Miller se asomó entre los muslos.

—No es ese el quejido que esperaba —contestó él en tono irónico.

Ella le acarició suavemente la barba, sonriéndole.

—Tengo que contestar. Será una urgencia del trabajo.

Se apresuró a bajarse de la encimera mientras Miller la miraba frustrado.

—¡¿A estas horas!? Desde luego no está pagado el trabajo de inspectora...

—¿Y el de un cocinero? —preguntó ella mientras se vestía a toda prisa.

—Al menos no tengo que salir corriendo a preparar unos espaguetis carbonara. —Se dejó caer derrotado en el sofá.

—Vuelvo enseguida.

Valentina descolgó el teléfono.

—Inspectora Vargas, dígame. —Fue lo último que la oyó decir antes de que se retirara a su habitación para hablar en privado.

Miller la siguió con la mirada hasta que la puerta se cerró tras ella.

Suspiró contrariado.

Aunque en un primer momento ligársela no formaba parte del plan, llegados a este punto iba a necesitar un par de duchas frías para recuperarse del calentón. O quizá...

Extrajo el móvil del bolsillo y abrió Instagram. Envió un par de mensajes privados a mujeres a las que casi doblaba la edad. Si no tenía suerte con la inspectora Vargas, quizá podía aprovechar para intimar con alguna veinteañera. Justo cuando estaba a punto de bloquear el teléfono y guardarlo, entró un nuevo mensaje. Al ver el nombre del contacto se apresuró a leerlo:

Dr. Hooker:

Miller, ¿ya está en México? Diríjase
inmediatamente
al laboratorio. El Proyecto Overmind
está en peligro.
Lo necesito. YA.

El estadounidense se apresuró a contestar con un «OK, de camino».

Se incorporó de un salto y buscó su ropa. Al recorrer la estancia se encontró con su propio reflejo.

«Mi piel escupe quién soy», pensó admirando su torso lleno de marcas.

Se puso la camiseta y los zapatos a toda prisa. Cuando se dio la vuelta, la inspectora Valentina Vargas estaba de vuelta en el salón, sosteniendo su cazadora.

—Iba a decir que tienes que irte, pero parece que ya te has dado cuenta tú solito —dijo ella tendiéndole la chaqueta.

—Soy un tipo atento, nena. Sé identificar cuándo no se requieren mis servicios —contestó Miller guiñándole un ojo.

—Quizá pueda requerir esos servicios mañana por la noche. —Valentina fue deslizando la mano hacia abajo, jugueteando con la camiseta hasta llegar a la entrepierna.

El estadounidense se apartó con delicadeza.

—Tendrás que ganártelo, guapa. A William Miller no se lo deja tirado. —Caminó hasta la puerta y, justo antes de salir, se dio la vuelta y preguntó—: Por cierto, ¿qué ha pasado?

Valentina moldeó el silencio a su antojo, disfrutando de la impaciencia de Miller. Se mordió el labio mientras se apartaba un mechón de pelo, negro como el carbón.

—Si te portas bien, mañana igual te lo cuento. Aunque no son historias bonitas para los oídos de un cocinero.

—No te preocupes, soy de oído sucio. Estoy acostumbrado a las guarradas.

Ella sonrió de nuevo ante la ocurrencia.

Él salió de la casa con gesto serio.

2

Un crimen

Valentina conducía a toda velocidad su destartalada camioneta Ford por las calles de El Cruce. Los limpiaparabrisas apenas eran capaces de retirar el agua del cristal y las ruedas patinaban en aquel asfalto plagado de baches que ningún político estaba dispuesto a reparar. Su padre le insistía en que debía cambiar la camioneta, incluso se había ofrecido a comprarle una nueva, pero Valentina no quería ni oír hablar de eso; bastantes cuchicheos y murmullos de compañeros había tenido que aguantar por ser hija de quien era, como para encima aparecer con un coche último modelo en las investigaciones.

Por suerte, los tentáculos de su padre se encontraban muy lejos de allí, y eso había influido en la elección de Chiapas como destino. Otro motivo había sido luchar contra el cártel de Los Tucanes, que campaba a sus anchas en la frontera con Guatemala. De los miles de kilogramos de cocaína que entraban en México a través de su vecino del sur, solo conseguían incautar unas pocas decenas. La enorme diferencia en efectivos y tecnología punta entre ambos bandos era un factor determinante, los narcotraficantes se les escurrían de los dedos minutos antes de que llegaran.

La llamada que había recibido aquella noche tenía algo diferente. Normalmente preparaban una operación y eran los propios policías los que se desplazaban a las poblaciones fronterizas. En esta ocasión, los asesinatos habían llegado hasta El Cruce, algo inusual. Los terratenientes del cártel vivían en las inmediaciones de la ciudad, pero no operaban cerca de sus familias. Sin embargo, tenían seis cadáveres en medio de la jungla, a menos de quince kilómetros de la localidad.

Valentina pisó el acelerador a fondo y se adentró en la espesura de la selva Lacandona. Árboles inmensos flanqueaban el camino. Observó que la señal de GPS de su compañero, Sebastián Cruz, ya aparecía en el mapa, a un kilómetro y medio.

«¿Qué habrá pasado?».

Para una vez que se llevaba a un tío a casa… Hacía meses que no tenía sexo, y no por falta de candidatos… Cada noche que salía a tomar algo tenía que quitarse a los moscones de encima. Una vez, un borracho se puso tan pesado que Valentina le partió el taco de billar en la cara, rompiéndole la nariz. Ella misma tiró la denuncia del paisano a la papelera.

No le resultaba fácil conocer gente. El Cruce era una ciudad pequeña, y ella, inspectora, y todo el mundo conocía a su padre… Sin embargo, con William había sido diferente. No era el típico plasta insistente, no conocía a su familia porque era extranjero y, además, estaba buenísimo.

«Pero qué demonios…».

Frenó en seco su camioneta, sorprendida por la imagen que tenía ante sus ojos.

Su compañero, Sebastián, salió a su encuentro con aquella sonrisa amable tan característica en él, emergiendo del circo que habían montado en medio del camino.

Valentina bajó del vehículo y notó de inmediato las gotas de lluvia golpeando sus mejillas.

—¿Vienes a fabricar una cabaña en medio de la selva? —preguntó su compañero.

Sebastián señaló el lateral del coche con la mirada. Sobre la pintura roja, carcomida por el sol, destacaba un rótulo de Construcciones Vargas con un número de teléfono debajo. Valentina apenas reaccionó ante la ocurrencia de su compañero. Una de las razones por las que no quería desprenderse de aquella furgoneta era porque había pertenecido a su padre, en otra época, cuando era un pequeño emprendedor de una empresa de reformas y su hija era todo su mundo. Solía llevarla a ver los partidos de los Bravos de Juárez, y al salir del estadio, pasaban por una coqueta heladería cercana que tenía los mejores helados de la ciudad. Eran una familia común que hacía planes de gente normal. Pero Valentina creció y la carrera de su padre también, cada vez se veían menos y él no paraba por casa, sus prioridades eran otras. Todo cambió definitivamente a raíz de lo que sucedió con su novio. Hay hechos capaces de minar la relación más fuerte, incluso la de una hija con un padre. Valentina se marchó a Ciudad de México para prepararse las pruebas de acceso a la Guardia Nacional y, a partir de ahí, el vínculo entre ellos se redujo a una llamada telefónica una vez cada dos semanas.

—¿Me vas a contar qué es todo esto? —preguntó la inspectora.

Echaron a andar hacia la carpa. Valentina nunca había visto semejante operativo, ni siquiera en la televisión. Se parecía a un escenario del crimen de las series policiales estadounidenses que tanto le gustaban. No sabía precisar la cantidad de uniformes distintos que había: policía local, científica, guardabosques, bomberos, DEA, FBI...

—Sebas, el puto FBI —susurró entre dientes Valentina, que apenas podía contener la emoción.

—Mantén la calma, que aquí mandamos nosotros.

Valentina enderezó su postura como si fuera de la realeza. Se arrepintió al instante de no haberse enfundado el uniforme de la Guardia Nacional. Solían llevarlo en las redadas y los registros, pero aquello era un escenario de homicidio en la selva, en mitad de la noche. Esperaba encontrarse con su compañero, algún policía local, alguien de la Oficina del Fiscal y la forense. Nunca hubiera imaginado aquella exhibición de cuerpos de seguridad. Miró hacia abajo; al menos iba decente: camisa limpia, vaqueros oscuros y cazadora North Face.

Se acercaron a la doctora forense, que conversaba con los bomberos y un policía local sobre la mejor manera de transportar los cuerpos desde el interior de la selva. Detrás de la doctora, sobre camillas metálicas, había tres cadáveres tapados con sábanas.

Valentina se giró hacia Sebastián.

—¿Puedo acercarme?

Su compañero ya estaba inmerso en la conversación con el grupo, así que Valentina, movida por la curiosidad, se acercó al primero de los cuerpos y retiró la tela que lo cubría. La sorpresa fue mayúscula al observar el rostro del muerto, de mandíbula cuadrada, tez blanca y ojos claros. Una cicatriz enorme cruzaba su mejilla derecha y proseguía hasta la ceja, seccionándola en dos mitades. En su pecho, un corte más reciente justo a la altura del corazón, el que le había causado la muerte.

«¿Qué hacía aquí un hombre que parece sacado de la guerra chechena?».

Se apresuró a destapar los otros dos cuerpos. Ninguno era mexicano.

—¿Qué opinas? —Su compañero apareció por detrás y le hizo dar un pequeño brinco.

—Esto no es un asunto de drogas, Sebas. Mira esta gente: o el cártel ha empezado a trabajar con matones de Europa del Este, o aquí está pasando algo muy gordo.

—Sí, eso mismo hemos pensado nosotros, y más teniendo en cuenta que…

—Entonces ¿qué hace aquí la DEA y el FBI? —interrumpió Valentina.

Sebastián bufó desesperado.

—Ya sabes que ellos están en todo. Y no sé cómo lo hacen, pero siempre aparecen los primeros. Además… —Sebastián vaciló.

—¿Qué?

El agente dirigió la mirada hasta el cuerpo más alejado.

—Aquel tipo era estadounidense.

—¿Llevaba documentación encima? —inquirió Valentina.

El agente de la Guardia Nacional negó con la cabeza.

—No, ninguno de los seis llevaba pasaporte ni cartera. Pero ese hombre tenía una foto con su familia y el FBI ha identificado la urbanización donde se ha tomado la instantánea.

Valentina arqueó las cejas impresionada.

—¿Dónde están los otros tres? ¿Siguen en la selva?

—Sí, dos hombres y una mujer. Están planeando cómo extraerlos; la zona es complicada.

Valentina se giró a tiempo para ver cómo los bomberos y el policía local se perdían en la maleza.

—Pero ¿qué hay ahí dentro, un poblado? Tenía entendido que por aquí solo están los lacandones.

—Nada, que yo sepa. Pero, escucha, aún hay más. Una mujer. De momento es la única «sospechosa» o, al menos, testigo de los homicidios. La encontraron con el vestido lleno de sangre.

Valentina lo observó pensativa, como si quisiera escudriñar en su cerebro.

—¿Una mujer? ¿Y dónde está ahora?

—Se la acaba de llevar la ambulancia. Había perdido el conocimiento. —Sebastián señaló al otro lado de la carpa—. ¿Ves a aquel hombre de allí? La ha atropellado por accidente al salir de la selva.

Valentina examinó al testigo que estaba siendo interrogado por un agente del FBI.

—¿Has hablado con él?

Sebastián negó con la cabeza.

—¡Vamos, Sebas! Al final los estadounidenses nos quitan el caso.

Echó a andar decidida mientras su compañero la seguía con la lengua fuera y una sonrisa en el rostro.

3

Un testigo

—Buenas noches.

Valentina saludó al agente del FBI, pero el hombre ni siquiera se giró para mirarla; emitió un discreto murmullo que sonó como un «Hello» y continuó apuntando en su libreta.

—¿Puede señalarme el punto exacto donde apareció ella? —preguntó en inglés al testigo.

El conductor del todoterreno señaló un árbol en concreto. Se veía incómodo y, a pesar de que en ese momento había dejado de llover, estaba calado de arriba abajo.

—Agente —llamó Valentina tocando con dificultad el hombro del tipo, que era bastante alto—. Es suficiente. ¿Nos deja un momento a solas con este caballero, por favor?

El agente del FBI fingió no escucharla.

—¿Sabría indicarme a qué velocidad…?

No pudo acabar la frase porque Sebastián le agarró del brazo haciendo que se girara. Volvió a hablarle en su idioma para que entendiera cada palabra:

—Cuando una inspectora de la Guardia Nacional le hace una pregunta, lo suyo sería responderla. Le recuerdo que se encuentra en el estado de Chiapas, el FBI no tiene jurisdicción aquí. La única razón por la que está en el caso es porque nosotros se lo permitimos. ¿Quiere que eso cambie?

La cara del agente del FBI se puso roja como un tomate, las fosas nasales de su prominente nariz se ensancharon, las arrugas del ceño se fruncieron e hizo una mueca con la boca, como si acabara de tragarse un limón, con cáscara incluida. A pesar de su expresión corporal, optó por no hablar. Se marchó sin dirigir la palabra a nadie, ni siquiera al hombre al que estaba interrogando.

—¿Alguien más cree que este *pendejo* me va a poner de *hijo de la chingada* para arriba? —preguntó Sebas riendo.

Valentina sintió un súbito estallido de afecto hacia su compañero. El único apoyo incondicional desde que llegó a la comisaría de El Cruce. El resto de los policías la veían como una intrusa, un topo de Emiliano Vargas, enviada para controlarlos. Por el contrario, Sebas apareció con su sonrisa sincera, su cara redonda y sus ojos de buena persona para cambiarlo todo. Era un hombre íntegro y comprometido con su trabajo, virtudes que no eran fáciles de encontrar, y menos en El Cruce.

Valentina se concentró en el testigo. No era la primera vez que se había cruzado con un miembro de la tribu maya de los lacandones. Solían acudir a la ciudad a recoger a los turistas para llevarlos de acampada a la selva. Los había visto vestidos con su túnica tradicional blanca, aunque a juzgar por los vaqueros y la sudadera del señor que tenía enfrente, imaginó que se trataba más de una argucia publicitaria que de su ropa del día a día. El hombre ostentaba una abundante melena negra azabache recogida en una coleta, otro símbolo de su pueblo.

Valentina reparó en el todoterreno que tenía detrás. Estaba cubierto de barro hasta las ventanas y uno de los faros delanteros lucía roto. La inspectora lo señaló con la mano.

—La mujer salió de repente de la selva, ¿cierto? —dijo acercándose para analizar la sangre alrededor del faro. No había mucha—. ¿Le dio tiempo a verla?

El hombre negó con la cabeza.

—Vi una sombra y, un segundo después, el golpe. Ni siquiera supe lo que había sido hasta que salí del *carro* y la vi.

—¿A qué velocidad iba usted?

—No iba rápido. Por aquí cruzan muchos animales durante la noche, y más en época de lluvias. —El hombre suspiró, apesadumbrado—. Apareció de repente entre los árboles, no me dio tiempo a frenar y, cuando lo hice, las ruedas patinaron en esta tierra fangosa.

—Entiendo, señor…

—Yaxkin, aunque pueden llamarme Diego. Es mi nombre cristiano.

Valentina lo observó perpleja sin saber a qué se refería. Su compañero se apresuró a intervenir.

—Los lacandones suelen tener dos nombres: su nombre maya y el mexicano. En la mayoría de los casos el mexicano se usa de nombre de pila y el maya como apellido —explicó.

Diego Yaxkin asintió en silencio.

—¿Y tú por qué sabes eso? —preguntó Valentina.

—¿Es que no me has visto? —preguntó señalándose el

rostro—. Tengo ascendencia maya, mi abuelo es lacandón —añadió hinchando el pecho con orgullo.

—Sebas…, si no sabrías prender una hoguera ni con cerillas —respondió Valentina.

—Que no te haya hablado de mi infancia no significa que no conozca la selva y sus secretos —respondió su compañero, enigmático—. Y podría hacer un fuego con los ojos cerrados y la leña mojada, bonita.

Valentina lo miró extrañada, un tanto ofendida por que su amigo no le hubiera hablado de su herencia maya, pero también intrigada. Decidió dejarlo correr y centrarse en el interrogatorio. Sacó una libreta del bolsillo trasero de su pantalón y se dirigió al señor Yaxkin de nuevo.

—Diego, ¿sabría decirme en qué parte del cuerpo se golpeó la chica?

—No lo sé, estaba totalmente cubierta de sangre, pero… —Diego dudó.

—Pero ¿qué?

—La sangre en el vestido no parecía ser suya, había partes resecas. Tampoco vi ninguna herida grave, solo una pequeña brecha en la frente, pero no sangraba demasiado. Eso sí, estaba inconsciente.

—¿Vestido? —se extrañó Valentina que no veía muy lógico ese atuendo para correr entre la maleza.

—Sí, llevaba un vestido blanco. La chica no era de por aquí, rubia y con la piel blanca como la leche. Debía de trabajar en el laboratorio de los gringos.

Valentina se volvió alertada a su compañero, cuyo rostro se mantuvo impertérrito. Luego dirigió la vista de nuevo hacia el testigo.

—¿Qué laboratorio?

Él asintió con la cabeza.

—Llevan tiempo por aquí. Llegaron hará unos cuatro o cinco años y se instalaron en medio de la selva. Es un centro biotecnológico, utilizan las plantas de la selva para fabricar medicamentos, o eso, al menos, me ha contado mi mujer. Nadie de por aquí ha accedido a las instalaciones, el territorio está bien protegido. Hay tipos armados, como esos que tenéis dentro de las carpas —dijo señalando los muertos.

—Qué raro que no veamos a toda esa gente por la ciudad, ¿no? —preguntó Valentina.

—No salen mucho de la selva —respondió el guía maya.

—Pero ¿por qué un laboratorio científico necesita seguridad profesional?

—Igual temen a los narcos. —Se encogió de hombros Sebastián.

El interrogatorio se vio interrumpido por un ruido que se hacía cada vez más nítido y ensordecedor sobre sus cabezas. Antes de verlo a simple vista, Valentina identificó el sonido inconfundible del rotor principal de un helicóptero. En cuestión de segundos, lo divisó majestuoso ante la claridad de la luna llena, que imponía su inmensa esfera rojiza sobre la naturaleza salvaje de la selva.

Sebastián miró a Valentina, confundido.

—¿Has visto quiénes son?

La inspectora se fijó en el fuselaje del helicóptero. Sobre el blanco del metal destacaba un gran logo circular con unas inconfundibles letras en el centro: CNI.

—¿Qué hacen estos aquí? —refunfuñó.

—Ni idea, igual los manda tu padre —bromeó Sebas.

Valentina le propinó un codazo en el costado que lo dejó sin respiración.

4

Un reencuentro

El helicóptero del CNI descendió lentamente hasta posarse con suavidad sobre el camino, a unos cien metros, donde había un pequeño ensanche. Del aparato se bajaron tres personas. No podía identificarlas desde tan lejos, pero sí distinguir que eran dos mujeres y un hombre. Según se acercaban pudo observar que las mujeres vestían el mismo traje azul, pero con tallas muy diferentes. Una era menuda y de rostro afilado. La otra le sacaba dos cabezas y tenía pinta de no necesitar cascanueces para comer el fruto seco. El hombre también era bastante alto y vestía de manera informal, vaqueros y camiseta de cuello ancho que dejaba entrever el tatuaje de una corona de laurel.

—¡Hijo de…! —Valentina se apresuró a salir al encuentro del misterioso trío que había llegado volando en mitad de la noche—. Cocinero, ¿no?

William Miller se acercó a la joven con una sonrisa socarrona en el rostro mientras el resto de la comitiva contemplaba expectante la escena.

—Si te sirve de consuelo, Valentina, también tengo un restaurante en San Diego y hacemos unas pizzas alucinantes... —Se besó la yema de los dedos.

—Ya está bien. ¿Quién coño eres?

Una de las agentes del CNI, la más menuda, de pelo rizado, se aclaró la garganta para hablar.

—Asumimos el control de esta investigación. Este caso se considera un riesgo para la Seguridad Nacional, por tanto, a partir de ahora nos encargamos nosotros. Pueden retirarse de la escena, nuestro equipo está en camino.

Como si la naturaleza quisiera respaldar el argumento de la agente de Inteligencia, comenzó a llover con fuerza nuevamente.

—¿Seguridad Nacional? Estamos a catorce horas en coche del presidente...

—Igual hay cosas en México más importantes que el presidente..., cosas que se dejan a medias —se jactó Miller.

Valentina se puso roja.

—¿Este qué hace aquí? —se dirigió a la mujer que los acababa de echar del caso más importante que había tenido en toda su vida.

Ella no contestó. Permaneció cruzada de brazos mientras su compañera iba a comunicarle la noticia al resto de equipos de emergencia.

—Vamos, Valentina. Hay otros lugares donde también podemos ser útiles —apremió Sebas.

La inspectora de la Guardia Nacional se dejó arrastrar como si fuera una zombi.

—Hablando de eso… —Se oyó la voz de Miller a su espalda—. ¿Dónde han llevado a la sospechosa? ¿Está consciente? —preguntó el estadounidense.

—¿Qué sospechosa? —inquirió Valentina con mirada desafiante.

—Deberías saber qué batallas pelear… —replicó él acercándose.

Valentina sintió cómo la rabia iba creciendo en su interior. Si algo no soportaba eran las mentiras, ya había aguantado las suficientes a lo largo de su vida. Antes de que Miller pudiera alcanzarla, su compañero la cogió de la cintura y la obligó a andar hacia el coche.

—Nos vemos pronto —exclamó Miller a modo de despedida.

Una vez sentados dentro de la camioneta, empapados hasta los huesos, Valentina estalló:

—¡No pienso dejar el caso! —dijo golpeando el volante.

—Y no lo vamos a hacer —respondió Sebas—. Aquí no teníamos más información que sacar.

Valentina lo miró confundida.

—¿Y dónde vamos?

—Donde están las respuestas. Vamos al hospital a ver a la mujer.

5

Un laboratorio

—¿Tienes un repelente de mosquitos? —preguntó Miller a la agente del CNI que era más alta que él.

Ella se volvió a mirarlo con toda la antipatía que fue capaz de reunir. No se detuvo y tampoco se dignó a abrir la boca. Miller se encogió de hombros.

—¡Vaya estirada! Y tú, ricitos, ¿qué me dices?

—A nosotros no nos pican los *zancudos*, prefieren a los yanquis.

—Entonces como las mujeres mexicanas, ¿verdad? —dijo Miller guiñándole un ojo.

Ella se ruborizó. La otra agente, que iba delante de Miller, soltó un bufido.

Los tres caminaban por el mismo sendero que unas horas antes había seguido la mujer del vestido ensangrentado en dirección contraria. A medida que se adentraban en la selva, la lluvia dejaba de ser tan profusa; no conseguía traspasar las copas de los árboles. El ruido que hacían al apartar las ramas era el único sonido en kilómetros. Ni siquiera se percibía la actividad de los animales nocturnos, temerosos de los intrusos que habían profanado su santuario y se resistían a abandonarlo.

Avanzaban a buen ritmo con potentes linternas.

—¿Cómo podía ver algo la chica? Casi no llega la luz de la luna.

—El ojo humano es capaz de adaptarse a la oscuridad si pasa el tiempo suficiente —respondió la agente con seriedad.

—¡Vaya! Cinco puntos para Gryffindor, señorita Granger —bromeó Miller.

Ella se puso roja, esta vez de rabia. Miller fingió no notarlo.

—¿Crees que esa chica se cargó a toda esa gente, ricitos? La mujer no contestó.

—Qué lástima, me han tocado las policías más aburridas de todo México —se quejó el estadounidense.

—¡Cállate ya! —exclamó la otra agente dándose la vuelta para encararse con él—. ¿Es que no puedes caminar en silencio?

Miller sonrió con suficiencia. En otros tiempos, aquella mujer, a pesar de su tamaño, habría acabado con la cara hundida en la tierra mojada y su bota presionándole la nuca. Pero la CIA le había enseñado algunas lecciones, sobre todo con relación al control de la ira.

—*Órale, mija* —respondió Miller poniendo acento mexicano—. Ni una palabra más.

Anduvieron durante unos diez minutos más hasta que llegaron a una zona donde la vegetación no era tan densa. Caminaban con pasos temerosos, indefensos ante la oscuridad de la selva y las bestias que aguardaban en ella. A cierta distancia divisaron un gran montículo de tierra, que a medida que se acercaban reveló una puerta metálica. Frente a la estructura se había limpiado el terreno de arbustos y hojarasca, y habían echado gravilla para evitar que se embarrara. Junto a la loma, en los laterales, Miller vislumbró unos arriates perfectamente acondicionados donde crecían flores de colores muy vivos.

El estadounidense se dispuso a avisar a su anfitrión de su llegada, pero, antes de que pudiera extraer el móvil del bolsillo, una luz blanca cegadora inundó toda la escena. Un segundo después, un ruido ensordecedor, como el que hace una cámara al capturar un momento nocturno, resonó en la selva.

A continuación, tres cuerpos inertes cayeron al suelo.

Alrededor de una hora más tarde, Miller yacía inconsciente sobre una cama empotrada en la pared. El colchón apenas tenía cuatro dedos de grosor y reposaba sobre una tarima de policloruro de vinilo.

La habitación irradiaba limpieza en cada detalle. El tono blanco de las paredes y el turquesa del mobiliario se integraban a la perfección con las diferentes plantas autóctonas que decoraban el espacio. Paneles luminosos se extendían a cada lado del techo, ofreciendo una luz cálida que llenaba la estancia. Bañados con esta luz se encontraban el cuerpo de Miller y el de otro hombre, que estaba sentado en el escritorio, junto a la cama.

El sujeto manipulaba una tableta mientras enviaba imágenes a la pared, que era una pantalla. Observó las fotografías de un escáner cerebral y pareció satisfecho con el resultado porque a continuación salió del programa y las imágenes desaparecieron del panel lateral. El hombre vestía un impecable traje gris, pelo canoso peinado con esmero y un prominente bigote que le cubría todo el labio superior.

Dirigió la vista a la puerta; sobre ella, una cámara lo observaba desde arriba, vigilando sus movimientos. Aunque no tenía ninguna luz encendida, aquel hombre sabía que estaba funcionando; todas lo hacían.

Recogió la tableta de la mesa y entró en la aplicación de gestión. Tras introducir dos códigos de seguridad y someterse a un reconocimiento facial, la cámara quedó apagada, mirando al suelo. Introdujo la mano en el bolsillo interior de su chaqueta y sacó un puro, lo olió y soltó un suspiro. El único vicio insano que se permitía y al que jamás renunciaría. Cortó la parte trasera del habano con la pequeña guillotina de plata que tenía sus iniciales grabadas. Prendió un fósforo y acercó el cigarro mientras iba aspirando y girándolo de forma progresiva para encenderlo de manera uniforme. Aquel ritual era imprescindible para mantener el sabor y el aroma del habano. No fue hasta que no dio su tercera calada cuando escuchó una voz a su espalda hablando en castellano, pero con un inconfundible acento inglés:

—¿Se puede fumar aquí? Parece una clínica de desintoxicación para famosos.

Miller se incorporó al tiempo que se frotaba la cabeza como si tratara de activar sus neuronas.

—¿Lo dices por experiencia? —preguntó el trajeado.

—Bueno, una vez me enrollé con Lindsay Lohan; es lo más cerca que he estado de una —respondió encogiéndose de hombros.

—Has estado inconsciente unas cuantas horas, Miller.

—¿Qué cojones me habéis hecho, Juan? —preguntó el estadounidense desafiante.

—No pronuncies ese nombre aquí —respondió casi en un susurro.

—Pensaba que el nombre que te proporcionó tu madre al nacer encajaría mejor en este país, doctor Hooker —respondió Miller enfatizando mucho las últimas dos palabras—. Dime qué me habéis hecho.

El agente de la CIA permanecía sentado sobre la cama, pero sus puños se encontraban cerrados y apretados contra el colchón. Algo que el doctor no pasó por alto, pero tampoco alteró su calma.

—Tranquilo, Miller. Solo te hemos desconectado el cerebro brevemente —sonrió divertido Hooker.

William Miller solo disfrutaba de la bravuconería si era en un único sentido. Agarró a Hooker de la corbata de seda y lo atrajo a unos pocos centímetros de su cara.

—Dime ahora mismo qué significa lo que acabas de decir o te desconecto yo de un guantazo.

Hooker borró su sonrisa, pero, lejos de acobardarse, su tono elevó su determinación.

—Suéltame, no necesito recordarte quiénes somos... —hizo una breve pausa— y lo que hicimos por ti.

William sintió una sacudida al rememorar las viejas deudas pendientes. Soltó al médico.

—Eso está mejor —dijo Hooker ajustándose la corbata—. No te preocupes, muchacho. Lo que has experimentado es nuestro sistema de seguridad. Una valla a prueba de intrusos por así decirlo, solo que más eficaz e invisible.

William lo miró confuso.

—Vi una luz blanca y luego...

Hooker asintió orgulloso.

—Es una nueva tecnología patentada por nosotros, pero no provoca daños permanentes, lo hemos comprobado.

Lejos de tranquilizarlo, Miller se removió sobre la camilla, intranquilo.

—No me trates como a un niño, Hooker. ¿Qué era eso?

El otro suspiró, como si la conversación ya le resultara tediosa.

—Te lo simplificaré lo máximo posible para que lo entiendas. —Miller levantó una ceja ante el comentario del doctor, herido en su inteligencia, pero no dijo nada—. Este sistema se basa en la premisa de que el cerebro funciona a través de la transmisión de corrientes eléctricas. Partiendo de esa base, como ex Navy SEAL, estarás familiarizado con el término «pulso electromagnético».

—Sí —asintió Miller—, es lo que se produce al estallar una bomba atómica. Achicharra todo aparato eléctrico en kilómetros.

—Eso es, aunque los gobiernos ya no necesitan una bomba atómica para generarlo. Una decena de países tienen ya la tecnología para usarlo en batalla y dejar los aparatos electrónicos del enemigo inservibles. —Hooker dio una larga calada a su habano—. Nosotros hemos sido capaces de adaptar y moldear esa tecnología, y... eso mismo es lo que hemos hecho en tu cerebro.

—¿¡QUÉ!? —exclamó Miller poniéndose en pie.

—Tranquilo, lo hemos hecho de forma controlada y segura; un reinicio, nada más. Tu cerebro está bien, lo he comprobado con una resonancia.

—¿Por qué no desconectaste el sistema, maldito chiflado? —Miller paseaba angustiado por la habitación—. ¡Sabías que venía de camino!

—Te dije que me avisaras antes de acercarte. —Hooker se encogió de hombros.

Miller estuvo a punto de agarrar al doctor nuevamente del cuello, pero se contuvo.

—¿No tengo nada en la cabeza? ¿Mi cerebro funcionará normal?

Hooker asintió en silencio.

—Entonces será mejor que me digas qué ha pasado y por qué tengo que estar en medio de esta puta selva en lugar de tomándome un daiquiri de mango en San Diego.

—Los planes han cambiado —sentenció Hooker—. La razón que te trajo aquí ya no es prioritaria. Tu único cometido será encontrar y traer de vuelta a Nora Baker.

—¿Quién es ella?

—Una paciente del laboratorio que ha burlado nuestra seguridad y ha conseguido escapar.

—¿Tienes alguna foto?

Hooker cogió su teléfono, lanzó un archivo y la imagen nítida de la joven llenó toda la pantalla de la pared. Nora se encontraba sentada en una silla al revés, apoyada sobre el respaldo. Su sonrisa abierta mostraba su perfecta dentadura fabricada a golpe de brákets en su adolescencia. El cabello rubio y lacio caía sobre sus hombros. A pesar de su encantadora sonrisa, los ojos verdes reflejaban tristeza y desesperación. Vestía una blusa blanca y unos vaqueros oscuros.

—Tengo entendido que la han trasladado al hospital. Alguien la ha atropellado en plena huida. Ve a buscarla y tráela aquí sin hacerle ningún daño; es muy valiosa para nosotros.

—Señor, sí, señor. —Miller hizo el saludo militar con ironía.

Ya estaba llegando a la puerta cuando oyó la voz de Hooker a su espalda.

—Una cosa más: esa chica ha robado información de vital importancia para los intereses del Núcleo. Los datos están almacenados en un pequeño microchip. No sabemos dónde lo guardó, pero lo que es seguro es que lo llevaba consigo cuando se escapó.

—¿De qué información hablamos?

Hooker le sostuvo la mirada en silencio.

—Juanito, hay que ver lo herméticos que sois los españoles. —Se giró hacia la salida—. En unas horas estaré de vuelta con la chica y esa información tan importante. A ver si al fin me dejáis en paz y puedo irme de vacaciones. Deberías probarlo, te sentaría bien. Te quitaría ese aire de frígido que paseas.

Miller abandonó la sala.

6

Un aviso

No había sido capaz de pegar ojo en toda la noche, abrumado por los acontecimientos. Además, la conversación con Miller le había dejado un regusto amargo, detestaba ese aire narcisista y petulante del estadounidense. Ya había trabajado con él en otros proyectos del Núcleo y no soportaba más su humor irónico. Le daban ganas de arrancarse los oídos para no tener que escuchar sus bromas estúpidas de nuevo. Además, la situación era de extrema gravedad y dudaba de su capacidad para resolver el asunto de Nora Baker con discreción.

El doctor Hooker consultó su reloj, y comprobó satisfecho que ya eran las seis. Eso significaba que, en Virginia, Estados Unidos, las oficinas ya estarían iniciando su actividad. Tomó una determinación. Sabía que era un error, pero aun así marcó los dígitos.

Al otro lado del auricular habló una voz masculina.

—Buenos días, Oficina de la Subdirección de la CIA, ¿en qué puedo ayudarlo?

—Soy el doctor Hooker, quiero hablar con la subdirectora Scott, por favor.

—La subdirectora ahora se encuentra ocupada. En cuanto termine su llama…

—No puedo esperar. Escuche, entre en el despacho de su jefa y dígale que estoy al teléfono y que necesito hablar con ella inmediatamente.

—Pero, señor, yo no puedo…

—Mire, no sé cuál es su nombre, pero le garantizo una cosa: si no entra ahora mismo en el despacho de su jefa y le pasa la llamada, mañana no tendrá trabajo.

Hooker solo tuvo que escuchar un par de segundos más de silencio. Luego oyó pasos, unos golpes de nudillo sobre una puerta de madera, una conversación ahogada por la distancia y enseguida estaba de vuelta la voz del secretario de Scott.

—Doctor Hooker, la subdirectora Scott me ha comentado que lo llamará ella directamente en cuanto le sea posible. Que pase un buen día.

Sin esperar respuesta alguna colgó el auricular. Un instante después, en la pantalla de Hooker apareció el nombre que esperaba: Elaine Scott.

—¿Te has vuelto loco? —preguntó la mujer cuando el doctor descolgó—. No me llames por la línea de la oficina. George es un cotilla, sé que escucha mis llamadas.

—¿Qué quieres que haga? Llevo escribiéndote desde anoche y no contestas a mis mensajes —respondió Hooker.

—Estoy muy ocupada. Dime qué quieres.

—¿Estás segura de que Miller era nuestra mejor opción? Se comporta como un adolescente inmaduro jugando a los detectives.

—Hooker, tienes problemas con el gobierno mexicano y no hay nadie mejor que William Miller para resolverlos. Estuvo destinado muchos años allí. Conoce a todo el mundo: políticos, policías, narcotraficantes, militares…, no hay nadie fuera de su red.

—La cosa se ha complicado, Elaine.

—¿A qué te refieres?

—Toda la información del Proyecto Overmind está comprometida.

Silencio al otro lado de la línea.

—¿Qué quieres decir con comprometida? —preguntó Elaine al cabo de un minuto.

—Está en manos de una paciente que se ha fugado del centro, Nora Baker. No necesito explicarte lo que sucedería si esa chica da a conocer nuestras investigaciones a la opinión pública.

—Pero… es imposible. ¿Cómo lo ha hecho?

—Eso da igual, Elaine. Lo único que importa es que tu hombre traiga a la fugitiva de vuelta al centro con toda la información sobre el proyecto. ¿Estamos en buenas manos?

—Las mejores. Miller nunca me ha fallado en un encargo, hará lo que sea necesario para cumplir su objetivo.

—Eso espero —contestó Hooker—, porque de lo contrario tú serás la responsable y responderás ante nosotros.

Elaine Scott tragó saliva. El doctor cortó la llamada.

7

Una líder

A Rebeca Hopkins le gustaba despertarse antes del alba, completar su rutina diaria de ejercicios y admirar la belleza del amanecer sobre el lago Michigan mientras disfrutaba de una buena taza de café. Desde la planta noventa y ocho de la torre Gencore, la visión de la ciudad de Chicago llenándose de preciosos destellos dorados era sobrecogedora. Aquella mañana, sin embargo, se había despertado tarde y desorientada. La intensa madrugada le había dejado una leve jaqueca que se resistía a abandonarla.

Tras prepararse un café bien cargado, se sentó en la butaca mecedora, frente a la cristalera del salón. Las luces de las oficinas ya estaban encendidas en los rascacielos cercanos.

«Otra jornada más de productividad inútil».

Se preguntó si algún día la sociedad despertaría y se daría cuenta de lo ridículo que era aquel sistema o si simplemente se vería arrollada por el nuevo mundo, aquel diseñado por ella, por el Núcleo. El gran cambio se acercaba, pero aún debía solucionar muchas cuestiones antes de estar preparados. Aquella noche la organización había sufrido un duro golpe. El Proyecto Overmind estaba en grave peligro y los muertos se acumulaban bajo la alfombra.

Antes de irse a dormir había realizado más de diez llamadas. La última, a uno de los banqueros más poderosos del mundo, el cual venía de camino a su casa en ese momento.

Buscó el mando de la televisión y la encendió. Tras unos minutos de infructuosa búsqueda, se dio cuenta de que la noticia del laboratorio todavía no había saltado a las grandes cadenas de comunicación. Hizo lo propio con las cabeceras digitales en su móvil, pero no encontró ni una sola noticia procedente de la selva Lacandona.

Mucho mejor. Si Nora Baker volvía al centro antes de que se montara el circo mediático, todo se solucionaría.

Eso era lo más importante. Las muertes…, bueno, podrían taparlas con mayor facilidad.

Apuró su café y se fue directa a la ducha. Al recorrer el pasillo, se detuvo en una de las puertas que se encontraba entreabierta. Entró en la habitación de puntillas, con los pies descalzos, acariciando el parqué. La estancia estaba en penumbra, las cortinas opacas solo concedían un pequeño resquicio a la luz de la mañana. Lo suficiente para que Rebeca pudiera ver a la niña de tres años que dormía plácidamente en su camita. Le dio un beso en la frente y la arropó con las sábanas, que eran de animales de la selva, al igual que el papel pintado de la pared.

La pantalla del teléfono se iluminó en su bolsillo. Se apresuró a salir de la habitación sin hacer ruido.

Consultó la notificación, era del edificio.

Rebeca maldijo para sus adentros.

«Este hombre siempre tan puntual».

Observó su indumentaria. Llevaba unos leggings y un top que se había puesto sin demasiada fe para hacer su rutina de ejercicios. Pensó en cambiarse, pero se dirigió al salón de nuevo. Al pasar junto a la mesa del comedor, cogió una camisa que había posada sobre una de las sillas y se la puso encima del top.

—Acceso autorizado —le dijo a su teléfono móvil.

Se mantuvo de pie frente a la puerta del ascensor mientras se abotonaba la camisa. De toda su cúpula en el Núcleo, Peter Blumenthal era el único que conseguía ponerla nerviosa. Incluso podría decir que le infundía cierto temor. Criado por unos padres judíos que fueron prisioneros en los campos de concentración nazi, el banquero había forjado un carácter duro, seco, con un sentido del humor muy peculiar. Se había hecho un nombre en los negocios gracias a una mezcla de obsesión por la riqueza y desprecio por sus semejantes.

Las puertas del ascensor se abrieron y, por ellas, apareció su número tres. El primer detalle en el que se fijó Rebeca fue su barriga, que había cogido algo más de volumen desde la última reunión del Núcleo; el pelo canoso, peinado hacia atrás, había perdido algunos efectivos en primera línea. Sus ojos azules la analizaron con frialdad, pero en sus labios se dibujó una sonrisa que Rebeca entendió que pretendía ser amable.

—Cuánto tiempo sin vernos, vieja amiga. Te echaba de menos, pero lo que no añoraba es el tráfico de Chicago, es una auténtica locura.

Rebeca asintió.

—Es un placer verte de nuevo, Peter. Pasa, por favor, tomemos algo. ¿Te apetece un café? ¿Un té?

—Un té sería genial, gracias.

El banquero se sentó junto a la ventana mientras Rebeca iba a la cocina. En pocos minutos se presentó con un par de tazas humeantes.

—Gracias —musitó el banquero—. Bonitas vistas, aunque sean de esta ciudad.

Rebeca rio el comentario.

—Chicago no está tan mal, Peter, pero hace falta conocerla a fondo para entender su encanto. ¿Cuándo has llegado?

—Anoche —respondió él dando un sorbo a su té—. Tengo negocios aquí. Una suerte, la verdad, así podrás contarme de primera mano qué ha pasado en mi laboratorio.

«Mi laboratorio…».

—Que los fondos para construirlo fueran tuyos no significa que sea de tu propiedad, Peter. Proyecto Overmind es…

—Tranquila, Rebeca —la interrumpió Blumenthal—, solo era una forma de hablar. ¿Qué ha pasado con Overmind?

La máxima mandataria del Núcleo suspiró con pesar.

—Nora Baker ha escapado del laboratorio llevándose consigo información importante del proyecto.

Rebeca no percibió ningún indicio de sorpresa en el rostro del banquero.

—¿Dónde está ahora?

—En el hospital, custodiada por la policía. Al parecer la atropellaron en la huida. Pero, tranquilo, tenemos a un agente de la CIA en ello, pronto estará de vuelta.

Blumenthal se cruzó de brazos y examinó a Rebeca con sus ojos azules.

—Entonces ¿por qué tanto revuelo?

—Han muerto seis personas en su huida, seis militares. ¿Crees que ella pudo hacerlo?

—No parece probable —contestó Blumenthal.

—Sí, yo tampoco lo creo —añadió Rebeca—. Alguien la está ayudando.

Antes de que Peter pudiera añadir nada más, un llanto desconsolado llegó desde el dormitorio. Rebeca se levantó veloz.

—¿Y eso?

—Te ruego que me disculpes. Tengo a mi sobrina de visita en casa —se excusó Rebeca mientras Peter la observaba curioso—. ¿Te importaría esperarme en el vestíbulo?

Blumenthal también se incorporó de su asiento y se abrochó la americana, poniendo a prueba su botón.

—Tranquila, te espero abajo —dijo despidiéndose mientras se dirigía al ascensor—. Ah, y, Rebeca, en algún momento tendremos que hablar de lo que le ha pasado a Tom.

8

Unos mellizos

Veinticinco años antes, en las afueras de Londres
Octubre de 1999

La brisa gélida rozaba las mejillas de Nora, sonrojándolas. A la niña no parecía incomodarle el frío en absoluto. El impermeable rojo chillón que vestía contrastaba con su cabello rubio y sus ojos verdes. Se balanceaba en un columpio de madera enganchado a la rama de un arce. Las hojas del gigantesco árbol caduco se esparcían por el jardín, dotando al patio de esos tonos rojizos y dorados tan característicos del otoño londinense.

Su vista se perdió en el bosque, más allá de la valla que circundaba la parcela de sus padres. Hacía pocos meses que se habían mudado a aquella casa a las afueras. El médico había dicho que el estrés de la ciudad podía influir en el avance de la enfermedad de mamá. La pobre ya casi no podía levantarse de la silla sin ayuda. Y mucho menos ocuparse de ellos. Al menos podía contar con Gladys. La asistenta tenía el cielo ganado, lidiaba con la casa, con la enfermedad de Brenda y con el cuidado de los mellizos.

Se oyó un chirrido áspero que rompió la quietud del jardín, y la niña se volvió hacia la casa al reconocer el roce de la puerta trasera contra el suelo. Su padre se encontraba en el umbral, con aquella mirada severa que le daba pavor y una mueca en los labios del que está reprimiendo algo. Vestía un chaleco burdeos y unos pantalones de pana que no entonaban con la fachada sobre la que se encontraba apoyado.

La piedra de la pared tenía los vértices ennegrecidos por el moho, una grieta horizontal justo bajo las ventanas del segundo piso y, además, el cristal, que protegía el porche del impredecible clima londinense, estaba roto. Para su padre, el jardín trasero era como si no existiera. Arreglar todo aquello supondría echar a perder su valioso tiempo. Los pocos ratos que estaba en casa se encerraba en su despacho a trabajar. Pero ese día era domingo, y los domingos por la mañana los dedicaba a sus hijos.

—¡Nora! ¿¡Qué haces ahí!?

—Nada, papá, solo jugaba. —La niña detuvo el columpio de inmediato.

—Tu hermano y yo estamos en la biblioteca. ¿Es que no te importa hacernos esperar?

La niña saltó del columpio y echó a correr hacia la casa.

—Perdón, papá —dijo entrando en la cocina y notando al instante el calor de la calefacción en sus sonrojadas mejillas.

Su padre la siguió.

—Y no juegues ahí detrás, ese columpio debe de estar oxidado.

Se quitó el impermeable y subió en silencio la escalera. La casa estaba en penumbra; la luz de un día nublado como aquel no bastaba para iluminar el interior y la quietud era imperturbable. Su madre había acudido a la iglesia con Gladys. Papá nunca la acompañaba, decía que bastantes mentiras escuchaba ya en el trabajo.

Entró en la biblioteca, donde la esperaba su hermano Tom sentado a la mesa. La niña le sonrió y se acomodó a su lado. Su hermano tenía el pelo rojizo, como su padre, y los mismos ojos verdes de su hermana.

Su padre también entró tras ella y cerró la puerta. Enseguida les dio la espalda, centrando su atención en la pizarra, junto a la entrada. Cogió una tiza del estante y comenzó a deslizarla por el tablero a toda velocidad generando números que iban surgiendo ante sus ojos.

La biblioteca estaba atestada de objetos curiosos que su padre atesoraba. La mesa sobre la que se apoyaban los mellizos contaba con un globo terráqueo incrustado en el centro que giraba al mismo tiempo que la propia Tierra. La lámpara, sobre sus cabezas, reflejaba una estructura atómica. El rincón junto a la ventana lo dedicaba a la observación astronómica, con un telescopio de gran alcance y una estantería repleta de libros para entender las constelaciones. Incluso contaba con una esfera armilar antiquísima que había comprado en una subasta en Grecia. Aunque, sin duda, lo más caro que había adquirido en una subasta era la caja fuerte de estilo *cannonball* decorada con una exquisita pintura con destellos de oro. Nora no tenía idea de lo que le había costado, pero, a juzgar por la discusión con su madre, debió de ser una fortuna.

—Nora, vas a empezar tú —exclamó de repente su padre mientras dejaba la tiza en el estante bajo la pizarra y cogía una vara fina de madera.

La niña tragó saliva. La vara señaló la primera fórmula.

—Dieciséis —respondió Nora.

Su padre continuó con la siguiente ecuación. No hubo felicitación, la niña tampoco la esperaba.

—Cinco…, veintiocho…, trece…, setenta y ocho… —Nora iba descifrando los cálculos a medida que su padre desplazaba la madera señalando cada una de las fórmulas matemáticas—, diecinueve… Mmm —dudó la pequeña.

—¿Qué pasa? ¡Pero si es muy fácil! ¿Acaso no sabes despejar la *x*? —se impacientó su padre.

—Treinta y seis.

—Vale, sigue.

—Catorce…, sesenta y cinco… Mmm. —La niña se frotó las piernas, nerviosa, mientras observaba desesperada el último problema.

—¿Otra vez, Nora? Espabila ya, que esto lo resuelve hasta una niña pequeña…

—Tengo nueve años, papá —musitó Nora.

—¿Y qué? ¿Quieres ser como esos compañeros fracasados que tienes en el colegio? Así no vas a llegar a nada en la vida.

La niña, al borde del llanto, fue incapaz de responder a la provocación, pero su padre no aflojó el tono.

—¿Quieres que lo resuelva tu hermano? ¿Es que no te da vergüenza?

Las lágrimas brotaron de los ojos de Nora como un manantial que nace de la tierra.

—Estupendo…, todo lo arreglamos llorando. —Se volvió hacia Tom—. Anda, enséñale a tu hermana, la mediocre, cómo se resuelve una ecuación sencilla.

Tom se volvió hacia ella, con sus ojos verdes cargados de amor, y después de nuevo hacia su padre. Negó con la cabeza.

Nora distinguió un destello de cólera en los ojos de su padre, por un momento creyó que esta vez sí explotaría, que les pegaría con la vara y luego destrozaría la habitación. Pero no lo hizo, porque su padre sabía cómo hacerles daño de verdad, y no necesitaba gritar para ello.

—Me abochorna lo inútiles que sois. —Se dirigió a la puerta—. Ojalá nunca hubierais nacido. Está claro que vuestra madre me engañaba porque vosotros dos no podéis ser hijos míos…

Los mellizos se quedaron solos, en silencio, salvo por el llanto desconsolado de Nora, que se encontró la mano de su hermano entre las suyas.

«No llores, Nora. Tú y yo nos tenemos el uno al otro».

Con el recuerdo de esa frase en la cabeza, Nora volvió a la vida, muchos años después.

9

Unas esposas

Lo primero que notó cuando recuperó la consciencia fueron las voces a su alrededor. Nora decidió mantener los ojos cerrados un poco más. Sentía los párpados pesados y el cuerpo dolorido. El sonido del monitor, que controlaba su ritmo cardiaco, no se alteró lo más mínimo; el mismo pitido constante cada pocos segundos.

Se sorprendió al darse cuenta de que ella misma era el foco de la conversación.

—Es imposible que esta chica asesinara a toda esa gente. ¿Has visto al grandullón? Tiene el brazo de Dwayne Johnson. ¿Cómo es posible que esta muñequita le apuñalara el pecho?

—Igual no fue ella —dijo una voz femenina—. A lo mejor se mataron entre ellos.

—¿Y entonces por qué estaba llena de sangre cuando la encontraron?

Hubo un silencio que duró unos segundos. Nora intentaba no mover ni un músculo de su cuerpo, consciente de que las miradas de aquellas personas estaban fijas en ella.

—Bueno…, igual esta mujer tiene habilidades especiales. Mira la de Kill Bill.

—¿En serio, Sebastián? —preguntó la voz femenina—. Sabes distinguir entre una película y la realidad, ¿verdad?

—Yo solo digo que no es tan descabellado, mira aquella que se cargó a siete tíos porque la habían violado. También hicieron una película, ¿cómo se llamaba?

—Monster —respondió la mujer.

—¡Esa! La protagonizaba Charlize Theron, con ese cuerpa…

Se escuchó un golpe sordo y un grito ahogado.

—Auh, ¡qué daño!

—Todos los hombres sois iguales —suspiró la mujer—. ¿Crees que despertará?

—Parece ser que sí. He hablado antes con la doctora. El tac que le han realizado no muestra signos de lesiones permanentes aparte del traumatismo craneoencefálico. Pero hay que esperar a que despierte para poder confirmarlo —respondió el hombre.

—¿No tiene nada roto? ¡La atropelló un todoterreno!

—Pues, mira, es más dura de lo que aparenta, al final va a ser verdad que es la Novia, le falta la katana.

—Qué pesado eres —se quejó la mujer.

La risita del hombre, tras su propio comentario, irritó a Nora, que tuvo que tirar de autocontrol para no delatarse.

—Lo único que llevaba cuando la encontraron era el vestido y este medallón —dijo la voz femenina.

—¿Qué es?

—No lo sé, parece una reliquia familiar. Mira este graba-do..., apuesto a que vale una fortuna.

—Será mejor que nosotros mismos lo custodiemos has-ta la sala de pruebas de la comisaría. Hay mucha mano suelta en El Cruce.

En ese momento la puerta de la habitación se abrió y Nora oyó los inconfundibles pasos de una tercera persona.

—Agentes, esto es una habitación de hospital, no la can-tina de la comisaría. ¿Pueden hacer el favor de dejar des-cansar a la paciente? —pidió la nueva voz, masculina y meliflua.

—Disculpe, pero esta mujer es una sospechosa de asesi-nato. No puede estar sin vigilancia —respondió el hombre.

—Muy bien, entonces vigílenla desde la puerta. Vamos, fuera, por favor.

Los policías abandonaron la habitación, no sin quejarse. Los pasos del sanitario se aproximaron a la cama. Le oyó cambiar la bolsa del suero, ajustar la vía y presionar algunos botones en el monitor. Entonces, para su sorpresa, le habló en un susurro.

—Sé que estás despierta, cariño. Tranquila. Están fuera. Puedes abrir los ojos.

Nora dudó unos segundos si seguir sus instrucciones, tiempo suficiente para que el enfermero ofreciera más ar-gumentos.

—Corazón, tu ritmo cardiaco se ha acelerado, así que o puedes oírme consciente, o puedes hacerlo dormida. En cual-quier caso, te va a gustar escuchar lo que tengo que contarte.

Nora no pudo abrir los párpados; parecía que su cerebro le ordenaba que los mantuviera cerrados, a pesar de que su coartada acababa de saltar por los aires.

—Oh, ¡vamos, nena! Si estás moviendo la mano —se desesperó el sanitario. Se acercó más a su oído—. ¿Es que no quieres salir de aquí?

Casi como si el hechizo se hubiera roto, Nora abrió los ojos y toda la luz blanca inundó sus pupilas, cegándola durante unos instantes. Cuando consiguió acostumbrarse vio la cara imberbe de un hombre joven. La miraba con una gran sonrisa llena de amabilidad. Llevaba puesto un pijama azul del hospital y una chapa con su nombre: Jorge Santos.

—¿Cómo salgo de aquí? —preguntó Nora.

Jorge soltó una risilla ahogada.

—No pierdes el tiempo. Estarás deseosa de ver a ese novio tan guapo que tienes —dijo el sanitario mientras le retiraba la vía que tenía en el brazo.

—¿Cómo salgo de aquí? —apremió Nora, que en ese justo momento notó el frío metal ciñéndose a su muñeca izquierda—. ¡Mierda! La policía me ha esposado a la cama... ¿tienes la llave?

—¡Oh, no! —exclamó Jorge poniéndose nervioso—. No tengo un plan para eso...

—¿No tienes la llave de las esposas? ¿Y cómo se supone que ibas a sacarme, Jorge? ¿Soplándolas? ¿Cortándome la mano?

—No... yo... bueno, no era exactamente mi plan...

El enfermero la miró angustiado.

—Lo siento —se disculpó Nora—. No me hagas caso, no es culpa tuya, es solo que... —De repente la solución irrumpió en su mente inundando todo de luz, incluido el rostro de Nora, que esbozó una sonrisa radiante—. Jorge, voy a necesitar que me ayudes.

—Lo que quieras, encanto —respondió también sonriente el enfermero.

—Ve al almacén de limpieza del hospital. Necesito que busques ácido muriático. Seguro que tienen, sirve para desinfecciones complicadas.

—¿Vamos a limpiar?

—Vamos a corroer el metal de las esposas.

Jorge la miró escéptico.

—No la parte gruesa —se apresuró a explicar ella—. Si vertemos el ácido sobre el agujero de cierre de las esposas, creo que las piezas interiores son tan finas que debería hacerlas polvo fácilmente. O, al menos, eso espero. No soy química.

El enfermero la miró durante unos segundos como si contemplase un bicho extraño.

—¿Me ayudarás?

—Claro —respondió el voluntarioso sanitario—. Enseguida vuelvo.

—¡Oye! Coge unos guantes de protección.

—Vale.

—Y también unas pinzas quirúrgicas, por favor.

—Marchando.

El enfermero desapareció dejando a Nora al borde de un ataque de nervios. Tenía que salir de allí o no acabaría el día con vida. El Núcleo ya debía de saber dónde se encontraba, solo esperaban el momento oportuno.

Pasaron los minutos sin noticias de Jorge.

Al otro lado de la puerta, el murmullo de una conversación se hizo cada vez más intenso, aunque no llegaba a distinguir las palabras. Se incorporó para tratar de escuchar. En ese instante, una mujer y un hombre entraron en la habitación.

Ella era guapísima, morena, con el pelo liso y brillante. Él tenía la cara redonda y la mirada afable.

—¡Está despierta! —exclamó la mujer.

Nora se volvió a tumbar en la cama con el corazón en un puño.

«¿Y ahora qué?».

—¿Se encuentra bien? —le preguntó el policía de cara amable.

—¿Dónde estoy?

Sí, la mente analítica de Nora decidió que su mejor opción era fingir desorientación. La amnesia le podía evitar muchas preguntas a las que no debía dar respuesta.

—¿Recuerda algo de lo que le ha sucedido? —le preguntó la mujer.

—No..., no recuerdo nada. ¿Dónde estoy? ¿Quiénes son ustedes?

—No se preocupe, está en el hospital. Soy el inspector Cruz, y ella, la inspectora Vargas, de la Guardia Nacional. Estamos aquí para ayudarla. ¿Cómo se llama usted, señorita...?

Y, en ese preciso instante, Nora decidió llevar su interpretación al siguiente nivel.

—¿Cómo me llamo? —repitió—. No... no lo sé...

—¿No se acuerda de su nombre? —insistió la inspectora Vargas—. ¿Sabe en qué ciudad está?

—No, yo... —fingió Nora— tengo la mente en blanco.

—¿Qué es lo último que recuerda? —preguntó su compañero.

—Ya es suficiente, agentes. —Jorge volvió a entrar en la habitación con cara de circunstancias. Justo a tiempo de salvar a Nora del bombardeo de preguntas de los inspectores—. Claramente la paciente no puede contestar ninguna pregunta ahora mismo, necesita descansar.

—Está bien —claudicó la inspectora Vargas—. Solo una cosa —extrajo una tarjeta de visita de su cazadora y se la tendió a Nora—: si recuerda algo, lo que sea, por favor, llámenos. Solo queremos ayudarla —añadió subrayando con énfasis las mismas palabras que había dicho su compañero.

Nora casi quiso creerla, pero guardó silencio.

Jorge los acompañó hasta la puerta y cerró tras ellos. Acto seguido extrajo la botella de ácido muriático del bolsillo del pijama con una sonrisa en el rostro.

—¡Lo tengo!

—Cuidado —alertó Nora—, antes de abrirla ponte los guantes.

El enfermero se acercó con la botella abierta y la cara repleta de ilusión.

—Oye, Jorge, ¿por qué lo haces? ¿Por qué me ayudas?

—Porque es muy injusto lo que os han hecho y merecéis ser felices —dijo Jorge melodramático, a punto de soltar una lagrimita.

Nora no entendió nada, pero asintió en silencio. No sabía qué película le habían contado a ese pobre enfermero, pero, si la iba a sacar sana y salva de allí, un hurra por Jorge y su nuevo novio desconocido.

—En el brazalete que está unido a la cama, no en el de la muñeca —le dijo al enfermero y esbozó una cálida sonrisa para animarlo—. Cuidado que no caiga en la cama, y asegúrate de verter el ácido justo en el cierre de las esposas, el resto es demasiado grueso.

—Tengo pulso de cirujano, querida. Además, no me interesa dejar un agujero en el colchón, harían muchas preguntas.

—Gracias por esto.

—No hay de qué, necesito emociones fuertes en mi vida —respondió riendo Jorge.

Mientras el enfermero realizaba la complicada maniobra, a Nora le sobrevino un pensamiento aterrador: ¿acaso Jorge trabajaba para el Núcleo? ¿Querían sacarla de allí para alejarla de la policía? No podía volver al laboratorio, antes preferiría la muerte. Sin embargo, enseguida descartó la idea. Aquel rocambolesco plan no parecía propio de ellos. Si la organización quería llegar hasta ella, no le supondría ningún esfuerzo, tenían ojos, oídos y manos en todos lados.

—¡Ya está! —exclamó Jorge mientras cerraba la botella del ácido y la ocultaba en su pijama—. He echado muy poquito. ¿Crees que funcionará?

—Lo hará, en pocos segundos debería corroer el metal —respondió Nora—. Pásame las pinzas, ¿las has traído?

Jorge se rebuscó en los bolsillos y sacó una especie de tijera con las puntas muy finas. Nora ni siquiera llegó a introducir la punta en el cierre; en cuanto tensó las esposas al incorporarse, oyeron un sonido metálico procedente del interior y el brazalete se abrió como por arte de magia.

—¡Increíble! Eres un genio —exclamó Jorge embobado, sacudiendo la cabeza de un lado a otro, como si acabara de ver un truco de magia.

—Ahora falta la parte más difícil, cuéntame cómo salgo de aquí —lo apremió Nora.

10

Una fuga

—¿En qué piso estamos?

—En el cuarto.

—¿Y no hay otra forma de hacerlo?

—Si quieres salir de aquí, no.

Nora observó la puerta del baño con preocupación.

—No me hacen gracia las alturas.

—Y menos gracia te va a hacer una cárcel mexicana, encanto.

No pudo rebatir el argumento de Jorge.

—Está bien. ¿Y qué hago una vez dentro de la habitación contigua?

—En el armario encontrarás algo de ropa, una bata del hospital, una chapa con el nombre de una doctora, unas gafas, una peluca morena y una faja con relleno. —Jorge observó el torso de Nora—. Hay que ver qué suerte tienen algunas, yo no necesito faja —exclamó agarrándose el michelín.

—Estás genial —dijo Nora, que se sentía en deuda con el enfermero y el cumplido le salía gratis.

Jorge trató de ocultar la sonrisa tímida que le asomaba por la comisura de los labios.

—¡Anda ya! Calla y escucha: una vez te hayas vestido, verás una puerta en el lateral, junto a la cama. Crúzala y te encontrarás con dos ancianos; los pobres están en las últimas… ni se enterarán de que has entrado. Coge la ficha de uno de ellos, te ayudará a hacerte pasar por médica, y cruza la siguiente puerta. La habitación estará vacía. En ese momento llegará la hora de la verdad: tendrás que salir al pasillo donde están los agentes. Por lo que más quieras, no mires hacia ellos. Yo los tendré entretenidos con mi show. Tan solo dirígete a la derecha, donde verás los ascensores y, al lado, las escaleras. Baja por ellas, son cuatro pisos. No tienes nada roto, pero sí múltiples hematomas, así que intenta no correr. Una vez llegues al vestíbulo, NO vayas hacia la salida. Hay más policías. Verás en el techo una señal con varias indicaciones, una de ellas es la sala de curas. Ve allí, te estará esperando. ¿Te ha quedado claro?

Nora quería decir que sí, pero la presión que sentía en la cabeza desde que había recobrado la consciencia aumentaba ante el aluvión de información. Aun así, afirmó en silencio ante la pregunta de Jorge.

—¿Preparada?

—Sí.

—Mucha suerte. —Jorge agarró su mano con ternura, como si fuera un amigo, y después de todo lo que había pasado Nora en las últimas horas, se lo agradeció de corazón.

El sanitario se alejó de la cama y salió de la habitación. Escuchó un murmullo de conversación, aunque no llegaba a distinguir las palabras a través de la puerta. Esperó unos segundos, ansiando la señal acordada que no llegaba. Desesperada, se levantó de la cama buscando entender algo de lo que decían... Y entonces sí, se oyó un golpe sordo y un gran revuelo.

Nora se apresuró hasta al baño y abrió la ventana. No miró hacia abajo, pero, aun así, el vértigo atoró sus músculos. Suspiró para alejar de ella los demonios. No tenía tiempo para eso. Colocó con cuidado los pies en la repisa de la ventana. El aire de la calle se filtraba por debajo del camisón y le erizaba la piel.

No sabía muy bien por qué, pero aún llevaba la tarjeta de esa inspectora en la mano. Quienes la perseguían eran mucho peor que la policía, y podría necesitarla.

Avanzó un par de metros hasta la siguiente ventana, la abrió de un empujón y se introdujo aliviada en la estancia. Rápidamente, en el armario encontró la ropa que Jorge le había dejado. Comprobó que los vaqueros eran de su talla. Se vistió con premura, incluidas las gafas, la faja y la peluca morena. Una mirada rápida al espejo.

«Irreconocible», pensó satisfecha con su reflejo.

Se preguntó si ya habrían descubierto que no estaba. Lamentó no haber colocado la almohada haciendo bulto, pero ya era tarde para eso, tenía que continuar avanzando. Giró el pomo de la puerta, que estaba abierta, tal y como Jorge le había dicho. Sin embargo, en la habitación, además de los dos ancianos, se encontró de bruces con una sorpresa no esperada.

Una enfermera se giró hacia ella.

—¡Qué susto me ha dado! —exclamó frunciendo el ceño—. No la esperaba.

Nora estaba al borde de romper a llorar de la desesperación. La iban a pillar, no tenía tiempo para aquella conversación.

—Voy a ver a un paciente que necesita ayuda, me acaba de llamar Jorge —explicó mientras se colocaba las gafas.

La enfermera tenía una mirada extraña, no parecía convencida del todo.

—Pero ¿por qué no atraviesa por el pasillo? Es más rápido y no molesta a los pacientes. Algunos están muy delicados —dijo mirando al anciano.

«Vaya, parece que nos hemos topado con una metomentodo», pensó Nora.

—Bueno, mira… —se acercó lo suficiente para ver su chapa—, Sofía, entre nosotras: estoy doblando turno y, como en la habitación de al lado no hay nadie, me he echado una cabezadita. Ya sabes cómo son las guardias.

Sofía ladeó la cabeza y la miró comprensiva.

—¡Ande, vaya! Si la llamó Jorge, seguro que era urgente. No se entretenga más.

Nora atravesó la habitación contigua y, sin pensárselo dos veces, se dirigió al pasillo. Puso la mano en la manilla, suspiró, abrió la puerta y atravesó el umbral. No pudo evitar mirar; prácticamente fue un acto reflejo.

Jorge estaba tendido en el suelo mientras el policía de cara amable, en cuclillas a su lado, le sujetaba la cabeza. Su compañera lo abanicaba con una carpeta bajo la atenta mirada de unas cinco personas que se habían agolpado a su alrededor. Nora sonrió ante el espectáculo del enfermero. Le debía la vida; seguir en aquel hospital hubiera sido un suicidio. Encontró rápidamente las escaleras y bajó a toda prisa los cuatro pisos que la separaban de la libertad.

Cuando llegó a la planta baja, tuvo el irrefrenable deseo de echar a correr hacia la salida, pero entonces vio el coche patrulla que se apostaba en el exterior. Decidió continuar con el plan de Jorge y su supuesto novio. Iba a confiar su vida a un completo desconocido, pero llegado ese punto, no tenía muchas más opciones.

¿Estaría metiéndose en la boca del lobo? ¿El Núcleo estaba detrás de su fuga?

«Ni de coña», pensó.

La organización no la haría escapar por una ventana ni disfrazarse.

Habrían enviado a alguien para eliminarla en la misma habitación, puede que inyectándole aire en la sangre. Ese sí era el estilo del Núcleo.

Siguió su instinto y buscó con la mirada el rótulo de la sala de curas; enseguida lo encontró. Caminó a toda prisa siguiendo las flechas a través de los pasillos. No tuvo que recorrer mucho hasta encontrar la puerta que buscaba, señalada con un cartel.

Pensó por un momento en llamar con los nudillos.

«Qué idiotez».

Colocó los dedos en el picaporte y entró.

Lo que vio a continuación la dejó sin respiración.

11

Un médico

Al otro lado de la puerta, el cañón de una nueve milímetros la apuntaba entre los ojos. Tras el arma, un hombre joven. Era alto, sus hombros estaban a la altura de la frente de Nora, y llevaba el cabello largo y moreno recogido hacia atrás en una coleta. A pesar de no ser excesivamente musculoso, su espalda era ancha, lo que le confería una mayor envergadura. Las ojeras y su extrema delgadez remataban el aspecto de un hombre que no tenía mucho que perder.

Ante la estupefacción de Nora, el desconocido se apresuró a bajar la pistola.

—¿Nora Baker? —inquirió casi en un susurro.

—¿Cómo sabes mi nombre? ¿Por qué vienes a buscarme? ¿Quién eres? —disparó las preguntas como un arma automática, dejando todavía algunas balas en el tambor.

David Peña esbozó una sonrisa triste ante la incomprensión de Nora.

—Tranquila. Te lo contaremos todo, pero ahora tenemos que salir de aquí y rápido. No tardarán en darse cuenta de que te has ido —dijo guardando finalmente la pistola en la parte trasera de su cinturón.

David intentó coger del brazo a Nora para guiarla hacia la salida, pero ella se deshizo de él y permaneció inmóvil en el sitio.

—No pienso ir a ningún lado contigo si no me dices quién eres y por qué me estás ayudando.

David estaba impaciente por salir de allí. Miraba con ansiedad la puerta tras Nora, que podía abrirse en cualquier momento y dar al traste con meses de trabajo. Una investigación que les había costado sangre, sudor y lágrimas, y que ahora se podía ir por el sumidero si aquella chica no accedía a marcharse con ellos.

—Escúchame, Nora —suplicó David desesperado—. No nos conoces, pero estamos en el mismo barco. A ambos nos ha jodido la vida el Núcleo. Estamos cerca de acabar con ellos, pero tienes que venir con…

No pudo terminar la frase; de repente la puerta se abrió de par en par y un agente de policía irrumpió en la sala. El hombre pareció tan sorprendido al verlos que le costó reaccionar y, antes de que le diera tiempo a sacar su arma, David arremetió con decisión contra el pecho del agente. El desconocido salió despedido hacia atrás y se golpeó la cabeza con la pared del pasillo. Mientras permanecía en el suelo aturdido, David aprovechó para cerrar la puerta con seguro.

—¡Corre! —le gritó a Nora cogiéndola de la mano. Esta vez ella no opuso resistencia y lo siguió a la carrera.

Se precipitaron hacia el fondo de la sala de curas, alejándose del agente que intentaba forzar el pomo para entrar.

Al otro lado encontraron una puerta abierta. Corrieron a lo largo de pasillos infinitos cruzándose con pacientes desconcertados. Al fin llegaron hasta un letrero que rezaba: SOLO PERSONAL AUTORIZADO. David hizo caso omiso y empujó la puerta con decisión. Accedieron a una estancia plagada de lavadoras y secadoras industriales de un tamaño gigantesco. La mayoría de ellas estaban en funcionamiento y la ropa mojada giraba sin parar en su interior. Las únicas dos personas que había —una mujer que estaba sacando pijamas de hospital de una secadora y un trabajador que planchaba sábanas al fondo de la sala— levantaron la cabeza como suricatos cuando David y Nora irrumpieron en la sala a toda prisa.

—¡Tranquilos! —exclamó David—. Solo estamos de paso, seguid a lo vuestro.

Avanzaron como rayos entre la ropa limpia y las máquinas metálicas, hasta salir a un pasillo mal iluminado por unos pocos halógenos. Uno de ellos parpadeaba, a punto de fundirse. La ropa sucia se amontonaba en enormes carritos de tela y, tras ellos, escucharon cómo varios policías irrumpían en la lavandería.

—¿Ha entrado una pareja aquí? ¿Por dónde han ido?

—¡En marcha! —apremió David.

Corrieron como si les persiguiera un depredador. Mientras recorrían aquellos pasillos estrechos de aspecto descuidado, David experimentó un pinchazo de nostalgia de aquel tiempo en que un hospital como aquel había sido el centro de su existencia. Parecía otra vida, si es que a la de ahora se la podía llamar así. Siempre en las sombras, en constante huida.

«Lo que hacemos es importante», se dijo.

Pero si los atrapaba la policía todo habría acabado. No solo para ellos. Para las personas que vivían en el laboratorio. Para las víctimas del Núcleo. Para los humanos del mundo en general. Porque ellos eran los únicos dispuestos a hacer algo. Y estaban muy cerca de dar donde duele.

Al llegar al otro lado y empujar la puerta de la salida de emergencia, la luz del día los cegó momentáneamente. Cuando sus pupilas se acostumbraron a la claridad, descubrieron un callejón donde estaba aparcado un jeep de color oscuro. Nada más aparecer ellos, el motor del todoterreno rugió con potencia.

—Vamos, sube al coche —indicó David.

Nora obedeció y se subió a la parte de atrás. En cuanto estuvieron dentro, el conductor arrancó bruscamente, dejando las ruedas en el asfalto. El nuevo desconocido llevaba una gorra oscura y una chaqueta Under Armour que se ajustaba a sus contorneados hombros. Ajustó el espejo retrovisor central para poder observar a la mujer.

—Hola, Nora. Me alegro de verte en otras circunstancias.

Al reconocerlo, Nora no pudo evitar un grito ahogado.

Sus pesadillas la habían encontrado y esta vez no podría escapar.

12

Un plan

Silva recorría a toda prisa el laberinto de calles del centro de la ciudad, mientras, en la parte de atrás del vehículo, David intentaba tranquilizar a Nora como podía. A pesar de sus esfuerzos, ella seguía forcejeando con la manilla de la puerta trasera, propinando patadas y codazos directos al pecho del joven. Sin embargo, Silva permanecía impasible, observándolos por el retrovisor. Había indicado que tenía niños pequeños al alquilar el coche y la empresa les había facilitado un vehículo con control total de las puertas desde el asiento del conductor.

El exmilitar nunca dejaba nada al azar. Era metódico, inteligente y, sobre todo, letal.

—No te molestes, Baker. He desconectado los seguros de la parte de atrás. No puedes salir y tampoco te convendría hacerlo.

—¡Romperé el cristal! —rugió Nora, que intentaba zafarse de David, quien se había puesto a horcajadas sobre ella y la sujetaba de ambos brazos con fuerza.

—Cálmate, Nora. Estamos de tu lado.

—¡Mentira! ¡Él los mato a sangre fría!

Silva, al que solo le faltaba una pequeña chispa para encenderse, saltó tajante:

—Mira, chica, a ver si lo empiezas a entender. O mueren ellos, o mueres tú, con el Núcleo no hay otro camino. Lo único que hice fue salvarte la vida. No habrían dejado que te fueras; llevas información muy valiosa para ellos. Algo que a tu hermano le ha costado mucho conseguir.

Nora detuvo sus golpes de inmediato, confundida.

—¿Mi hermano?

David aflojó un poco sus muñecas.

—¿Cómo crees que sabíamos lo de vuestra fuga? Tom nos avisó.

Nora lo miró angustiada, incapaz de articular palabra.

—Tienes que creernos. Llevamos meses trabajando con tu hermano. Solo queremos ayudarte —insistió David.

Era la segunda vez en poco tiempo que alguien le decía a Nora que solo quería ayudarla. El problema era que esa cantinela ya la había oído demasiadas veces y, casi siempre, había resultado ser mentira. Sin embargo, no tenía forma de salir del vehículo, aquellos hombres la superaban en fuerza y, además, iban armados. Su única posibilidad de salir viva era seguirles la corriente, averiguar qué querían de ella.

—Está bien —suspiró con calma—. ¿Te importaría soltarme?

David dudó un momento. Nora insistió.

—No voy a intentar nada. Solo quiero saber por qué Tom no me dijo nada de vosotros antes de… —Fue incapaz de acabar la frase. Sus ojos verdes se humedecieron sin que pudiera evitarlo.

—¿Antes de qué? —El exmilitar se giró en redondo apartando la vista de la luna frontal—. ¿¡Está muerto!?

—Silva, ¡vamos sin cinturón, joder! —indicó David. Volvió la vista hacia la mujer—. ¿Qué le ha pasado a tu hermano?

Nora se revolvió un tanto incómoda.

—¿Puedes quitarte de encima primero?

David se retiró con las mejillas sonrojadas y musitó un discreto «Lo siento». Ella se incorporó en el asiento, se estiró el jersey por encima de la faja con relleno y se quitó las gafas y la peluca que le había dejado Jorge.

—Antes de contaros nada, quiero saber quiénes sois.

—Es una larga historia —contestó Silva al tiempo que daba un volantazo para esquivar a una señora de mediana edad cargada con dos bolsas de la compra.

—Si queréis que confíe en vosotros, necesito que me deis razones para hacerlo.

David suspiró dejándose caer en el asiento de atrás.

—¿Por dónde empiezo?

—Si puedes evitar la parte en la que trabajo para los malos y además intento matarte... —respondió Silva con ironía.

David esbozó una sonrisa amarga.

—Mejor me ahorro eso, me entran ganas de estrangularte. —Se giró para mirar a Nora. Los ojos de aquella chica lo intimidaban. Podía ver en su interior a una mujer fuerte y decidida, pero a la vez frágil como la porcelana. A punto de romperse a cada momento, pero manteniéndose de una pieza—. Mi nombre es David Peña. Era neurocirujano en un hospital de Cáceres, en España. Tenía una vida completa: un trabajo que me gustaba, una novia a la que adoraba, una familia… El hombre al que conoces como doctor Hooker me arrebató todo eso. Dejé mi ciudad y me uní a Silva para tratar de detenerlos. Llevamos más de dos años siguiendo a Hooker y eso nos ha traído hasta México. Creemos que el Proyecto Overmind es la piedra angular de la organización. De lo contrario, él no estaría aquí.

—Pero ¿cómo vais a detenerlos?

Silva y David respondieron al mismo tiempo.

—Metiéndolos en la cárcel.

—Matándolos a todos.

Los ojos verdes de Nora fueron del uno al otro.

—Como ves, tenemos visiones diferentes de cómo termina todo esto —explicó David—. Pero eso no quita para que nuestro objetivo sea común: destruir al Núcleo.

—Cuando llegue el momento, todos morirán —susurró Silva con rabia.

David no dijo nada, pero a Nora le dio la impresión de que el médico se guardaba algo para sí.

—¿Quieres joderlos tanto como nosotros, Baker? —preguntó Silva.

La cabeza de Nora funcionaba a doscientos por cien intentando procesar todo lo que acababa de salir por la boca de aquellos desconocidos.

—¿Que si quiero joderlos? —preguntó enfadada—. Es lo que mi hermano quería y ahora está muerto. ¿Cómo creéis que vamos a acabar nosotros? ¡No se puede luchar contra ellos! Cuanto antes lo asumáis, mejor. —Las lágrimas comenzaron a brotar de los ojos de Nora como suspiros líquidos, dejando un rastro de tristeza en el paisaje sereno de su rostro.

—¿Cómo ha muerto? —preguntó David.

Nora fue incapaz de responder a la pregunta. Lo intentaba, pero, cada vez que evocaba la imagen de su hermano, temía romper a llorar.

—No te preocupes, no tienes que contestar a eso ahora. ¿Por qué no nos cuentas cómo acabasteis tu hermano y tú en el Proyecto Overmind? —preguntó David intentando calmarla—. Él nunca nos dijo cómo llegó al laboratorio.

Nora apartó la vista del médico y la situó en algún punto, fuera de la ventana. Había cosas que era mejor no contar, por su bien, pero sabía que tenía que darles algo. Los necesitaba para recuperar el medallón, no podría hacerlo sola.

—Hará ya un par de años —respondió Nora limpiándose las lágrimas—. Tom y yo vivíamos en Londres. El doctor Hooker se presentó en nuestra casa y dijo que podía ayudarnos. Mi hermano se quedó parapléjico a causa de… un accidente. Nos mostró casos de otros pacientes con lesiones de médula espinal que estaba tratando. Le prometió a mi hermano que volvería a andar.

—¿A qué te suena la historia? —preguntó Silva mirando a su compañero.

David hizo un gesto con la mano para hacerlo callar.

—Pero hicieron mucho más que devolverle el movimiento en su tren inferior, ¿no es así? —preguntó David.

Nora asintió mientras Silva estacionaba el vehículo en la zona más oscura que encontró dentro de un aparcamiento público.

—Así es… El doctor Hooker no nos había traído aquí para curar a mi hermano. Tenía otras motivaciones.

—Cuidado, ¡bajad la cabeza! —indicó Silva.

Se mantuvieron agachados, escuchando cómo unas pisadas se diluían poco a poco en la distancia.

—No tenemos tiempo de esto —dijo Silva incorporándose—. Mira, no sé qué le ha pasado a tu hermano, pero, cuando te fugaste del laboratorio, nosotros estábamos allí por una razón. Tom nos dijo que había conseguido pruebas de lo que le están haciendo a los pacientes de Overmind…, había obtenido algo gordo y estaba dispuesto a dárnoslo a cambio de ayudarlo a escapar.

Nora asintió, angustiada.

—Sí, había averiguado algo, pero hay un problema.

—¿Cuál? —preguntaron a la vez Silva y David.

—La información que robó mi hermano al Núcleo… las pruebas que necesitáis… no las tengo encima.

—¿Y dónde están? —apremió David.

—En la comisaría de El Cruce.

Silva y Peña intercambiaron miradas de preocupación.

—Joder, ¿es que todo tiene que ser tan difícil? —blasfemó Silva.

Los tres se quedaron en silencio unos segundos, absortos en sus pensamientos.

—Creo que va a ser más fácil de lo que pensamos —le rebatió Nora al cabo de un instante—. Se me acaba de ocurrir un plan para entrar en la comisaría sin ser vistos.

—Ah, ¿sí? ¿Y cuál es, listilla?

Nora señaló con la cabeza al otro lado de la ventana.

—Con la ayuda de unos amigos —sentenció ella.

13

Una autopsia

Seis cuerpos yacían sobre camillas metálicas en una sala alargada, lúgubre y fría. Junto a ellos se encontraba un grupo de personas de lo más variopinto: una doctora forense, seca y aburrida; un chico tímido, de aspecto desaliñado, al que la doctora presentó como su sobrino; una inspectora de la Guardia Nacional con cara de malas pulgas; un experimentado policía, fanático de las películas de ciencia ficción; dos agentes del CNI que parecían querer estar en cualquier otro sitio, y, por último, el estadounidense, William Miller, la persona más peligrosa de aquella habitación.

—Pasemos a este —dijo la doctora mientras se paraba delante del tercer cuerpo—. El sujeto presenta laceración en el costado. La hoja, de unos diez centímetros, penetró limpiamente perforando el pulmón. La trayectoria es frontal. El agresor se encontraba frente a la víctima en el momento del ataque. —La forense levantó el brazo del cadáver—. En el hombro podéis observar el tatuaje de un tigre de Bengala. He consultado la base de datos para ver si el diseño se corresponde con algún grupo militar en especial. No he obtenido datos concluyentes.

—No jodas, este cabrón huele a militar —opinó Valentina.

La doctora asintió.

—Que el tatuaje no esté registrado en ningún comando oficial no significa que no fuera un soldado. De hecho, si se fijan en los cortes, que el sujeto tiene en su brazo izquierdo, verán que intentó defenderse del agresor. Además…

—¿Iba armado? —interrumpió Sebastián acercándose al cuerpo.

Miller observaba la escena aparentando una indiferencia muy estudiada que poco tenía que ver con la curiosidad interior que crecía en sus entrañas.

—Como iba diciendo —prosiguió la forense dirigiendo una mirada helada a Sebastián—, la víctima portaba una Sig Sauer P320 M18. Es una de las pistolas registradas como oficiales por la Marina de Estados Unidos, lo cual nos hace pensar que este hombre es un exmarine que trabajaba en la seguridad del laboratorio, propiedad de…

El estadounidense se apresuró a carraspear con suavidad, casi como si se dedicara a ello profesionalmente. Valentina se volvió hacia él con cara de pocos amigos y Miller se percató del resentimiento escondido en su mirada. Estaba claro que la inspectora no iba a invitarlo de nuevo a su casa para terminar lo que habían empezado; una pena, hacía tiempo que no tenía esa química con alguien.

—Si me permite la interrupción, doctora, el centro al que se refiere está bajo la protección del gobierno de México. Y, en este momento, tanto la empresa como sus trabajadores están en medio de una investigación federal que requiere un tratamiento de absoluta discreción —expuso el estadounidense mientras volvía la vista hacia las agentes del CNI. Una de ellas, la más menuda, apretó los labios con fuerza; a la otra parecía que la vena de la sien iba a explotarle en cualquier momento.

«No les gusta que un extranjero esté al mando, pero tampoco quieren desobedecer a su jefe», pensó Miller. Se llevó un chicle a la boca—. ¿Quieren uno?

La doctora rehusó la oferta a la vez que el tono de su piel iba adquiriendo un color más rosado.

—Sí. Disculpe, no pretendía…

Miller hizo un aspaviento con la mano como restándole importancia al asunto.

—No se preocupe. Nos queda claro que la víctima era un profesional, pero personalmente por quien tengo curiosidad es por el responsable de esas heridas tan feas —indicó señalando la garganta del fallecido.

La doctora pareció recobrar la compostura.

—Bien, como iba diciendo, la víctima portaba una pistola que ha sido encontrada en el suelo junto al cadáver. Todo parece indicar que este hombre extrajo el arma de la funda y efectuó un único disparo, cuya bala hemos encontrado alojada en el tronco de un árbol cercano, a unos seis metros del cuerpo. Acto seguido, el asaltante golpeó la muñeca del sujeto, fracturándola. Tras ello, asestó el golpe mortal hundiendo la hoja en el cuello de la víctima y seccionando la arteria carótida, lo que le causó la muerte en unos pocos segundos.

Las últimas palabras de la doctora sobrecogieron a los presentes en la sala, que se mantuvieron en silencio mientras interiorizaban el relato.

Valentina fue la primera que se atrevió a romper la gravedad del momento.

—¿De verdad creemos que esa mujer pudo hacer lo que acaba de describir, pesando menos de cincuenta kilos?

La doctora negó con la cabeza.

—Evidentemente ella no pudo hacerlo. De hecho, el ángulo de entrada del cuchillo en el cuello de esta víctima indica que el agresor era más alto que el fallecido, lo cual significa una mayor probabilidad de que el asesino sea un hombre.

—¿Alguien me puede decir entonces por qué toda la policía de El Cruce anda buscando a esa pobre chica? —preguntó Sebastián.

Miller se adelantó unos pasos para llamar la atención de su audiencia. No podía permitir que el foco se apartara de Nora Baker, necesitaba encontrarla.

—A ver, Sherlock —dijo dirigiéndose a Sebastián—, buscamos a esa mujer porque tiene información valiosa sobre el caso, sea cual sea su papel en las muertes. Lo que parece evidente es que de alguna manera sabe quién es el culpable. Esto me lleva a una pregunta: ¿tenemos los enseres personales de la fugitiva?

—Los tenemos —se adelantó Valentina—. Están en la sala de pruebas: solo poseía un medallón de oro y…

Valentina no pudo acabar la frase, ya que un golpe sordo resonó en el techo seguido de un tremendo alboroto.

—Algo está pasando en la entrada —dijo Sebastián.

14

Un truco

El vestíbulo de la comisaría de El Cruce era un lugar versátil. Tan pronto pasabas los arcos de seguridad, podías desde renovar tu documentación hasta tomarte un café y un bocadillo. Sin embargo, en aquel momento la máquina de café se encontraba vacía, y todos los agentes se arremolinaban tras los escritorios de denuncias: dos hombres, cuyo grado de alcohol en sangre impedía la transmisión fluida de palabras, se encontraban inmersos en una fuerte discusión. En medio de ellos, un policía de unos cincuenta años, con una voluminosa barriga y la misma mala leche, trataba en balde de poner paz, pero los desconocidos se acusaban mutuamente de robarse sus pertenencias.

Los insultos volaban a discreción provocando las risas de los agentes que se congregaban alrededor de la escena. En ese preciso instante llegó la comitiva procedente de la morgue con Valentina a la cabeza.

—¡¿Qué escándalo es este, Hernández?! —exclamó Valentina con autoridad dirigiéndose al policía que trataba de separarlos sin éxito.

El agente no contestó, ocupado en su tarea. Miller llegó rezagado cerrando el grupo y se le escapó una sonrisa al encontrarse con la situación. Uno de los hombres, que vestía una camiseta de tirantes que parecía haber sido blanca en algún momento, pero ahora era de un color a medio camino entre el beige y el marrón, intentaba tirar de la chaqueta del otro, que se defendía con una mano mientras protegía lo que parecía una botella de licor con la otra.

—Dámela, ¡sé que la tienes!

—¡Ya te he dicho que no! ¡La habrás perdido!

Mientras forcejeaban, Miller observó que el hombre más corpulento, el que protegía la botella de licor, era invidente. Inconscientemente, sus músculos se tensaron, la sonrisa se borró de su rostro y una arruga que reflejaba su preocupación surgió en su frente.

—¡Te voy a matar!

El borracho de la camiseta de tirantes agarró la pechera de su oponente y lo zarandeó. La mala suerte, o quizá la embriaguez, quiso que el contenido de la botella se vertiera en gran medida sobre el uniforme del agente Hernández, que acababa de llegar al límite de su paciencia. Llevado por la ira, propinó un codazo en la cara al borracho de la camiseta de tirantes que cayó al suelo aullando de dolor. Acto seguido sujetó al invidente del cuello y le abofeteó en la cara con todas sus fuerzas. Al pobre hombre todavía le temblaba la mejilla del golpe cuando la mano del policía se volvió a elevar.

Por última vez.

Miller sujetó el brazo del agente mexicano impidiendo que descargara el golpe de nuevo.

—¿¡Qué estás haciendo, Miller!? —Oyó gritar a Valentina.

No se detuvo. Se situó a su espalda y, antes de que pudiera girarse, ejecutó una rápida maniobra ejerciendo la presión apropiada sobre la carótida. El hombre se desvaneció en segundos, y Miller tuvo la delicadeza de sujetar su cabeza para evitar que golpeara en el suelo. Todavía en cuclillas, se volvió hacia el borracho, cuya camiseta, además de sucia, estaba llena de sangre proveniente de la nariz.

—Y tú... —Lo señaló fulminándolo.

—Tranquilo, hombre, si somos amigos —dijo levantando las manos con miedo—. Una mujer nos pagó para venir a la comisaría a liarla.

Miller se quedó paralizado, con los ojos como platos clavados en el desconocido.

—¿Qué has dicho?

El hombre vaciló. Miller supuso que se debatía entre quién le daba más miedo, si la mujer o él. Decidió decantar un poco más la balanza.

—¿Quieres acabar en una cárcel estadounidense?

El pobre desdichado tragó saliva, pero se mantuvo en silencio, testarudo. Fue el otro, el invidente, quien habló:

—Wilson y yo estábamos discutiendo. Él pensaba que le había robado la petaca de whisky DYC. Se pone muy violento si le falta el whisky. Yo le estaba diciendo que se lo bebió ayer, pero no entraba en razón. Siempre hace lo mismo, se lo bebe y luego se olvida. Entonces vinieron.

—¿Quiénes? —preguntó Miller ansioso.

La comisaría entera estaba expectante. Las risas y cuchicheos se habían terminado y el silencio era tan denso que se podía cortar y untar en un pan antes de echar mermelada.

—Un hombre y una mujer —respondió enigmático el mendigo de la camiseta de tirantes.

Miller se volvió hacia él.

—Si la próxima palabra que sale de tu apestosa boca no es la descripción de estas dos personas, te prometo que el codazo te habrá sabido a poco —dijo apretando los nudillos contra su mejilla mientras le sujetaba de la camiseta.

—¡Está bien! El tipo tenía la mirada dura, así como la suya, pero sus ojos eran azules. Bastante fuerte.

—¿Estatura?

—Un poco más alto que usted.

—¿Era mexicano? ¿Te habló en español? —apremió Miller.

—Habló en español, sí. Pero ese *cuate* tenía poco de mexicano…

—¿Y la mujer?

—Rubia, muy guapa. Ella era quien mandaba.

Miller soltó al pobre hombre que se apresuró a apartarse. Inmediatamente después se incorporó y se volvió hacia los policías, que lo miraban expectantes. El estadounidense sonrió impresionado.

—¿Habéis visto la película *Ahora me ves*? —preguntó Miller a todos, pero con la vista fija en Valentina—. ¿Nadie? ¡Seguro que la habéis visto! La de los magos que son reclutados por El Ojo… ¿No?

—Yo sí —respondió Sebastián, contento de que su afición al cine sirviera para algo—. Es muy buena.

Miller se acercó a él, tanto, que difuminó su espacio personal.

—¿Te acuerdas cuando los cuatro magos roban el banco para distraer al público del truco principal? —preguntó Miller.

Sebastián asintió en silencio.

—Bien, amigo. Para que tú lo entiendas, nosotros estamos viendo el robo al banco —dijo señalando a los mendigos— y, mientras, los magos están haciendo el truco de verdad.

Se volvió hacia Valentina.

—¿Dónde están los efectos personales de la sospechosa? La fugada del hospital.

Antes de que la inspectora pudiera contestar, un agente se interpuso entre ella y Miller.

—Están en la sala de pruebas, lo acompaño.

Se pusieron en marcha y Valentina se apresuró a seguirlos. Al salir del vestíbulo fueron a parar a un pasillo estrecho. Debido a las prisas, Miller casi arrolló a un corpulento policía que se dirigía a la entrada de la comisaría.

—Disculpa —musitó Miller sin mirar siquiera al agente.

—No se preocupe —contestó él colocándose la gorra.

Continuaron por el estrecho corredor hasta que el policía que se había ofrecido a guiarlos, de apellido García por sus abuelos gallegos, se plantó inmóvil ante una puerta, en cuyo centro había pegado un papel plastificado que rezaba: ARCHIVO DE PRUEBAS.

La puerta estaba entornada; Miller la empujó con la yema de los dedos. Tardó un par de segundos en ver los pies tumbados sobresaliendo por el mostrador, y un par más en sacar su pistola.

Valentina se adelantó para comprobar el estado del policía inconsciente. Llevaba los pantalones del uniforme sujetos mediante unos tirantes y, debajo, una camiseta blanca de manga corta. La chaqueta del uniforme había desaparecido.

—¡El policía! ¡Ha sido él! —gritó Valentina.

—¿Qué dices? —preguntó Miller.

—¡El que nos hemos cruzado en el pasillo! La chaqueta le quedaba muy justa, como si no fuera su talla y..., creo que no lo había visto antes.

El estadounidense no dijo una sola palabra, corrió hacia la entrada de la comisaría. Valentina y Sebastián lo siguieron a duras penas. Cuando consiguieron llegar al exterior, comprobaron que el hombre se había esfumado.

—Lo hemos perdido —se lamentó Valentina pateando una bola de papel que había por el suelo.

—No te creas, guapa —respondió Miller guiñándole un ojo—. Soy un perro sabueso y me está llegando el olor de un buen rastro.

15

Un programa

Uno, dos, tres tonos...

William Miller aguantaba impertérrito, con el móvil pegado a la oreja, los molestos pitidos de un teléfono que se resiste a ser descolgado. Sabía que tendría que llamar cuatro veces seguidas. La cuarta llamada significaba «Tengo una emergencia»; las tres anteriores, que lo que tienes que contar puede esperar. Esa, al menos, era la regla de la subdirectora de la CIA, Elaine Scott.

—¡Qué grata sorpresa, Miller! ¿A qué debo el honor? —contestó Scott justo antes de que saltara el contestador.

—Elaine, ¿te he pillado de pesca en Camp David con el presidente?

La subdirectora Scott rio ante la ocurrencia de su agente.

—Tu humor siempre tan refrescante, William. Me pillas algo ocupada, hay varias amenazas a la Seguridad Nacional que debemos subsanar lo antes posible. ¿Puedo hacer algo por ti?

—¿Está alborotado el avispero? —preguntó Miller dando un rodeo antes de plantear su petición.

—Ya sabes, la crisis con China nos está dando mucho trabajo.

—Claro, entiendo. Escucha, Elaine, tengo que pedirte algo… —Miller bajó la voz hasta convertirla en un susurro.

Se encontraba en un despacho de la comisaría de El Cruce. Valentina le había indicado que podía usar aquella sala para hacer una llamada, pero Miller no se fiaba un pelo de la policía mexicana. Su relación con ella iba de mal en peor. En cuanto se quedó solo en la oficina, la registró en busca de posibles cámaras y micrófonos. No halló nada, aunque prefirió bajar el tono por si acaso. Si se enteraban de lo que iba a pedirle a su jefa, pondrían el grito en el cielo.

—Estoy encontrándome algunas dificultades en México, el trabajito para nuestros amigos del Núcleo se está complicando —continuó Miller.

—¿No tienes a la chica? —preguntó ella directa.

—Le perdimos la pista en el hospital. No tenemos ni idea de dónde puede estar y, además, la están ayudando. Un tipo con formación militar, muy habilidoso. Ha asesinado a seis personas y se ha colado en la comisaría para robar un medallón de ella de la sala de pruebas. Lo cual me hace sospechar que tienen en su poder el microchip con la información del Núcleo.

Hubo una pausa.

—¿Y qué quieres que haga yo desde aquí?

—Estamos revisando las cámaras de la comisaría, en breve podré enviarte la imagen de este hombre y también la de la chica, se la he pedido a Hooker.

—No sé qué pretendes enviándome…

—Quiero acceso a ARGOS.

—Eso no es posible, Miller. —Cuando la subdirectora lo llamaba por su apellido era para tomar distancia—. Tengo mucho lío, mejor hablamos en otro momento.

—¿De verdad? —preguntó sorprendido—. Si Hooker está tan preocupado por recuperar ese microchip es que contiene algo muy gordo. Y si es tan grande estáis jodidos todos, tú la primera. Así que por qué no dejas de hacerme perder el tiempo y me das ya acceso al puto programa.

—Miller —la subdirectora también bajó el tono de su voz—, ¿sabes qué pasaría si alguien se entera de que hemos activado ARGOS en un país extranjero? Además, las cosas no están fáciles con México, no echemos más leña al fuego.

—Nadie tiene por qué enterarse, Elaine. Solo lo sabremos tú y yo, como en los viejos tiempos… —Le pareció el momento oportuno para recordarle a su antigua amante el lazo que los unía. Para avisarle también de que la vida perfecta que había construido con su marido, el decano de la Universidad de Virginia, estaba en sus manos—. Dame acceso al programa, ya lo hemos hecho antes.

El silencio que poco a poco se iba instaurando ante los argumentos de Miller le hizo pensar que la subdirectora Scott estaba planteándose seriamente hacerle caso.

—No es lo mismo activar ARGOS en Pakistán para identificar personas relacionadas con el terrorismo que hacerlo en México para buscar a una muchacha que no tiene relación con ningún caso de la CIA. Me pedirán explicaciones.

—Eres la subdirectora, algo se te ocurrirá.

Ella suspiró con pesar. Las investigaciones internas en la CIA podría capearlas, en cambio, si el mundo se enteraba de lo que el Núcleo estaba haciendo en México, las consecuencias serían devastadoras.

—¿Te valdrá con las cámaras de tráfico?

—No, quiero acceso a todo, a cada cámara que esté conectada a internet.

Silencio.

—¿Elaine?

—Encuentra a la chica, Miller. Y rápido.

A continuación colgó la llamada.

16

Un viaje

Llevaban horas conduciendo por carreteras comarcales. Habían abandonado el todoterreno en una estación de servicio y robado una ranchera destartalada. En el asiento trasero, David dormía con la boca abierta y la cabeza apoyada sobre un pequeño cojín que había comprado en la tienda de la estación.

Silva sonrió al verlo por el espejo retrovisor. Tuvo la tentación de bromear al respecto con Nora, que iba sentada de copiloto, pero al mirarla de reojo lo pensó mejor. Su vista estaba perdida en algún punto de la lejanía y no había abierto la boca desde que habían cambiado de coche. Llevaba el medallón colgado del cuello y, a cada rato, lo acariciaba con la mano.

—Siento… —Silva tosió incómodo a la vez que ella dirigía su atención hacia el exmilitar—, siento que vieras cómo mataba a esa gente. Pero tienes que entender…

—Que me habrían matado ellos a mí —completó la chica.

—Exacto, son ellos o nosotros. No les importa hacer daño a otras personas si eso conviene a sus intereses.

—¿Y cuáles son sus intereses? Tú trabajaste para ellos, ¿no? Se lo mencionaste antes a tu compañero. —Nora había dejado de observar por la ventana y tenía toda su atención puesta en Silva.

El exmilitar soltó una carcajada cargada de melancolía.

—¿Compañero? Sí, supongo que somos compañeros. No sé si al doctor le hará gracia esa palabra.

—¿Por qué?

—Es una larga historia.

—Resúmela.

—Básicamente intenté asesinarlo.

—¿Por orden del Núcleo?

—Sí.

Nora se mantuvo pensativa unos segundos. Silva casi podía ver cómo los engranajes de su cerebro funcionaban a toda máquina tratando de dilucidar si podía fiarse de él.

«Tranquila, guapa, que yo tampoco confío en ti».

—¿Por qué trabajaste para ellos?

Silva exhibió una mueca amarga, como si le costara masticar la pregunta de Nora.

—Por mi mujer —respondió al cabo de un rato ajustándose la gorra.

—¿Dónde está ella ahora? —se interesó Nora.

—Muerta.

El silencio se apoderó de la cabina del vehículo durante los siguientes cincuenta kilómetros, sumergiendo a cada uno de ellos en oscuros y funestos pensamientos. Silva fue el primero en romper el silencio al que lo había arrastrado su diálogo interno.

—¿Quieres que ponga la radio?

Nora se encogió de hombros.

—Me da igual.

El exmilitar estiró la mano y enseguida comenzó a sonar el último éxito de Karol G y Shakira, «TQG». Silva tardó apenas unos segundos en girar de nuevo la rueda para encontrar otra emisora. La estática de la radio inundó la ranchera mientras el sol comenzaba su descenso en el horizonte. Al cabo de unos segundos, la voz de una locutora llegó nítida y resonante.

«Y, en noticias internacionales, el presidente Gómez Villar ha anunciado la extensión de una iniciativa conjunta con el presidente de Estados Unidos, que comenzó en enero de este año, destinada a fortalecer la cooperación humanitaria y la colaboración en seguridad de ambas naciones. Este anuncio es una muestra del compromiso continuo para fortalecer los lazos bilaterales y enfrentar juntos los retos que ambos países comparten...».

—Bobadas —bufó Silva—. No es más que palabrería. Si quisieran acabar de verdad con el narcotráfico, dotarían de mejores recursos a los cuerpos policiales y endurecerían las leyes. La solución no es aceptar los millones de Estados Unidos y que todo siga igual.

Nora permaneció en silencio.

—Y no es solo aquí —continuó el exmilitar—, riegan con dólares los gobiernos de medio mundo para poder entrar en cuestiones de seguridad. El problema con los estadounidenses es que no les vale una agradable cena, una película y un polvo, ellos querrán quedarse y dejar su cepillo de dientes.

La locutora de radio hizo una breve pausa, ajustando el tono de su voz para abordar el siguiente tema con la seriedad que requería: «Avanzamos a otros titulares en el panorama internacional. La tensión en el mar del Sur de China sigue creciendo día a día situando estas aguas en el centro de atención mundial. El presidente chino, Luo Xinjie, continúa con el desembarco de tropas y armamento en la isla de Zhaoyu, disparando automáticamente la protesta diplomática de Vietnam, que moviliza sus propias fuerzas navales hacia la región. Los gobiernos de Filipinas y Malasia, preocupados por el control chino sobre el archipiélago de las Spratly, aumentan su propia presencia militar en la zona. Por su parte, Estados Unidos, en boca de su secretario de Defensa, ha realizado esta mañana unas declaraciones desde el Pentágono dejando clara su posición en el conflicto: "Las recientes acciones unilaterales en el mar del Sur de China han amenazado la paz y la estabilidad en una de las regiones marítimas más transitadas del mundo. La decisión de China de ocupar y militarizar la isla de Zhaoyu no solo socava la soberanía de las naciones vecinas, sino que también pone en peligro las rutas comerciales que son esenciales para la economía global. En respuesta a esta escalada y en coordinación con nuestros aliados en la región, hemos desplegado una flota de portaaviones para realizar operaciones de libertad de navegación cerca de Zhaoyu…"».

—¿El mundo está en guerra? —preguntó Nora.

Silva la observó escéptico.

—Estás de coña, ¿no, chica?

—No.

—¿No sabes nada del conflicto del mar del Sur?

Ella negó con la cabeza.

—El acceso al mundo exterior en el laboratorio era limitado. Según ellos, para evitar que experimentásemos desestabilizaciones emocionales que pudieran alterar nuestro estado de ánimo e interferir en los ensayos.

—¿No teníais internet?

—Sí, pero estaba controlado.

—¿Y móvil? ¿Cómo contactabas con la familia?

—No podíamos —sentenció Nora.

—Tu hermano sí podía. Contactó con nosotros.

Ella guardó silencio y se giró hacia la ventana.

—¿Vas a decirme qué le ha pasado a Tom?

Nora permaneció impasible ante la pregunta; ni siquiera se giró.

—¿Qué hacías tú allí dentro?

De nuevo, el exmilitar recibió la fría indiferencia de Nora ante su pregunta. Silva notó cómo su sangre entraba en proceso de ebullición y, antes de que pudiera darse cuenta, la ranchera estaba detenida en el arcén y él a punto de cometer otro asesinato.

—Déjame explicarte una cosa, Baker. Que ya he identificado qué clase de tía eres, de esas listillas que se creen que lo saben todo, que les gusta mandar y guardarse la información solo para ellas mismas. Pues escúchame, sabelotodo: aquí no mandas tú. Aquí mando yo o, en su defecto, el doctor. O empiezas a contarme todo lo que sabes, o te arranco ese medallón que llevas al cuello y te dejo tirada en esta cuneta para que el Núcleo te encuentre.

—¡Silva! —exclamó David con voz ronca incorporándose en el asiento trasero—. ¡Déjala en paz! ¡Ha perdido a su hermano!

—No sabemos cómo. No me fío de ella —se defendió Silva.

—Tiene más motivos que nosotros para acabar con el Núcleo.

—¿¡Y cómo lo sabes!? No conocemos nada de ella, Tom la nombró una sola vez; en teoría iba a escapar con él, y ahora resulta que está muerto...

—Yo no maté a mi hermano si es lo que insinúas —replicó enfadada Nora.

—¿No ves que no tiene sentido lo que dices? Eres un desconfiado.

—Mi desconfianza nos mantiene vivos, doc. Así que de nada.

David no respondió al ataque, pero sí se dirigió a Nora.

—Tarde o temprano tendrás que contarnos lo que ha pasado. Y qué escondes en ese medallón.

Nora se quedó observando el grabado familiar impreso en oro del guardapelo. Buscó un pequeño saliente dorado en la parte superior y lo presionó. El relicario se abrió revelando algo diminuto, que vertió sobre la palma de la mano. Silva y David se inclinaron para poder ver el objeto circular, del tamaño de un euro, quizá algo más pequeño. Su centro resplandecía y estaba hecho de algún metal que Silva desconocía. De la circunferencia salían múltiples hebras, casi transparentes, que iban conectadas a una especie de adhesivo rectangular.

—Aquí lo tenéis, el microchip que llevaba implantado mi hermano Tom.

—¿Y qué quieres que hagamos con esto? —preguntó Silva, confuso.

—Esto es Overmind —contestó Nora—. Y vamos a hacer que paguen.

17

Una compañera

Dos años antes en el laboratorio de Chiapas
Abril de 2021 – Proyecto Overmind

—¿Raíz cuadrada de seiscientos setenta y seis?

—Veintiséis —respondió Nora sin apenas dejar tiempo a plantear la pregunta.

—Muy bien —dijo el doctor Hooker apuntando en su tableta—. ¿Cuánto es ciento cuarenta y cinco por doscientos noventa y siete?

Nora tardó en contestar el tiempo justo para que Hooker pudiera leer el mensaje que había aparecido en su móvil.

Rebeca Hopkins:
Esta semana iré a verte.

—Cuarenta y tres mil sesenta y cinco —contestó Nora sin ningún atisbo de duda.

Se encontraba sentada sobre una silla incómoda de madera, pintada de blanco. Se frotaba los muslos, nerviosa, con las palmas de sus manos, que estaban enrojecidas por la fricción con la tela. Su pelo rubio lo llevaba recogido en una trenza y, a pesar de su nerviosismo, su mirada era directa y decidida. Frente a ella estaba el doctor Hooker, enfundado en un traje azul oscuro a cuadros, con chaleco y corbata a juego y camisa blanca que combinaba con el pañuelo de la americana. A pesar de tener cierta edad, todavía tenía el estilo y la elegancia fresca y juvenil del que sabe vestir.

El doctor analizaba cada gesto de Nora con una expresión fría y calculadora. Sobre la chica había un enorme tubo de metal que hacía un ruido constante, como el que produce el ventilador de un ordenador portátil al calentarse.

Detrás de ella, tres personas con batas blancas manipulaban unas pantallas donde aparecían diferentes perspectivas de un cerebro.

—Nora, háblame de tu hermano.

—Esto no va a funcionar, doctor Hooker —respondió ella.

—Olvídate de que eres psicóloga, solo contesta a las preguntas.

—¿Qué quieres que te cuente? Ya lo sabes todo de él —respondió Nora a la defensiva.

Hooker hizo un gesto con la mano, como restándole importancia a la pregunta.

—Bueno solo te pido que me digas cómo es, qué le gusta...

Nora se revolvió molesta en su silla.

—Mi hermano es la persona más inteligente que conozco. Fue el primero de su promoción en el MIT.

—¿Y eso cómo te hace sentir?

—¿A mí? Muy bien, es mi mellizo, sus logros son los míos.

—Pero eso no fue siempre así...

Nora torció el gesto.

—Eso es un golpe bajo.

—Tu hermano me ha contado que tu padre os hacía competir entre vosotros, que te insultaba si conseguías peores resultados que él... ¿Te pegaba, Nora?

—No, no me pegaba —respondió apretando los dientes—. Pero estuvimos mejor sin él.

—¿Os fue mejor cuando él se fue?

La chica dudó.

—No.

—¿Por qué no?

—Porque mi madre murió de ELA y nos quedamos solos.

—Fuisteis a un orfanato en Londres, ¿verdad?

Nora asintió en silencio.

—¿Qué tal os fue allí?

—Sin más —dijo encogiéndose de hombros.

—¿No te llevabas bien con el resto de niños?

—Sin más —repitió.

—¿Y con Tom?

—Claro que sí, mi hermano era y es todo lo que me queda en la vida.

—En aquella época ya destacaba mucho en el colegio, ¿no te provocaba cierta envidia que tu mellizo fuera más inteligente que tú?

—Para nada.

—Y también era bueno con los deportes, he oído. ¿Qué hacía?

—Atletismo.

—¡Eso! Bueno, ahora lo de correr…

Los ojos de Nora refulgieron puro fuego. Hooker la miró curioso, intentando descifrar el enigma de sus ojos. Sabía que con aquello había tocado hueso, la chica estaba a punto de perder los nervios y tirarse a su yugular.

—No —contestó contenida—, mi hermano ya no puede ni andar.

—Bueno, para eso estáis aquí, ¿verdad? Para que os ayudemos a ambos. —El hombre cruzó una pierna sobre la otra y se puso cómodo—. Nora, ¿cuánto es seiscientos cuarenta entre dieciséis?

—Cuarenta —respondió casi al instante.

—Muy bien. ¿Y qué más deportes hacía Tom? ¿Compartías alguno con él?

Nora se resignó a lo inevitable; sabía perfectamente a dónde quería llegar el doctor. Lo había estado evitando, pero él no se detendría en su empeño. Iba a tener que enfrentarse a ello.

—Tom solía ir a escalar los fines de semana, yo solo lo acompañé una vez.

—¿A ti te gusta la escalada?

Nora notó cómo se iba poniendo cada vez más tensa.

—No —contestó Nora—. Tengo miedo a las alturas.

—Entonces ¿por qué fuiste?

—Por mi hermano, a él le hacía ilusión… y yo quería vencer mis miedos.

—Ese día tu hermano tuvo el accidente que lo dejó en silla de ruedas, ¿verdad?

La chica se tomó su tiempo en responder.

—Así es.

—¿Tuviste algo que ver con lo que le pasó?

La pregunta no pilló por sorpresa a Nora. Aun así, le revolvió el estómago y las náuseas la obligaron a encorvarse hacia delante. Hooker pudo leer la angustia del pasado en sus ojos suplicantes. No pudo expresar palabra alguna. Se mantuvo el silencio en la habitación durante algunos segundos. Todos observaban a Nora esperando alguna reacción, un gesto diferente, una salida de tono. Pero no se produjo. Poco a poco el gesto de la chica se fue relajando hasta quedarse en una mirada ausente y una misteriosa mueca en los labios.

Hooker se preguntó si lo había conseguido. Alargó la vista por encima de la mujer hasta el experto neurólogo.

Él asintió con la cabeza. Hooker estaba extasiado.

«Te encontré».

—Nora, ¿querrías decirme cuánto es veintinueve por setenta y cuatro?

La mujer entrecerró un poco los ojos para concentrarse en el cálculo. Todo el mundo estaba expectante. La tensión se cortaba con un cuchillo.

—Mil nove…NO… Dos mil sete… ¿Sabes qué? ¡Vete a la mierda! ¿Quién te crees? Con ese corte de pelo y ese traje a cuadros, pareces ridículo.

Hooker sonrió, descruzó las piernas y se incorporó hacia delante.

—Hola, Kayla. Estaba deseando conocerte.

—Pues yo no tenía ninguna gana de conocerte a ti, cretino.

—¿Sabes dónde estamos? —preguntó Hooker obviando los insultos.

—¿En una clínica de desintoxicación? ¿La tarada de Nora se ha dado a la bebida?

Hubo alguna risa aislada entre los sanitarios presentes en la sala. Hooker les dirigió una mirada helada que cortó sus sonrisas al instante.

—Algo así —respondió Hooker—, aunque no es del alcohol de quien quiere desintoxicarse.

Nora expuso una sonrisa socarrona.

—No puedo creer lo que estás insinuando, ¿esa estúpida se quiere deshacer de mí? ¡Estaría muerta si no fuera por que yo la mantuve con vida! ¡Hija de puta!

La mujer se levantó como un resorte y corrió hacia la puerta sorprendiendo a los sanitarios, que no tardaron en reaccionar agarrándola como pudieron de los brazos y piernas. La volvieron a sentar en la silla mientras pateaba y berreaba como una niña pequeña. Uno de ellos sacó unas bridas y envolvió con ellas las muñecas de Nora a su espalda. Con otras tiras de plástico inmovilizó sus piernas contra las patas de la silla.

—¿Ya estás más calmada? —preguntó Hooker tras el revuelo.

Por toda respuesta, Kayla escupió en el suelo. Cerca del zapato izquierdo de Hooker, quien soltó una mueca de asco y apartó el pie.

—No creas que vas a hacerme desaparecer, doctorucho. Soy más fuerte que esa pánfila. Si solo puede quedar una de las dos, ten por seguro que seré yo —dijo desafiante.

Hooker sonrió tranquilo.

—¿Sabes lo que tienes sobre la cabeza, Kayla?

La mujer negó.

—Es el escáner cerebral más potente que existe. Te lo voy a explicar de la manera más sencilla posible, para que hasta tú lo entiendas. Todos sabemos que aquí la lista es Nora —se burló Hooker.

Kayla cerró los puños con fuerza y puso a prueba las bridas que cortaban la circulación de sus muñecas.

—Vamos a usar este aparato para identificar las áreas cerebrales que se activan cuando tú estás presente. Y, después, ¿te imaginas qué vamos a hacer?

—¡¡Voy a matarteee!! —Kayla se revolvía en la silla como un animal salvaje encadenado.

—Apagaremos esas áreas con un chip implantado en tu cerebro —prosiguió el doctor Hooker como si fuera una charla amigable entre dos colegas neurólogos.

—No podrás hacerlo, no soy cuatro conexiones neuronales que puedas apagar… YO SOY NORA Y NORA SOY YO.

—Oh, ya lo creo que podré. Ya has empezado a desaparecer, Kayla. —Hooker se incorporó de la silla dando a entender que había terminado la sesión.

Mientras abandonaba la sala pudo ver cómo los sanitarios se abalanzaban sobre Kayla para aplicarle un sedante.

18

Un motel

—¡Allí! Tras el muro de piedra, gira a la derecha.

—Te he dicho que apagues el móvil, ¡y quítale la batería!

—Tranquilo, Silva. Son los teléfonos de Roberto, no se pueden rastrear, ¿recuerdas? —respondió David mientras seguía las indicaciones del GPS de su dispositivo móvil—. En la bifurcación sigue el camino de la izquierda.

La vía que David señalaba era una pista de tierra llena de guijarros y baches del tamaño de ruedas de camión.

—Sé perfectamente dónde vamos y cómo llegar. Apágalo, ¡ahora! —exclamó Silva.

David resopló, visiblemente molesto, pero se guardó el dispositivo en el bolsillo después de retirar la batería de litio.

La vieja ranchera se adentraba en la sierra de Tuxtlas. Nora suspiraba molesta, con media cabeza fuera del vehículo mientras observaba el tapiz de la selva que cobraba vida en un estallido de verdes, desde el jade hasta el esmeralda. Las copas de los árboles se mecían suavemente bajo el peso de la humedad, goteando vida en un sinfín de lianas y helechos. La luz cálida del atardecer se filtraba entre las hojas, revelando ocasionales destellos de flores tropicales como llamaradas de colores que combatían la sombra perpetua.

Solo habían pasado unas pocas horas desde que abandonaron el estado de Chiapas y ya estaban de nuevo metidos en otra selva. David no soportaba aquella humedad pegajosa, el olor a tierra mojada, el silbido de los pájaros sobre las copas de los árboles, la vegetación gigantesca que ocultaba temibles depredadores y, por supuesto, ¡ZAS!..., no echaba de menos los mosquitos. Retiró el cadáver del insecto de su brazo dejando un pequeño hilo de sangre procedente de las anteriores víctimas de aquel díptero y se volvió hacia Silva.

—Repítemelo, ¿qué hacemos aquí?

—Ya os lo he explicado, tenemos que ver a alguien.

—¿A quién? —preguntó Nora apartándose un mechón de pelo rubio de la cara para colocarlo tras la oreja.

A David el gesto de Nora no le pasó desapercibido, le había recordado a alguien. A una mujer que lo había traicionado y herido tan profundamente que la cicatriz jamás sanaría. A una vida anterior como neurocirujano que se había ido al traste.

No había vuelto a ejercer su profesión desde la muerte de Alma. Era como si con ella se hubieran marchado sus habilidades. Pensaba en sus pacientes como si fueran los de otro, como si ese David fuera el protagonista de una serie que estaba viendo desde su sofá. Ya no se consideraba médico. No podría volver a ayudar a los demás hasta que no fuera capaz de ayudarse a sí mismo. Todo empezaba y terminaba con Hooker. Y David sabía muy bien lo que tenía que hacer. La única cuestión era si, llegado el momento, tendría agallas para hacerlo.

—A unos amigos —respondió Silva hastiado; era la tercera vez que contestaba a aquella pregunta.

—¿Para qué?

—Porque van a sacarnos de México.

—¿Y cómo se supone que van a hacer eso desde… —preguntó David tomándose una pausa para observar su alrededor— en medio de ninguna parte?

Silva se limpió las gotas de sudor que le recorrían la frente.

—Por el puerto de Veracruz.

—¿Puerto? Pero tú has visto dónde… —replicó Nora.

—Silva —interrumpió David—, ¿estás seguro de que sabes dónde está el motel? Me parece que siempre vemos los mismos árboles, no sé si estamos dando vueltas en círculos.

—Estamos cerca —murmuró Silva.

Dando la razón al exmilitar, al cabo de unos metros surgieron un par de casuchas de cemento sin pintar, mal rematadas. Los tejados eran de uralita y la puerta de la entrada consistía en una cortina de tela de infinitos colores. Apoyado en la fachada, mirándolos con cara de pocos amigos, había un hombre de tez morena, bigote alargado y escasos dientes en la recámara. Atado a la cintura con una correa de cuero llevaba un machete oxidado del mismo tamaño que un brazo.

David se coló entre los asientos delanteros para poder ver con más claridad.

—¡Dime que no vamos a reunirnos con él!

Silva rio con ganas.

—No, pero igual lo preferirías.

Ante la respuesta, David decidió que quizá era mejor no hacer más preguntas. Tras pasar un par de viviendas más, del mismo estilo que la primera, llegaron a una edificación protegida por un muro de piedra, al que culminaba un alambre de espino. A la izquierda había un gran portón de hierro frente al que se situó Silva. Sobre él, una cámara de seguridad enfocaba el coche. Tocó el claxon un par de veces. El mecanismo automático se puso en marcha de inmediato.

—Ahora sí que hemos llegado.

Accedieron a un patio empedrado en el que solo había otro vehículo: un Suzuki Grand Vitara. El edificio, de una sola planta, estaba muy cuidado. A diferencia de las casas colindantes, la fachada lucía recién pintada de blanco y tenía elementos decorativos de madera maciza. Los ventanales eran grandes y estaban protegidos por rejas. Del interior del establecimiento surgió un chico.

—Bienvenidos al motel Amanecer, muchachos.

El joven mostraba una sonrisa pletórica, de oreja a oreja, tan abierta que resultaba falsa. Era de esa clase de personas en las que no existía concordancia entre los ojos y la boca. La sonrisa decía «Yerno del año»; los ojos, en cambio, mostraban que sería capaz de matarlos y enterrarlos frente al motel sin apenas despeinarse el tupé engominado.

David sintió un escalofrío.

—Oye, estáis seguros de…

Como respuesta, Nora se bajó del vehículo y saludó al joven. Silva se giró hacia su compañero.

—Tranquilo, lo tengo controlado —susurró el exmilitar acariciando su pistola.

El empleado del motel había abierto el maletero y se echaba al hombro las bolsas de equipaje de los dos españoles. David percibió que Nora se quedó observando las mochilas de sus compañeros, añorando sus enseres, que había abandonado en el laboratorio cuando huyó a toda prisa.

—Te hemos comprado algo de ropa.

Ella sonrió agradecida y David notó cómo el calor se apoderaba de sus mejillas. Siguieron al recepcionista y a Silva por el camino hasta la entrada del motel.

—Soy Kiko, por cierto —dijo el recepcionista estrechando la mano de Silva—. ¿Cómo fue el viaje?

—Accidentado —respondió el exmilitar con brusquedad—. ¿Nuestro amigo común ha llegado ya?

—Todavía no, señor. Si quieren, puedo mostrarles sus habitaciones y, cuando lleguen los caballeros, les aviso enseguida.

—Está bien, después de ti, Kiko —dijo Silva echándose a un lado para dejar paso al joven empleado del motel.

Kiko agradeció el gesto volviendo a esbozar su siniestra sonrisa. Los tres fugitivos lo siguieron hasta el interior. El vestíbulo era una acogedora estancia con paredes revestidas de papel pintado. Al fondo de la sala había tres mesas de madera con un jarrón fino en el centro coronado con una única flor, un diente de león. A la izquierda, una barra de bar hacía las veces de recepción. El grupo se dirigió hacia el lado opuesto, liderados por Kiko.

—Díganme si quieren cenar, les puedo preparar algo. Tengo de todo en el congelador: carne, pescado, verduras… Ah, también podría cocinar unas enchiladas. ¡Me salen de muerte!

—¿Y algo menos picante? —preguntó Nora—. Mi pobre estómago lo agradecerá.

—Claro, con gusto puedo hacerlas sin picante o buscar otra opción. Perdone, señora, si me permite la indiscreción, ¿puedo preguntarle de dónde es usted? Su acento me resulta peculiar.

David se dio cuenta de que aquel comentario había golpeado suavemente el ego de Nora porque mudó el rictus. El médico también había percibido el ligero acento en su trabajado castellano.

—De Londres —respondió entre dientes.

—Ah, claro. —Kiko pareció darse cuenta rápidamente de que su pregunta había incomodado a su huésped, así que guardó su sonrisa perpetua y cambió de tema—: Normalmente la zona de la piscina está limpia y arreglada, pero ahora con estas lluvias es imposible mantenerla bien.

El área que el recepcionista les señalaba, a través del ventanal, daba la impresión de que no se había limpiado en años: hojas por el suelo; la piscina a medio llenar; un par de hamacas descoloridas, una de ellas rota. Y como colofón, una bañera de hidromasaje vacía sobre la que reposaba una sombrilla que habría ido a parar allí a causa del viento.

David se volvió alarmado hacia Silva, pidiendo auxilio con sus ojos. Él le respondió con una media sonrisa y encogiéndose de hombros.

—Pues ya estamos —dijo Kiko, tras detenerse delante de una puerta y sacar una pesada llave de hierro.

Funestos pensamientos sobre colchas polvorientas, sofás desconchados y paredes amarillas del humo asaltaron la mente de David. Sin embargo, cuando el empleado del motel abrió la puerta de la habitación, sus temores se disiparon.

Lo primero que llamó su atención fue el cisne sobre la cama, hecho con las toallas de ducha. La pared del cabecero estaba pintada de color fucsia, mientras que el resto de la decoración se presentaba en tonos blancos, combinados con muebles de madera, como el reposapiés. No solo estaba limpia; olía a productos de limpieza.

—Esta es la habitación de la señora —dijo Kiko sacando pecho orgulloso—. Espero que encuentre todo a su gusto.

Nora abrió la boca para responder, pero nunca llegó a hacerlo. David supo que algo no iba bien justo antes de que pasara. Lo vio en su cara, en sus ojos perdidos en el infinito. Se apresuró a sujetarla por la cintura, pero se desvaneció tan rápido que no le dio tiempo.

El cuerpo inerte de Nora produjo un golpe sordo al chocar contra la moqueta del motel.

19

Una conexión

Un año antes en el laboratorio de Chiapas
Mayo de 2022 – Proyecto Overmind

Nora abrió los ojos algo desorientada. Se encontraba en un gigantesco vestíbulo, de techos altos y lámparas majestuosas. En las paredes, las plantas se multiplicaban derramándose desde maceteros, de diseños vanguardistas, que aportaban vitalidad a la decoración. A unos pocos metros, un bar discreto de madera y mármol ofrecía cócteles de autor. La barra estaba atestada de personas que deseaban probar alguna de las exóticas creaciones.

De repente le llegaron las suaves notas de un piano. Conocía la melodía: «Rhapsody in Blue», de George Gershwin. Disfrutó de aquella fusión de jazz y música clásica, sin prisas, sentada sobre un sillón de diseño que parecía haber costado unos cuantos miles de euros, pero que estaba duro como una piedra. Junto a ella, en otra butaca del mismo estilo, se sentaba un hombre ya entrado en años. Su cara quedaba oculta tras el periódico, pero Nora podía ver sus cuatro pelos canosos y las arrugas en la frente.

Debió notar la mirada de Nora sobre él, así que subió la vista por encima del periódico y la saludó.

—Hola, Nora. ¿Qué tal estás? Me alegro de verte.

—Bien —contestó ella, confundida, mientras se levantaba.

—Que pase un buen día —dijo él mientras volvía a su lectura.

—Igualmente.

El periódico era el *Daily Mirror*, así que debía de estar en Londres. Se fijó de nuevo en lo altos que eran los techos, de los que colgaban unas impresionantes lámparas de cristal. La iluminación era acogedora, pero la ausencia de luz natural hizo que Nora se preguntase si era de noche. En el centro del vestíbulo, una amplia escalera con forma de medialuna conducía al piso superior. Nora se apresuró a subir los peldaños, con toda la rapidez que le permitían sus zapatos de tacón. Era la primera vez que sus pies no gritaban de dolor al llevar ese calzado. Ella siempre iba en zapatillas o, dependiendo de la ocasión, con botas o zapatos planos.

«El vestido tampoco me va mucho», pensó al observar la falda cruzada que dejaba al descubierto una de sus rodillas.

Cuando llegó al piso superior, una mujer se acercó a ella con actitud complaciente. Vestía un traje de chaqueta, con falda de tubo negra. Sobre la americana, una chapa dorada mostraba su nombre y apellido: Helena Thompson.

—¿Señorita Baker?

Nora asintió.

—Venga conmigo, la están esperando.

Nora siguió a la mujer hasta una terraza descubierta. Como había pensado, se estaba haciendo de noche. El cielo adquiría un tono violáceo, mientras que las nubes refulgían con un color anaranjado, propio del sol que se resiste a marcharse. La misteriosa mujer la guiaba, ajena a la belleza de la escena que la rodeaba, hacia una pirámide de cristal que se fundía con el exquisito cielo donde comenzaban a brotar las estrellas. Atravesaron la pirámide, cuyo interior disponía de varios ambientes: una barra de bar, una zona de mesas altas para picar algo y varios sillones bajos, alrededor de un escenario, donde una virtuosa mujer tocaba un blues con el saxofón.

Salieron de nuevo por el lado contrario. Nada más atravesar la puerta de cristal, Nora la vio. Estaba apoyada sobre la barandilla del mirador. Tenía ese aire melancólico del que era incapaz de desprenderse, sus ojos tristes miraban hacia el infinito. Su vestido de gala dejaba al descubierto la espalda.

Nora dio las gracias a Helena por acompañarla hasta allí y se apresuró a reunirse con la mujer, que no se giró hacia ella hasta que se colocó a su lado.

—Dichosos los ojos —saludó Nora—. Estás preciosa, Amanda. No te veo desde…

—Desde el día que me operaron —contestó ella sin dejar de admirar el cielo—. Sí, lo siento, he estado muy ocupada.

El silencio se apoderó del lugar durante unos segundos.

—Bonitas vistas —comentó Nora para romperlo—. Es de agradecer que se hayan esforzado por hacernos sentir en casa.

Ella sonrió sin despegar los labios.

—¿Cuánto tiempo llevas sin verlas? —preguntó la mujer.

—Más de un año ya —contestó Nora.

—Se hace duro estar lejos…, aunque, bueno, yo prácticamente acabo de llegar —añadió risueña—. Y no es que mi vida anterior fuese mejor…, ya no podía comer ni asearme, ni siquiera comunicarme. ¿Te imaginas lo que era vivir así?

Nora suspiró, mientras contemplaba la majestuosa torre del Big Ben, que custodiaba el imponente lado noroeste del palacio de Westminster.

—Sé muy bien lo que es. A mi madre le diagnosticaron ELA cuando yo tenía siete años. Al principio solo tenía algunos calambres musculares y cansancio, siempre estaba cansada. No permanecía de pie durante largos periodos. Pero enseguida empezó a empeorar y la mujer que murió unos años después poco se parecía ya a mi madre. Con la capacidad de valerse por sí misma había perdido su esencia. No imagino lo que ha debido de significar para ti volver a andar, a hablar, a peinarte sola…

Amanda exhibió una sonrisa radiante que dejaba al descubierto toda su dentadura.

—Ha sido increíble… y todavía estoy en fase de rehabilitación. Según los médicos, podré hacer mucho más.

—¿Cuánto ha pasado? ¿Dos meses desde la intervención?

Amanda asintió y se giró a mirarla por primera vez a los ojos.

—Sí, el primer día ya podía volver a comunicarme. A los pocos días movía las piernas y ahora ya estoy empezando a caminar, poco a poco.

—Vaya, es fantástico —dijo Nora cogiéndola del brazo y dándole un pequeño apretón—. Me alegro mucho por ti.

—Sí, aunque las sesiones son agotadoras, ya sabes. Son el precio que tenemos que pagar por volver a ser nosotras mismas.

El rictus de Nora cambió y sus ojos reflejaron el miedo. «No sigas por ahí».

Admiraron las vistas durante unos segundos en silencio, pero Amanda volvió a la carga.

—Lo he pasado mal, Nora. A veces llegan demasiado lejos. No sé si tú también…

Nora no contestó.

—El potencial del microchip me asusta, yo…

Nora cambió inmediatamente la presión ejercida sobre el brazo de Amanda y la apartó de la barandilla para llevarla al rincón más oscuro de la terraza.

Desde allí se podía ver el London Eye.

—No digas ni una palabra más aquí, ¿me oyes?

—Pero si no he…

—En este entorno lo controlan todo, Amanda, lo oyen todo. ¿Es que no te has dado cuenta?

Amanda abrió mucho los ojos, presa del pánico. Antes de que pudiera responder apareció el doctor Hooker con una sonrisa gélida bajo su prominente bigote, que heló al instante la conversación entre las chicas. Tenía buen aspecto, con su cabello impecablemente peinado hacia un lado y unos zapatos que brillaban más que el vestido de Amanda.

—¿Interrumpo algo, queridas? —preguntó, manteniendo la sonrisa en el rostro.

—No —se apresuró a responder Nora.

Amanda negó en silencio, sus dedos temblaban, incapaz de controlarlos.

—¿Qué os ha parecido?

—Muy real —contestó Nora.

Amanda no contestó, seguía procesando la advertencia de Nora.

—Sí, la verdad es que es magnífico, y no solo la parte visual, todos los sentidos están trabajados a la perfección —dijo Hooker mientras inhalaba una buena cantidad de aire por la nariz.

—Pero ¿cómo es posible esta conexión? ¿Esto es real? ¿Está pasando de verdad? —preguntó Nora.

Hooker sonrió con suficiencia.

—¿Qué os parece si lo dejamos aquí por hoy?

Ambas asintieron confusas.

—¡Ha sido todo un éxito! —exclamó entusiasmado el doctor Hooker.

De repente, las imágenes se oscurecieron como si todos los colores giraran a la vez hasta fundirse en negro.

20

Una revelación

—¡Nora! Vamos, despierta. ¡Nora! —alentó David.

Acababa de tomarle el pulso; estaba estable, pero por más que lo intentaba la chica no volvía en sí.

—Trae agua —le dijo a Silva—. Y algo dulce.

Silva y Kiko desaparecieron al instante y los dejaron solos.

—Despierta, Nora. ¿Qué te ha pasado?

Su cara permanecía impertérrita, ajena a la ansiedad del doctor. David miró hacia la puerta, desesperado. Se había quedado entreabierta, pero ya no escuchaba los pasos de los dos hombres, que se habían alejado por el pasillo.

Cuando bajó de nuevo la vista, los ojos verdes de Nora estaban clavados en él. Se asustó por un momento.

—¿Estás bien?

Le chica se incorporó con precaución, con la ayuda del doctor.

—Eso es, cuidado. Te has dado un golpe en la cabeza al caer contra el suelo. ¿Te duele?

Se llevó una mano a la nuca y la sumergió en su denso cabello rubio. Comprobó que no hubiera sangre en sus dedos.

—¿Cuánto tiempo ha pasado? —preguntó.

—Solo unos minutos —se extrañó David—. ¿Por qué? ¿Qué has sentido?

La expresión de Nora era extraña, parecía aterrada.

—No sabría explicártelo…, ha sido como si…

De repente percibió en sus ojos el reflejo de una idea que comenzaba a tomar forma en su cabeza.

—David, tú eres cirujano —dijo refrendando su convicción. Nora esbozó una sonrisa tan amplia que David creyó que había perdido el juicio.

—Realmente ya no lo soy, hace mucho que no… —contestó David, confuso.

Nora hizo caso omiso de su respuesta. Sujetó su mentón con firmeza, guiando el rostro de David hacia sus ojos, obligándolo a perderse en la belleza de sus iris verdes.

—Vas a tener que ayudarme.

El médico la observó tratando de descifrar sus pensamientos a través de su mirada.

—No te entiendo, Nora. ¿Qué ha pasado?

—Eres el único que puede ayudarme; si no haces nada, me van a matar.

David asintió enérgico.

—Dime cómo y te ayudaré, pero tendrás que contármelo todo, Nora. Confiar en mí. —Tendió su mano con la palma hacia arriba. Podía ver la lucha interna en los ojos de ella, su desconfianza, la desesperación.

—Está bien —asintió ella posando su mano sobre la de él—. Te lo contaré todo, quiero confiar en ti, pero tendrás que hacer lo que te pida. Si no lo haces, el Núcleo habrá ganado.

—Pero ¿a qué te refieres? ¿Qué podría hacer yo?

—Vas a tener que operarme —sentenció Nora.

21

Un conocido

Miller descendió del helicóptero del CNI, con el ensordecedor ruido del aparato taladrándole los tímpanos. Se había desecho de la peculiar pareja de agentes de Inteligencia que le seguía a todas partes, gracias a un alto cargo de la agencia. Ya no le quedaban muchos favores que reclamar, estaba agotando todos sus contactos en México, pero merecía la pena. Si hubiera llevado a esas dos mujeres a aquella casa, Hooker habría puesto el grito en el cielo.

Se dispuso a subir la ladera frente a él. Sus pasos deformaban la alfombra de césped pulcramente cortado a medida que ascendía la pendiente, deleitándose al contemplar el impresionante jardín que tenía ante sus ojos. Los senderos de piedra serpenteaban entre una infinidad de plantas exóticas y árboles frondosos. Miller distinguió naranjos, limoneros, guayabos, ciruelos, mangos. Junto a los troncos se habían dispuesto cestas de mimbre que se encontraban llenas de manjares cítricos y dulces. Más allá de los frutales se extendía un estanque plagado de nenúfares y plantas acuáticas, aunque más que un estanque parecía un lago, con su propio muelle de madera en el que descansaba amarrado un bote de remos.

«Pero ¿cuánta pasta tiene esta gente?», se preguntó Miller.

Llegó hasta la explanada frente a la casa. Aunque, a decir verdad, el término «casa» se le quedaba pequeño a un edificio cuya fachada se prolongaba más allá de lo que le alcanzaba la vista. Una construcción regia de estilo colonial mexicano, en la que destacaban sus majestuosos balcones con barandillas de hierro forjado. Los grandes ventanales del piso superior estaban revestidos con marcos de madera, que los hacía más vistosos. En la planta baja, las ventanas estaban protegidas con rejas, también de hierro, y custodiadas entre columnas de mármol que aguantaban el peso de la terraza superior.

La propiedad estaba abarrotada de personal armado, daba igual a dónde mirase; siempre había alguien protegiendo el perímetro. La mayoría vestía el uniforme del ejército estadounidense, Miller identificó que se trataba de marines.

La puerta principal también se encontraba custodiada por dos armarios empotrados. El agente de la CIA se dirigió a ellos.

—William Miller. El doctor Hooker me está esperando —dijo el agente, en inglés, a modo de saludo.

Los hombres se apartaron ligeramente. Uno de ellos susurró algo al micrófono que colgaba del auricular incrustado en su oreja. El otro respondió con un marcado acento de Texas:

—Puede pasar, agente Miller. El doctor Hooker lo está esperando.

Nada más atravesar el umbral lo recibió un hombre que parecía sacado del siglo XVI.

—¿Wi... Wi... William Miller? Aaacompáñeme, por favor.

El agente de la CIA caminó detrás de aquel mayordomo de pelo grisáceo y ondulado. El uniforme parecía sacado de un cuadro del Renacimiento. Del chaleco le colgaba una cadenita de oro, perteneciente a un reloj de bolsillo.

—¿Eso es para viajar en el tiempo? —preguntó Miller, divertido, señalando el reloj.

El hombre no pareció entender la pregunta, ya que no respondió ni sonrió. Miller supuso que el sentido del humor no era una práctica habitual en los siglos pasados.

Subieron una señorial escalera de madera que se bifurcaba en dos direcciones en la parte superior. Tomaron el camino de la izquierda y fueron a parar a un amplio corredor, ornamentado con jarrones de hacía varios siglos. El agente ya supo, antes de entrar, que aquella casa no pertenecía a la CIA ni al ejército, ni siquiera al gobierno de Estados Unidos. Era propiedad del Núcleo o de algún miembro de la organización que la había cedido temporalmente.

El mayordomo se detuvo frente a una gran puerta doble. Llamó con delicadeza y abrió una de las hojas para asomar la cabeza.

—Doctor Ho... Ho... Hooker, el agente Miller está aquí.

—Que pase. —Oyó decir a Hooker al otro lado de la puerta.

El empleado asintió, apartándose para que el agente pudiera acceder a la estancia. La puerta se cerró tras él, y Miller pudo admirar un enorme despacho rectangular con unas amplias cristaleras por las que entraba el sol del atardecer. Frente a él, a unos cuantos metros de distancia, se encontraba un magnífico escritorio de caoba y, tras el mueble, enfundado en un traje, en consonancia con aquel imponente despacho, el doctor Hooker.

«Menudo estirado», pensó Miller, que en su casa no pasaba del chándal.

Hooker llevaba puestas unas gafas de montura gruesa y cristales opacos que impedían que Miller pudiera verle los ojos. Estaba en una postura extraña, ladeado hacia la derecha, con las manos sobre la mesa y los dedos estirados y moviéndose sobre la madera como si aporreara un teclado. Cuando el agente se acercó hasta el escritorio, Hooker se quitó las gafas.

Miller le hizo un gesto con la cabeza, solicitando una explicación sobre el objeto.

—Es solo un prototipo, nueva tecnología. Nada muy impresionante. ¿Cómo vamos con Nora, Miller?

—La tengo. Se encuentra en un motel muy poco recomendable en la región de Veracruz. El sitio es conocido por ser un centro de reuniones de delincuentes. Ya estoy preparando un pequeño equipo de intervención rápida con la ayuda de la Guardia Nacional y el CNI.

—Cuidado, Miller —advirtió el doctor—. A Nora no puede pasarle nada. ¿Lo has entendido? Esa chica no solo es muy importante para el Proyecto Overmind, también lo es para la organización.

El agente de la CIA asintió.

—No te preocupes, me encargaré personalmente de que no sufra ningún daño —dijo mientras cogía un bolígrafo de la mesa y jugueteaba con él entre los dedos—. ¿Qué quieres que hagamos con sus acompañantes?

—¿Acompañantes? —Se extrañó Hooker—. ¿Ya has logrado identificar a los que nos han metido en este lío? ¿Quién está ayudando a Nora?

Miller sonrió travieso dejando el bolígrafo sobre la mesa y sacando su móvil del bolsillo.

—No solo los he identificado, Juan…

Al oír la mención a su nombre real, Hooker tensó la mandíbula. Miller disfrutaba sacando al pez gordo de sus casillas. Sabía perfectamente lo que estaba pasándole por la cabeza: que después de la misión se desharía de él; solo le haría falta una llamadita a la subdirectora de la CIA, Elaine Scott. Lo que Hooker desconocía es que Miller la tenía aún más pillada que el Núcleo.

—El tipo es español, como tú —continuó el agente—. He cotejado la imagen con la base de datos de la CIA y ¿adivina qué? Tu fugitivo es todo un boina verde. Además, uno de los mejores. Ha sido condecorado en tres ocasiones y posee la Cruz Laureada. El mayor reconocimiento que puede tener un militar a nivel individual. Según he podido averiguar, se la concedieron por cargarse a Bahir Hamad de un único disparo a más de ochocientos metros de distancia. ¿Te imaginas lo que debió sentir al eliminar a semejante monstruo, que tanto daño ha causado a tu país? Daría lo que fuera por haber sido yo el que me cargara a Bin Laden. El caso es que me cae bien nuestro hombre. Dos años en Irak, tres en Afganistán, uno en Honduras…, ¿qué sucede Hooker?

La cara del doctor se había vuelto pálida, sin brillo.

—¿Te pasa algo? —insistió Miller—. ¿Quieres ver las imágenes? —preguntó tendiéndole el teléfono.

La cara de Hooker se fue desencajando a medida que las imágenes de la cámara de seguridad se sucedían en el dispositivo. Cuando el vídeo terminó, las manos temblorosas del doctor le devolvieron el dispositivo a su dueño. Hooker levantó la vista hacia el agente.

—Esto lo cambia todo, Miller. Escúcheme atentamente.

22

Un marine

Entrenamiento de los Navy SEAL en Florida
Febrero de 2014

Las frías olas del Pacífico rompían contra sus castigados cuerpos. A pesar de las duras condiciones, la cadena no se rompía. Justo en esa playa, en ese océano helado, no eran hombres libres, sino piezas de un mismo engranaje. Eran átomos formando una molécula. Una molécula que perecía por el frío.

Miller tiritaba sin control. Sus temblorosos labios morados y la piel pálida hacían pensar que la hipotermia avanzaba rápido. Sin embargo, no era el compañero en peor estado. A tres codos entrelazados más allá se encontraba M. A., apodado así por el extraordinario parecido con el popular personaje M. A. Baracus. Una mole de ciento quince kilogramos, que luchaba contra la somnolencia provocada por el descenso de la temperatura central de su cuerpo a veintinueve grados centígrados. A su lado, Peste, cuyo mote no hacía falta explicar, intentaba con todas sus fuerzas que no se hundiera.

—¡Aguanta M. A.! ¡No te duermas! —Peste trataba de tirar de él hacia arriba como podía, pero su compañero casi lo doblaba en peso, lo que hacía de la tarea un imposible—. No queda nada, tío, solo tres días más —se lamentó.

La boca y la nariz del militar ya estaban bajo la superficie del mar cuando Peste llamó al instructor.

—¡Oficial Tumbler! Necesitamos ayuda aquí, señor.

La caballería no llegó enseguida, lo que hizo que Peste y el resto de sus compañeros empezaran a gritar reclamando ayuda, también Miller, al que apodaban Lobo, por el tatuaje de su pecho y porque había sido el único capaz de orientarse de noche en el bosque. El ceño fruncido del oficial Tumbler apareció en el campo de visión de los reclutas, que llevaban ya un rato sin más perspectiva que el cielo infinito de estrellas.

—¡Qué son estos gritos! Vaya decepción de marines…, mejor dicho, ¡de hombres! Vuestras madres están llorando de vergüenza ahora mismo por haber parido semejantes despojos. ¿Se puede saber qué está pasando?

Fue Bambi el primero que se atrevió a hablar. Un chico joven, ancho de espaldas y con brazos poderosos al que no le había salido ni un pelo en la barba, de ahí el mote.

—Es M. A., señor, ¡tiene que ayudarlo! Se va a ahogar… —dijo mientras Peste y él intentaban mantener la nariz del militar fuera del agua.

Tumbler echó un vistazo al voluminoso M. A. que se hundía sin remedio. Se acercó hasta él de un par de zancadas, lo agarró de la pechera y tiró hacia arriba para sacarlo de las fauces del océano. Con la mano libre le propinó dos guantazos y aguardó la reacción del recluta, que no llegó. Se giró para dirigirse a sus subalternos.

—¡Llevadlo a la playa! Necesita reanimación inmediata, despertad a los médicos. Y vosotros... —dijo dirigiéndose al resto de marines— es suficiente por esta noche. Ya habéis demostrado lo débiles que sois. ¿Cómo vamos a poner nuestra vida en vuestras manos allí adentro si no sois capaces de soportar el agua en la orilla? Ninguno de vosotros merece ser un SEAL; haríais bien en renunciar. Espero que lo penséis de camino a la playa.

Dicho esto, se dio la vuelta y se dirigió a la orilla mientras dos instructores cargaban con M. A., que permanecía inconsciente.

Los reclutas se fueron incorporando poco a poco. La mayoría temblaba sin control. Las muestras de compañerismo y solidaridad se hacían patentes. Nadie merecía irse ahora. Doscientos sesenta marines, con las mejores aptitudes físicas y mentales, habían conseguido acceder al curso de entrenamiento de los Navy SEAL. Solo quedaban cuarenta y un aspirantes después de cuatro meses de instrucción y tres días de «semana infernal». En las últimas setenta y dos horas, Miller y sus compañeros habían tenido que nadar en agua helada, cargar troncos por el bosque, correr interminables carreras por la arena; por no hablar de los miles de flexiones, dominadas, burpees y demás pruebas físicas por las que habían pasado. Todo ello habiendo dormido dos horas y cuarenta y cinco minutos en los últimos tres días.

Cuando llegaron a la playa, cada uno recibió una manta térmica. Por suerte, M. A. había recobrado la consciencia y expulsaba el agua de sus encharcados pulmones con la ayuda de los instructores. Entre las dunas, Miller observó cómo los médicos se acercaban a la carrera. Se habían despertado en tiempo récord. La verdad era que estaban acostumbrados a los accidentes; en ese mismo curso habían atendido dos roturas de menisco, un ahogamiento, un apuñalamiento, un infarto de miocardio, tres fracturas de costillas, cinco neumonías y siete hipotermias. Otros años incluso había muerto algún aspirante. La instrucción SEAL era la prueba más dura a la que se podía someter un militar a nivel mundial, y eso tenía consecuencias.

Mientras entraba en calor, Miller trataba de recordar por qué había elegido atravesar aquel calvario. Quería pensar que había sido la influencia de sus padres: una madre ciega que le había enseñado la cultura del esfuerzo, de no rendirse pese a las adversidades, y un padre policía, que había impuesto una disciplina férrea a su hijo, hasta que murió en un tiroteo entre bandas.

A partir de la muerte de su padre, Will dejó de ser el hijo perfecto que toda madre puede desear para convertirse en la oveja negra que todo el mundo quiere eliminar de su vida. Peleas, robos, carreras callejeras, drogas… todo un amplio abanico de delitos que lo llevó ante la Fiscalía de Menores en enero de 2001. Le dieron a elegir: el ejército o el correccional. Eligió el ejército por su madre, así estaría lejos de ella y no la haría sufrir tanto. Para Will solo había una persona en el mundo más importante que él mismo, y esa era su madre, Susan. Todos los demás eran medios para llegar a un fin, incluidos sus compañeros marines.

Observó la escena en la playa: Bambi y Peste eran los más preocupados por M. A., que seguía escupiendo agua sobre la arena. A su derecha, a varios metros de distancia, se encontraba Víbora, la única chica que había llegado hasta la semana infernal, una tía dura y atractiva, pero, sobre todo, peligrosa. En su primera semana apuñaló en la pierna a un compañero que había intentado acariciarla algo más abajo de la espalda. Desde entonces nadie se había atrevido a acercarse. Excepto Sapo, que estaba sentado a su lado, y había sido el causante de que expulsaran a dos compañeros por consumo de estupefacientes la semana anterior. Los había delatado a los instructores. El consumo de drogas era habitual entre los aspirantes a SEAL. Esteroides, viagra, cocaína o incluso éxtasis ayudaban a sobrellevar las duras pruebas a las que los sometían. Miller estaba limpio. No había vuelto a tomar nada desde que entró en los marines y así pensaba seguir. Había encontrado su verdadera vocación, un lugar donde podía dejar salir a su demonio interior sin que hubiera consecuencias, y no pensaba estropearlo.

De repente, el oficial Tumbler apareció desde el otro lado de la playa junto a dos instructores.

—¡Vaya panda de vagos! ¿Qué hacéis ahí sentados? —gritó a tan solo unos metros de Will—. ¿Os traigo un caldito? ¡Vamos, arriba, holgazanes!

Los marines se fueron incorporando despacio, cada uno a su ritmo. Había quien aún sufría temblores. Otros tenían que levantarse con ayuda de un compañero debido a lesiones musculares. Los había que intentaban mantener un poco más la manta térmica por encima de sus camisetas de algodón empapadas.

El oficial Tumbler se dirigió hasta Sapo, que era uno de los que no se había desecho de la manta térmica, y le propinó un guantazo que resonó al otro lado del bosque. Al instante, el resto de los compañeros se cuadraron ante el oficial, sin ayuda y sin manta. Incluido M. A., que se mantenía en pie a duras penas.

Tumbler pareció notarlo y caminó con parsimonia hasta él.

—Usted no hace falta que forme junto a sus compañeros, señor Thorne —dijo con tono paternalista—. Está fuera del curso.

—¡No! Por favor, señor, puedo hacerlo. ¡De verdad! ¡No volverá a pasar!

Daba lástima ver a aquel mastodonte suplicar de rodillas sobre la arena.

El oficial Tumbler, que se había dado la vuelta, negaba con la cabeza.

—Ya no se puede hacer nada, hijo. Los SEAL no somos militares ni somos un equipo. Actuamos como un único organismo. ¿De qué se compone un cuerpo, señor Thorne?

M. A. lo miró confundido, a punto de derrumbarse.

—De células, ¿verdad? ¿Y qué le pasa a tu cuerpo si dejan de funcionar las neuronas? —Dejó una leve pausa antes de contestarse a sí mismo—: Que mueres. ¿Y si no hay leucocitos? Efectivamente, mueres. Aquí es igual, cada miembro de un equipo SEAL tiene una función; si uno falla, todos los compañeros mueren. No hay excusas, hijo, estás fuera.

La sentencia no dejaba lugar a réplicas. Tumbler volvió a su sitio al frente de los reclutas, dejando a M. A. al borde del llanto golpeando sus nudillos contra la fría arena.

—Bien, marines. —Sonrió ignorando las caras de sufrimiento que lo rodeaban. Como si en lugar de militares magullados estuviera viendo gatitos jugando con un ovillo de lana—. ¿Qué tal si entramos en calor con el cuerpo a cuerpo? ¡Encendedlas!

A su espalda se formó un círculo de fuego creado por antorchas clavadas en la arena. Cuatro instructores silenciosos lo custodiaban.

—¡Castillo! ¡Cooper! Seréis los primeros.

—Esto va a ser divertido —murmuró Miller.

Víbora y Bambi se introdujeron en el círculo de fuego. Bambi se retiró la camiseta empapada mientras Víbora se protegía los nudillos con una tela. El resto de los reclutas se dispusieron alrededor, en una especie de culto a la violencia. Solo que no la sentían como tal; los golpes fraternales hacían más fuerte a la unidad.

Miller supo cómo iba a acabar aquella pelea nada más empezar. Había visto pelear a Castillo muchas veces; aquella mujer sabía lo que se hacía. Bambi había entrado en aquel círculo pensando en cómo no hacerla demasiado daño. Ella, en cambio, solo pensaba en cómo infligirle el máximo posible a su contrincante. Los primeros segundos se midieron; Bambi enchufó un par de jabs sin ni siquiera llegar a rozar la barbilla de la chica. No fue hasta el tercer intento infructuoso de Bambi cuando ella actuó rápida y letal, haciendo honor a su apodo, lanzándole un golpe directo a la garganta que sorprendió a su oponente. A continuación, sin darle tiempo a reaccionar, levantó la pierna hasta la cara del marine, que recibió el impacto de la bota en la sien, y se dobló de rodillas en el suelo. Castillo se colocó a la espalda de su oponente y rodeó con las piernas el cuello de Bambi, como una serpiente, aplastándolo contra la arena. El marine tuvo que rendirse a los pocos segundos, antes de quedarse sin aire. Ambos se dieron la mano.

—¡Brownbear! ¡Miller! Os toca.

Miller maldijo para sus adentros. Brownbear no tenía apodo porque su apellido lo describía a la perfección: un gran oso peludo y marrón. Con una estatura de casi dos metros, y un ancho comparable, sus hombros parecían balones de fútbol sala. Mientras caminaba junto a aquella montaña, Miller trató de idear una estrategia para no perder los dientes en los próximos minutos. Decidió que lo mejor que podía hacer era cansarlo, esquivando sus acometidas. Percibió que Brownbear cojeaba ligeramente de la pierna derecha, apenas de forma perceptible, pero lo justo para que Miller pudiera aprovechar esa ventaja. Colocó los puños protegiéndose la cara, y Brownbear hizo lo propio, solo que un poco más arriba. La estatura de Miller y su físico envidiable siempre le habían evitado esa sensación de sentirse pequeño. Pero dentro del círculo de fuego, junto a aquel oso, se sentía minúsculo.

Brownbear lo tanteó con un par de ganchos. Miller los esquivó veloz, no sin cierta dificultad.

«Encima es rápido, me va a matar».

Se imaginó la sonrisa de suficiencia del oficial Tumbler mientras contemplaba el espectáculo. Bailó un poco con sus pies sobre la arena para incitarlo a moverse. Soltó un jab de derechas que Brownbear atajó sin problemas y aprovechó para castigar la pierna lastimada de su oponente con una patada baja. Él no solo no se inmutó, sino que le lanzó un crochet de izquierda que impactó directo en su mandíbula.

Miller escupió sangre mientras se apartaba del alcance de aquella bestia. Si no conseguía tirarlo al suelo, lo iba a hacer papilla. Esquivó un par de golpes y conectó dos directos a la zona abdominal y una patada al abductor que le hizo gritar de dolor.

El bulevar a la victoria estaba despejado.

Los siguientes minutos Miller los dedicó a cansarlo esquivando golpes hasta que vio de nuevo la oportunidad de castigarle el abductor de una patada. Nuevamente aulló de dolor, gesto que Miller aprovechó para lanzarle un par de golpes al mentón y rematarlo con un uppercat vertical que tumbó a la bestia. Se echó encima rápidamente estrangulándolo con las piernas, en una perfecta ejecución de una llave que le habían enseñado en jiu-jitsu brasileño. Pero Miller no contaba con la fuerza sobrenatural de aquella mole, que comenzó a gritar como si estuviera poseído. Consiguió levantar el cuerpo de Miller y lanzarlo con fuerza contra la arena. A continuación se abalanzó sobre él y lo sacudió como si fuera un trapo. Lo último que Miller vio, antes de perder el conocimiento, fue la cara desencajada de Brownbear sobre él mientras sus manazas le apretaban el cuello.

Un ruido ensordecedor lo despertó: se encontraba tendido sobre el suelo de uno de los helicópteros militares que utilizaban para los entrenamientos. Sus compañeros conversaban a través del micrófono de sus cascos, de forma animada, con la sonrisa marcada a fuego en sus rostros.

Al menos se había terminado el sufrimiento de la playa.

Uno de los sanitarios se percató de que estaba consciente.

—No se incorpore, Miller, trate de descansar hasta que lleguemos a la enfermería. Ese Brownbear lo sacudió como si fuera un clínex usado.

Will, herido en su orgullo, se incorporó desoyendo la recomendación del médico. Notó un leve mareo, pero lo ignoró y se dirigió al único sitio libre que quedaba y se ajustó el cinturón de seguridad.

El médico lo siguió, cauto.

—Le voy a hacer unas pruebas.

Will asintió con un gesto de cabeza. En cierto modo, se había ganado el respeto de médicos e instructores, gracias a la veneración que sentían por él el resto de los aspirantes.

—¿Todo bien, Lobo?

Se dio la vuelta para observar quién le había hablado. Era Peste, que parecía preocupado. Miller levantó el pulgar hacia arriba. Él sonrió, satisfecho.

—¡Me debes cincuenta de los grandes!

Miller le devolvió una mueca, extrañado.

—¿Ya no recuerdas el primer día de curso? Miraste a Brownbear y dijiste que eras capaz de noquear a ese gigante —gritó apartándose el micrófono unido al casco—. Y yo te dije que serías tú el que acabaría inconsciente. ¡Cincuenta pavos, Lobo!

Miller rio con ganas y le ofreció una peineta a su amigo.

El médico militar le solicitó que no se moviera. Le hizo seguir una luz con la mirada y comprobó sus reflejos.

—Todo en orden, pero sería mejor que descanse en la enfermería. Sigue algo desorientado.

«Ni de coña», pensó Miller. Acababan de echar a M. A. y no iba a quedarse en la enfermería a esperar que Tumbler lo largara.

El helicóptero se detuvo en el aire sobre la zona de prácticas de tiro. Uno de los instructores soltó la cuerda.

—¡En marcha! —gritó.

Los reclutas se incorporaron, incluido Miller. El médico posó la mano sobre su pecho, impidiendo que se levantara.

—Usted no, Miller. Necesita descansar.

Will se soltó de un manotazo.

—Yo voy con mis compañeros.

El médico miró al instructor reclamando coherencia, pero este se encogió de hombros, restándole importancia, y le tendió la cuerda a Miller. Fue uno de esos momentos que el marine recordaría en bucle cientos de veces. Nunca llegó a saber con claridad qué sucedió: quizá no sujetó la cuerda con la fuerza necesaria, tal vez algo lo distrajo durante el descenso o posiblemente se desvaneció debido al traumatismo craneoencefálico que le había causado Brownbear.

Cuando despertó en el hospital, días después, no recordaba el momento del accidente, tan solo la frase del médico un instante antes de arruinar su vida:

«Usted no, Miller. Necesita descansar».

Se la repetía una y otra vez en su mente.

Su madre no se despegó de él en todo el tiempo que estuvo en el hospital. Ella siempre había sido muy sensible a las emociones de los demás, en especial, al sufrimiento, y su hijo tras el accidente sufría sin remedio como un alma en pena. Sus compañeros también acudieron, incluso Tumbler. Nunca había visto así al oficial, parecía desencajado. Miller le suplicó que lo aceptara de nuevo en el curso al año próximo.

—Hijo, te seré franco porque quiero que seas realista. Tienes la pierna llena de clavos y la articulación del hombro destrozada. Probablemente no vuelvas a correr nunca más, ni siquiera podrás hacer flexiones, pero hay muchas profesiones a las que un hombre inteligente como tú puede dedicarse. Tienes que enfocarte, Miller. Tu carrera militar se ha terminado, pero eso no significa que no puedas llevar una vida de puta madre. Solo tienes que averiguar qué te hace feliz y ponerte en el camino para llevarlo a cabo.

Miller había escuchado a médicos, compañeros, familiares. Todos le decían que tenía que animarse y buscar otras aficiones. Pero él no era una persona dócil. Le daba igual cuán dañado estuviera su cuerpo, él pensaba terminar el curso de los Navy SEAL, costara lo que costara. Sin embargo, los siguientes meses fueron minando su determinación: operaciones, rehabilitación, dolores… Era terrible ver cómo su cuerpo había pasado de correr cientos de kilómetros por la arena, a sufrir dolor por estar de pie unos segundos. La rehabilitación le estaba resultando más dura de lo esperado, y más al tener que soportar los comentarios de diferentes médicos: «No volverás a caminar con normalidad», «Es muy difícil que puedas recuperar el movimiento total del hombro, seguramente no puedas levantarlo por encima de la cabeza», «Es mejor que te vayas haciendo a la idea de que tu vida va a dar un giro de ciento ochenta grados», «¿Has mirado las ayudas para veteranos?». Miller utilizaba cada frase de los doctores para motivarse en la rehabilitación; quería demostrar que se equivocaban. Pero la verdad era que habían pasado meses y no avanzaba.

Todo cambió uno de sus días más sombríos. Después de intentar, sin éxito, caminar unos pasos sin ayuda. Había echado con malos modos a la fisioterapeuta. Estaba sentado en la silla de ruedas, mirando por la ventana y sumido en sus oscuros pensamientos, cuando la puerta de la habitación se volvió a abrir.

—¡Déjame solo, Sarah! —gritó sin volverse.

—No soy Sarah, señor Miller. Y le aseguro que no le conviene que lo deje solo.

Miller se giró y pudo ver a una mujer sonriéndole con benevolencia. Caminó hacia él con pasos elegantes sobre unos tacones de ocho centímetros. Llevaba un vestido naranja que resaltaba su piel de ébano. Se plantó ante él con su delgada figura y Miller supo enseguida que era alguien importante. Tenía el porte de la aristocracia y la mirada astuta de los grandes empresarios.

—¿La conozco? —preguntó el militar.

—No, señor Miller, me llamo Rebeca Hopkins y he venido a curarlo —dijo sin perder la sonrisa.

—¿Es médica? —preguntó, pero a continuación se le ensombreció el rostro—. Dicen que nadie puede ayudarme, que tengo que acostumbrarme a mi nueva vida.

Ella despachó la afirmación con su mano.

—Ellos no tienen los medios de los que disponemos nosotros. ¿Ha oído usted hablar de las células madre, señor Miller?

Varios años después, un William Miller cargado de cicatrices emocionales, pero recuperado totalmente del accidente, observaba sereno la fachada del motel Amanecer, donde se encontraban los fugitivos.

Le debía su vida al Núcleo, y él siempre pagaba sus deudas.

«Cucú, tras, Nora, cucú, tras».

23

Una escapatoria

—¿Quiénes son todos estos? —preguntó Miller.

Valentina observó con desgana a donde señalaba mientras se colocaba el chaleco antibalas.

—Son de los GAFES.

Miller la miró como si hubiera hablado en chino. Ella resopló molesta. La simple presencia del yanqui allí la ponía de mal humor. Se sentía engañada. Y pensar que había estado a punto de acostarse con él. Se había acercado a ella para conseguir información. Los agentes estadounidenses, daba igual de qué agencia fueran, siempre actuaban de la misma manera: herméticos y entrometidos. Una combinación que Valentina odiaba con toda su alma. Ya había tenido que aguantar durante toda su vida que la gente se acercara a ella por su padre.

—Fuerzas especiales —explicó escueta.

—¿Y qué hacen aquí? Te pedí una operación discreta.

Ella sonrió con suficiencia, relamiéndose por haberlo molestado.

—Yo lo solicité; es una operación en la selva, con fugitivos peligrosos, que supuestamente han asesinado a seis personas.

—Deberías haberme consultado. Las fuerzas especiales primero disparan y luego preguntan, y necesito a los sospechosos vivos.

—Tú no das las órdenes aquí y no son tus sospechosos, ¡estás en México, idiota! —El insulto le brotó de la garganta sin poder evitarlo. Se arrepintió al instante, no había sido profesional y al faltarle al respeto le había cedido el control de la conversación.

A Miller le divirtió que hubiera perdido las formas. Se acercó a ella para susurrarle al oído:

—Si estás enfadada conmigo por no haber terminado el asuntito que teníamos entre manos…, lo podemos resolver esta misma noche. Por si no te habías fijado, esto es un motel.

Valentina se apartó para dejar de oler su perfume.

—No, gracias, no me fío de la limpieza.

—No sé cómo será la limpieza en este sitio, pero igualmente lo…

—No me refería al sitio —dijo ella, con tono socarrón.

Miller rio con ganas.

—¡Oh, guau! Esa me dolió —dijo llevándose las manos al corazón, fingiendo que lo había dañado—. Qué pena que el trabajo se haya interpuesto entre nosotros. Dura, inteligente, guapa y con un puntito ácido en el sentido del humor. ¡Somos almas gemelas, nena!

Valentina no pudo replicar, ya que Sebastián los interrumpió.

—El grupo de fuerzas especiales está listo.

Ambos se fijaron en los militares que tomaban posiciones tras el tabique de piedra. Lanzaron una colchoneta de protección, para evitar desgarrarse la piel con la concertina que culminaba el muro.

Miller se acercó hasta ellos, seguido de Valentina y Sebastián.

—Buenas noches, muchachos, ¿qué tal les va? —preguntó ocultando su acento con un impecable español—. Hay varias cosas que me gustaría comentarles. La primera es que nos enfrentamos a fugitivos muy peligrosos que no han dudado en asesinar a seis personas. Es probable que vayan armados.

El grupo de militares lo escuchaba con indiferencia. Uno de ellos se situó frente a Miller con el subfusil de asalto cruzado en el estómago.

—¿Y tú de dónde has salido, gringo?

—Miller… —llamó Valentina, que estaba viendo hacia dónde iba aquella conversación y no quería más problemas.

El estadounidense ignoró a ambos y continuó su explicación dirigiéndose al resto de hombres.

—La segunda cosa que quiero dejar muy clara es que poseen información de vital importancia para el gobierno de México. Por lo tanto, es fundamental que los capturemos a todos vivos —pronunció las últimas dos sílabas con gran énfasis.

—Tú no eres nadie para darnos órdenes, pende…

No pudo acabar el insulto. Miller sujetó la mano con la que aquel hombre le apuntaba al pecho y la retorció, llevando su brazo a la espalda. Empujó la nuca del soldado para estamparle la cara contra la colchoneta que caía del muro. Lo mantuvo inmóvil contra la pared mientras su pelotón le apuntaba a la cabeza con las armas de asalto preparadas.

—¡Tranquilos! Que nadie haga ninguna tontería —gritó Sebastián.

—Eso es, ¿por qué no escuchan al inspector Cruz? —dijo Miller que aguantaba estoico la resistencia del agente de los GAFES.

—¡Suéltelo ahora o le vuelo la cabeza! No lo vuelvo a repetir —dijo el soldado que tenía más cerca. La punta del arma estaba a tan solo unos centímetros de la sien del estadounidense.

—Vaya, vamos a tener que darte el premio al más malote, ¿verdad? —respondió mientras retorcía más el brazo de su presa hasta hacerlo gritar de dolor.

Los militares retiraron el seguro de sus armas y tensaron el dedo sobre el gatillo.

Valentina observaba la escena atónita.

—Yo que vosotros no dispararía —gritó Miller—. Podría ocasionar una crisis gubernamental. Voy a sacar mi identificación.

Con mucho cuidado extrajo la placa de la CIA y la mostró al grupo. Valentina no se sorprendió, desde el principio sospechó que se trataba de un agente de Inteligencia; el resto de las agencias estadounidenses no habrían logrado tanto control sobre el CNI. Algo le había prometido la CIA a la Inteligencia mexicana para que aquel idiota se paseara por México como si fuera de la realeza.

Valentina buscó la mirada de su compañero, y Sebastián se la devolvió asintiendo.

En aquel instante la pareja del CNI, que hasta ese momento había estado enfrascada en una acalorada discusión en el interior de su vehículo, salió en defensa de Miller.

—Ya está bien —dijo la agente menuda, de pelo rizado, interponiéndose entre el equipo de élite y el estadounidense—. Miller, suelte a ese hombre, ¡ahora!

El agente de la CIA lo soltó inmediatamente. El militar de las fuerzas especiales se frotaba el brazo dolorido mientras lo fulminaba con la mirada.

Valentina leyó en sus ojos que quería matarlo. De no ser por que supondría un serio inconveniente para su gobierno, estaba segura de que cogería su arma y le vaciaría el cargador. Había conocido muchos hombres como ese, y se creían semidioses. Pocas cosas había más importantes que el ego en aquella élite, y Miller acababa de utilizarlo para limpiar el muro.

—Y al resto que os quede clara una cosa —continuó la agente de Inteligencia—. Esta investigación la lidera la oficina central del CNI, es decir, nosotros, en colaboración con la Guardia Nacional. —Señaló a Valentina y a Sebastián—. El agente de la CIA, William Miller, es un colaborador especial e importante —añadió remarcando las últimas dos palabras— para el cumplimiento de la misión. Por lo tanto, el acatamiento de las instrucciones que acaba de proporcionar es imperativo. ¿Está claro?

Nadie contestó.

A Valentina aquel espectáculo le empezaba a parecer grotesco y le producía vergüenza ajena.

De pronto, el portón de hierro que custodiaba el acceso al motel se abrió. Por él apareció un joven de tupé engominado con una sonrisa de oreja a oreja.

—Bienvenidos al motel Amanecer, agentes. ¿Qué puedo hacer por ustedes?

Los pies de Silva volaban por encima del resbaladizo suelo del pasillo en su afán por encontrar a Nora y David. Casi se mató al doblar una esquina. Estaban rodeados por un equipo de élite dispuestos a entrar con todo y Kiko, el voluntarioso recepcionista de sonrisa siniestra, no lograría mantenerlos fuera mucho tiempo.

—Ya están aquí —dijo exhausto entrando en la habitación.

—¿Cuántos son? —preguntó David.

—Más de los que puedo controlar, tenemos que huir ¡ya! —apremió Silva. Dirigió su vista a Nora, que estaba sentada en la cama con expresión impertérrita—. ¿Cómo te encuentras? ¿Puedes correr?

Ella asintió, decidida.

—¿Nos sacarás de aquí? —preguntó David angustiado.

—Sí, claro. —Silva se colgó al hombro la mochila. Ni siquiera habían desempaquetado. Kiko ha salido a hablar con los policías para darnos algo de tiempo, pero debemos irnos.

—Y ¿adónde vamos? —preguntó Nora.

Silva no respondió enseguida. Sabía que su propuesta no iba a gustarle a la chica.

—Tendremos que huir a través de la selva —dijo al cabo de unos segundos.

—¡No!

—Es la única opción —explicó Silva—. Si tratamos de salir de aquí de otra forma, nos pillarán.

—No pienso volver a la selva de noche, es un suicidio.

—Entonces ya estás perdida...

—Siempre hay otras opciones —respondió ella con los dedos en la sien tratando de pensar.

—¡Se acabó! Nosotros nos vamos, dame el medallón de tu hermano —exclamó Silva perdiendo la paciencia.

—¡No! —gritó ella.

David colocó su mano en el hombro de Nora.

—No nos quedan opciones, Nora. La selva o el Núcleo. Piensa en lo que hemos hablado, hay una salida.

Ella se dejó caer sobre el colchón apesadumbrada con las manos sobre el rostro, para desesperación de ambos hombres.

—No tenemos tiempo para esto. —Silva sacó la pistola del cinturón. En ese momento se oyeron ruidos provenientes del pasillo.

—Ya vienen..., rápido, ¡por la ventana! —dijo Silva mientras se apresuraba a colocar el escritorio contra la puerta.

Esta vez Nora se puso en pie y siguió a David hasta la terraza. Desde ella podían ver una ladera que bajaba directamente hacia la espesura de la selva. La oscuridad del anochecer les impedía distinguir a cierta distancia a su alrededor, pero parecía que los soldados no habían accedido todavía a la parte de atrás del motel. Seguramente gracias a Kiko.

Desde la terraza había unos tres metros hasta el suelo. Nora y David se miraron. Silva surgió por detrás y, sin pensárselo dos veces, tiró la mochila, que rodó ladera abajo.

—¿¡A qué estáis esperando!?

—No vamos a saltar, nos podemos romper una pierna —exclamó David.

Un estruendo resonó en la habitación proveniente de la puerta.

—Vosotros mismos —dijo Silva pasando al otro lado de la barandilla. Se giró para ver sus caras acongojadas—. Escuchad: no es difícil, el suelo está húmedo y hay vegetación. Simplemente no caigáis a plomo, acompañad la caída con el cuerpo. Tenéis que aterrizar sobre las puntas de los pies y flexionar bien las rodillas para amortiguar el golpe; luego dejáis que el cuerpo ruede hacia delante. ¡Mirad!

En ese momento se precipitó al vacío. David y Nora lo vieron caer sobre las puntas, tal y como les había indicado, y culminar el salto con una voltereta hacia delante muy elegante; después volvió a incorporarse para correr ladera abajo.

Se oyeron disparos en la puerta de la habitación. Nora y David, que ya habían cruzado al otro lado de la barandilla, se miraron deseándose mutuamente suerte y saltaron al mismo tiempo que las fuerzas especiales irrumpían en el dormitorio.

24

Una mordedura

—¿Estás bien?

Nora se acercó a David con el corazón en un puño. El cuerpo del médico permanecía inmóvil y yacía bocabajo tras precipitarse más de cien metros por la ladera, rodando sin cesar y atravesando todo tipo de vegetación. Nora apoyó la mano en su hombro.

«Por favor, que no esté muerto. Por favor, por lo que más quieras, que no esté muerto».

No sabía muy bien a quién se lo pedía: a Dios, a alguna energía superior, al universo mismo. A quien fuera con el poder de hacerlo realidad. Aquel hombre significaba su oportunidad de librarse del Núcleo. El único que podía ayudarla. Con un nudo en la garganta, giró el cuerpo de David y un suspiro de alivio escapó de sus labios al comprobar que aún estaba vivo.

—Aaajjj.

Tenía el rostro magullado y múltiples contusiones, pero estaba consciente. A Nora la invadió el impulso de abrazarlo con fuerza, pero se contuvo.

—¿Te has hecho daño? ¿Tienes algo roto? —preguntó preocupada.

—Creo que no —respondió él revisando sus articulaciones; se pasó la mano por la cabeza y cuando la retiró vio sus dedos manchados de sangre—, aunque sí tengo algunos cortes que habría que limpiar.

Lo dijo sonriendo. Nora le devolvió el gesto. Le gustaba la sonrisa de David porque era sincera.

—Pues vámonos ya. ¿Dónde está Sil…?

—¡Quietos! —gritó alguien a su espalda.

Nora y David levantaron las manos por instinto, aunque nadie se lo había pedido.

—Dense la vuelta muy despacio.

Antes de que pudieran girarse sonó un golpe seco y, a continuación, un cuerpo cayendo a plomo sobre la tierra húmeda.

—Vámonos —dijo Silva mientras retiraba el subfusil de debajo del soldado—; los demás no estarán lejos.

—¿Está…? —empezó a preguntar Nora.

—Solo está inconsciente, tranquila.

Corrieron durante unos minutos, zigzagueando a través de un laberinto de ceibas majestuosas y frondosos zapotes. Sus pasos sonaban amortiguados por el suelo tapizado de musgo y raíces entrelazadas. A su alrededor, el aire estaba impregnado del perfume de las orquídeas salvajes y la humedad que desprendían las copas de los árboles. Las lianas se balanceaban como serpientes ante su paso, y los helechos gigantes rozaban sus rostros con dedos verdes y frescos, hasta que, casi sin aviso, el terreno cedió bajo sus pies a causa de la inestabilidad acuosa de una zona pantanosa.

Sus piernas se hundían en el fango y enseguida se dieron cuenta de que ante ellos había un río, serpenteando siniestro entre la maleza. El agua estaba en calma, aunque tan densa que apenas alcanzaban a ver a un palmo de profundidad.

—Debemos cruzarlo —sentenció Silva mientras se quitaba la mochila y la sujetaba con fuerza por encima de la cabeza.

—¿Qué? ¡No! —Se plantó David—. Puede haber de todo ahí adentro.

—También hay de todo aquí afuera. Si prefieres esperar a que te encuentren… —dijo Silva mientras se metía de lleno en el río.

David miró a Nora, quien se encogió de hombros y siguió los pasos de Silva sumergiéndose en el agua hasta la cintura.

—¡Oh, vamos! —se quejó David al tiempo que se ponía en marcha tras ellos.

Avanzaban despacio, pisando con suavidad en el fondo. Hacia la mitad del riachuelo dejaron de hacer pie.

—No se ve nada… —murmuró David tratando de distinguir sus propias manos mientras nadaba.

—Porque no hay nada que ver —contestó Silva, que avanzaba con cautela para evitar que la mochila se hundiera—. Guardad silencio, deben estar cerca y aquí somos un blanco fácil.

Se mantuvieron en silencio sin dejar de chapotear. La superficie del río estaba plagada de mosquitos y otros insectos. El agua no estaba excesivamente fría, pero nadar con la ropa mojada resultaba pesado. Fue un alivio llegar a la otra orilla.

A pesar de que ya había anochecido casi por completo, la sensación térmica superaba los treinta grados y la humedad era asfixiante.

—Por aquí —les indicó Silva mientras echaba un vistazo al otro lado del río. Todo parecía en calma.

Se ocultaron entre la maleza. Silva dejó la mochila en el suelo y la abrió.

—Toma. —Le tendió a Nora una camiseta y unos pantalones deportivos.

Nora sonrió complacida y musitó un «Gracias» que se perdió en su garganta. Se alejó un poco para desvestirse, aunque se mantuvo a la suficiente distancia para oír la conversación de los dos hombres.

—Y esto para ti.

—¿Lo has sacado de una tienda de caza? —se quejó David.

—¿Preferías algo de Gucci? En El Cruce no hay Decathlon —respondió el exmilitar.

—¿Y tu ropa?

—En la mochila que hemos dejado en el motel.

—¿No tienes ropa seca?

—No te preocupes. En peores plazas he toreado.

—Puedes quedarte la mía.

Nora escuchó nítidamente la risa de Silva. El miedo la paralizó, ¿el ruido habría alertado a sus perseguidores? Observó a su alrededor intranquila por si acaso alguien más la hubiera escuchado. Pero todo se mantuvo en calma.

—Mira, doc, que te parezca un viejo no significa que me vaya a resfriar por tener la ropa mojada.

—No quería insinuar que fueras un viejo, yo…

—En el ejército, a veces teníamos que cargar con el equipo durante kilómetros con la ropa mojada. Será un bonito *déjà vu*.

—¿Lo echas de menos?

—No —respondió tajante—. Esa época me trae demasiados recuerdos de Ana.

Nora regresó junto a sus compañeros al tiempo que la expresión de David se ensombrecía. Notó algo deslizarse por su pie, pero cuando quiso reaccionar ya era tarde.

—¡Aaajjj!

Antes de que terminara de gritar, Silva ya apuntaba en su dirección con la pistola en la mano y el seguro quitado.

—¡Me ha mordido! —sollozó Nora a la vez que intentaba avanzar hacia ellos cojeando.

—¿Qué ha pasado? ¿Qué te ha mordido? —preguntó David sujetándola.

Silva rebuscó en su mochila, extrajo la linterna y fue hasta el lugar desde el que había salido cojeando Nora. Enseguida la vio: una serpiente de más de un metro de longitud, con manchas de color café en forma de rombos por todo el dorsal. El exmilitar guardó la pistola y se acercó a la serpiente rodeándola. La agarró de la cola y la elevó con cuidado. Extrajo su machete del cinturón con mucha calma y, con un gesto ágil, le cortó la cabeza, que cayó rodando sobre la tierra.

Acto seguido se acercó a David, que trataba de ver el aspecto de la herida con una pequeña linterna.

—Esto no vas a poder curarlo, doc —dijo apartándolo con suavidad.

Sacó un mechero y quemó la hoja de su machete.

—¿Qué vas a hacer? —inquirió el médico.

—¿Me voy a morir? —preguntó Nora.

—No, no te vas a morir —respondió Silva con los ojos puestos en la llama de su mechero—. Déjame ver.

Nora mostró su tobillo, en el que se podían ver dos puntos sanguinolentos que habían producido los colmillos de la serpiente.

—No te muevas —le ordenó Silva.

—¿¡Qué vas a hacer!? —exclamó David.

—Tan solo retrasar un poco la acción del veneno —contestó Silva mientras realizaba un corte justo en la herida—. Ya está, lo suficiente para que sangre un poco y expulse algo de veneno, pero no lo bastante para que muera desangrada.

—No es muy científico esto que estás haciendo —repuso David con una mueca de disgusto.

—No, es experiencia, y, créeme, la experiencia te salva la vida en situaciones como esta. —Se volvió hacia Nora—. ¿Te duele mucho?

Ella asintió con la cabeza.

—¿Cómo vamos a conseguir...? —preguntó David.

—¡Chis! —Silva lo mandó callar mientras observaba a su alrededor.

Pronto les llegaron, aunque amortiguadas, las voces susurrantes de los soldados al otro lado de la orilla. Silva se apresuró a apagar las linternas. Desde el otro lado no podían verlos; estaban ocultos tras la abundante maleza. Sin embargo, Silva les hizo gestos para indicar que no movieran un músculo. Él, por el contrario, se acercó a echar un vistazo en la oscuridad. En cuestión de segundos dejaron de verlo y, también, de oírlo.

Nora se frotaba la pierna por encima del pantalón. El dolor era insoportable. El médico, tumbado junto a ella, colocó la mano en su rodilla y la apretó suavemente un par de veces para reconfortarla.

—Te pondrás bien —susurró David.

Permanecieron allí unos minutos ofreciéndose apoyo mutuo, en silencio. De repente comenzó a llover a cántaros. Nora ya se había acostumbrado a aquellas lluvias efímeras de las zonas selváticas, aparecían de la nada y se iban de la misma manera. El aguacero ya amainaba cuando regresó Silva; no oyeron los pasos, sino la voz grave a su espalda.

—Andan desperdigados por la orilla buscando el rastro —susurró—. Es solo cuestión de tiempo que nos encuentren. Hay que largarse.

David frunció el ceño con preocupación.

—¿Puedo hablar un momento contigo a solas? —le preguntó a Silva.

—No hace falta que me lo ocultéis. Quiero saber mi situación, no soy una niña —replicó Nora enfadada.

—Está bien —suspiró David—. Debemos contrarrestar la acción del veneno; necesitas un hospital urgentemente para que puedan administrarte el antídoto.

—¿Cuánto tiempo tengo? —preguntó ella.

—Depende de la serpiente, varía mucho de unos tipos de venenos a otros. Podría ser neurotóxico, citotóxico, hemofílico necrosante…

—Era una víbora —aportó Silva—, de eso estoy seguro.

—¿Sabrías concretar la especie? —preguntó el médico.

Silva negó con la cabeza.

—Nunca la había visto.

—Entonces no tenemos nada —respondió David que se volvió hacia Nora en cuclillas—, deberíamos llevarte a un hospital antes de doce horas, eso seguro.

—Pues en marcha —dijo ella poniéndose en pie.

—No, no, calma. Tú no puedes andar; el ejercicio activa la circulación y hace que el veneno se extienda más rápido a otras partes de tu cuerpo.

—¡No pienso quedarme aquí! —exclamó Nora.

—No he dicho eso, yo te llevaré —dijo David dándose la vuelta y señalando su espalda.

Silva sonrió ante la escena.

—Anda, toma, Romeo, carga con esto. —Le lanzó la mochila a los brazos—. Yo cargaré con ella, iremos más rápidos.

David musitó un «Claro, me da igual» apenas audible mientras su rostro se volvía tan rojo como un tomate de rama. A pesar del dolor, en la cara de Nora se dibujó una tímida sonrisa.

25

Una encrucijada

Descendieron paralelos al cauce del río, avanzando lentamente, con la única luz de una linterna, entre helechos, manglares y ficus. Sin embargo, el temor adherido en las entrañas de David no provenía de las plantas, sino de los depredadores ocultos tras ellas. Nora ya estaba fuera de juego; otro herido más sería un lastre insalvable. Por eso, cuando le tocó volver a meterse de lleno en el barro, el médico sintió un escalofrío. Esta vez el agua solo les llegaba hasta las rodillas. Los manglares crecían gigantescos, con sus raíces sobresaliendo orgullosas del agua estancada.

Pasaron tres o cuatro horas antes de que consiguieran salir de la espesura agobiante, rociada por chaparrones intercalados de corta duración. Para entonces, el amanecer estaba más cerca y la neblina se había instalado en la selva para quedarse. El pelo de David lucía encrespado y su cara rezumaba el agobio asfixiante que sentía. Estaba empapado, en parte por el sudor y en parte por el agua de lluvia. Silva lo seguía imperturbable. Su expresión no demostraba ningún signo de esfuerzo, a pesar de cargar con el peso de Nora a la espalda.

Finalmente llegaron a un camino embarrado por completo, pero donde se intuían las ruedas de un vehículo.

—Al fin civilización —susurró David.

Se volvió hacia Nora, cuya cabeza iba apoyada sobre el hombro de Silva. Su tez pálida y sus ojos entrecerrados preocuparon a David. Indicó a Silva que detuviera su marcha, salieron del barro en busca de algún sitio donde examinar su tobillo y enseguida encontraron una roca cercana.

—Veamos ese pie —apremió David.

El primer signo de que la cosa no iba bien fue que le costó sacar la zapatilla. El segundo, el calcetín empapado en sangre. David fulminó al exmilitar con la mirada.

Él contestó con un «Mejor fuera que dentro» apenas audible.

—¿Cómo te sientes? —preguntó David.

—Mareada —respondió ella sin apenas fuerzas.

David retiró el calcetín. El tobillo lucía inflamado y se podía ver un gran edema en el lugar donde se había producido la mordedura. La hinchazón ascendía por la pierna.

—No te pongas la zapatilla, descansa un poco. Voy a asomarme con Silva al río, así veremos si seguimos bajando por el caudal o nos desviamos por el camino de tierra.

Se alejaron en silencio, cada uno absorto en sus pensamientos. El sonido del agua era más intenso allí. Cuando llegaron hasta el cauce vieron por qué: el riachuelo formaba una cascada que se precipitaba unos diez metros más abajo.

—Va a ser difícil seguir por aquí, mejor tomar el camino. Si pasan coches, pronto encontraremos ayuda.

—Lo sé, no hemos venido aquí por eso —respondió David.

Silva permaneció callado, sabía lo que iba a decirle y no quería escucharlo.

—Como no reciba ayuda en las próximas horas va a perder la pierna —expuso David—. Ya sé cuál es el veneno. Los primeros síntomas son dolor e hinchazón, pero irá a más. La coagulación impedirá la circulación normal y, a continuación, se producirá una necrosis. Y, en ese punto, no habrá vuelta atrás. Tenemos que llevarla a un hospital.

El silencio se apoderó de aquel instante, con la excepción de la fuerza del agua, que no entiende de momentos tensos.

El primero en hablar fue Silva.

—Mira, sé que no quieres oír esto, pero esa chica no es lo más importante, doc.

David clavó sus ojos en él, con una mirada que destilaba desaprobación.

—¿De verdad, Silva? ¿Quieres dejarla morir?

—Yo no he dicho eso, pero no podemos ir a un hospital.

—¿Y qué sugieres?

—¡No lo sé! ¡Pero ir a la boca del lobo no! —exclamó Silva.

—No voy a dejar que le pase nada —dijo David con determinación.

El exmilitar dejó escapar un suspiro profundo y pesaroso.

—Ha muerto mucha gente para que estemos en este punto, estamos muy cerca.

David se encaró con el militar.

—Y cómo estás tan seguro, ¿¡eh!? ¡Ni siquiera sabemos lo que hay dentro de ese microchip!

—Sé que Tom consiguió algo muy gordo contra el Núcleo, estoy seguro, solo hay que saber cómo extraer la información y la haremos pública.

—¿Y después?

Silva guardó silencio.

—Vamos, dilo —lo apremió David.

—Los mataré a todos.

David rio sarcástico.

—Eso es lo único que te importa desde el principio, tu venganza personal.

—Lo que te debería importar a ti también —dijo Silva poniendo su dedo índice en el pecho de David—. ¿Te recuerdo lo que te hicieron? ¿Lo que le hicieron a Alma?

—¡Claro que quiero acabar con ellos, joder! Pero no de ese modo, quiero que acaben en la cárcel, que vean que han fracasado y sufran el resto de sus miserables vidas.

—Lo siento, doc, pero no dejaré que salgan vivos —sentenció Silva.

David se quedó un rato en silencio observando el agua caer por la cascada y romper con un ruido ensordecedor en las rocas de abajo.

—Está bien —dijo al fin—. Pero tenemos que ayudar a Nora, ahora es de los nuestros.

—Pongámonos en marcha, no hay tiempo que perder.

Caminaron durante alrededor de media hora más. El follaje espeso comenzaba a ceder, abriendo paso a un paisaje menos tupido. Nora iba muy callada, lo que les preocupaba. De repente, la senda les ofreció una nueva bifurcación. Solo que esta vez era hacia la entrada de una casa, una pintoresca planta baja con el tejado de madera cubierto con ramas de palmera y las paredes de ladrillo pintadas de blanco. Los marcos de las ventanas eran de madera, decorados con bastante gusto. Sin embargo, estas estaban cubiertas por rejas de seguridad que afeaban la fachada. El jardín estaba impoluto: el césped recién cortado, una fuente preciosa de piedra de la que surgía un potente chorro de agua y un estanque en el que las tortugas descansaban apacibles mientras tomaban el primer rayo de sol de la mañana.

El camino, que llevaba a la casa, estaba pavimentado con baldosas y en los laterales crecían flores salvajes de diferentes colores.

Silva y David se miraron.

—Necesitamos agua.

—Quizá tengan medicinas —accedió David.

—O un coche.

Embocaron el camino hacia la casa, ansiando que esta vez les salieran bien las cosas, pero el destino guardaba otros planes para ellos.

26

Un proyecto

Seis meses antes en el laboratorio de Chiapas
Noviembre de 2022 – Proyecto Overmind

Parte 1

Tenía las manos llenas de tierra cuando una voz de mujer, la misma de cada día, surgió cantarina a través de los altavoces acoplados en el techo.

—Buenas tardes. Os recuerdo que a partir de las doce y media abre el comedor para aquellos que hayan reservado el primer turno a través de la aplicación.

Nora giró la cabeza hacia su amigo Adler, que se encontraba unos pasos detrás de ella, y puso los ojos en blanco. No soportaba los horarios cuadriculados del laboratorio. Allí dentro no había espacio para la improvisación, se reservaba desde el turno de desayuno hasta la sala de cine y el gimnasio. Eran reglas del doctor Hooker, el director del centro, que se pasaba el día soltando chascarrillos sobre las ventajas de una buena planificación.

Nora, que ya había tenido que aguantar las obsesiones de su padre cuando era una niña, llevaba un poco mal tanta rigidez. Lo malo era que no podía comentarlo con nadie. Los residentes del laboratorio se abstenían de criticar al Núcleo, y mucho menos, al doctor Hooker. Y no era por miedo, sino más bien por agradecimiento.

La organización les había dado una segunda oportunidad. La mayoría de los residentes había entrado allí por un problema grave: depresión, esclerosis múltiple, parálisis, alzhéimer, esquizofrenia... y un sinfín más de enfermedades que Nora iba descubriendo cada día. El Núcleo les había dado una segunda oportunidad; muchos de ellos habían vuelto a ser los mismos que antes de enfermar. Eran leales a la organización porque les había hecho el mejor regalo del mundo: recuperar su salud.

Y ella también estaba agradecida por eso, por librarse de Kayla y, sobre todo, por su hermano, que había vuelto a andar, pero le pesaba demasiado la falta de libertad, de intimidad, los rígidos horarios y las extenuantes sesiones que la dejaban echa un trapo. Sin embargo, se había percatado de que sus pequeñas quejas aumentaban las confrontaciones con sus compañeros. Incluso había averiguado que hablaban de ella a los doctores del centro. Empezó a notar miradas furtivas de los investigadores que antes no sucedían y decidió cerrar el círculo de confianza a tres personas: su hermano Tom, la también británica Amanda y un alemán llamado Adler al que le gustaba la botánica tan poco como a ella, pero que tenía el mismo nivel de aburrimiento.

Nora se secó el sudor de la frente y fue a buscar a su amigo. A pesar de estar bajo tierra, el calor era asfixiante. Echó un vistazo al techo, que lucía un cielo azul radiante; le fascinaba aquel panel led capaz de recrear un día fantás-

178

tico. La luz incidía sobre las plantas, como si fuera el mismo sol el que las iluminara, gracias a las nanopartículas presentes en el panel.

—¿Crees que con esta luz nos ponemos morenos? —preguntó Nora revisando su piel pálida.

—¿Más? —le contestó Adler, que era negro.

Nora soltó una carcajada sincera.

—¿Vienes a comer? He quedado con Tom, así llegaremos a tiempo a nuestra sesión.

El hombre continuó rociando las hojas de la planta que tenía enfrente como si no la hubiera escuchado.

—¡Adler!

—Sí, vamos —respondió él dejando el bote en el suelo.

Su amigo Adler era muy despistado, ni sus padres ni sus amigos ni el chip que llevaba alojado en el cerebro habían conseguido cambiar eso. A menudo sufría desconexiones del mundo físico para alejarse en sus pensamientos.

—¿Qué era? —preguntó Nora señalando el árbol con la cabeza.

—Una chirimoya, estaba enferma de un hongo, pero ya... la estamos recuperando —dijo Adler arrastrando las palabras, como si le pesaran.

Nora suspiró molesta. A veces su amigo la ponía de los nervios. Era una persona muy reflexiva y hermética. Si tenía algo en la cabeza, como en ese momento, no prestaba atención a nadie, ni siquiera a lo que decía él mismo.

El caso de Adler era bastante particular porque él nunca aceptó las condiciones del Núcleo por sí mismo. Esa decisión la tomó su madre por él. El chico se había quedado en coma tras una operación para extirparle un tumor que tenía alojado en el cerebro. Fue una médico del propio hospital de Múnich quien le ofreció una salida, una oportunidad para su único hijo.

Cuando Adler despertó, lo hizo en un laboratorio bajo tierra en la selva de Chiapas. No había vuelto a ver a su madre desde entonces.

Caminaron por los amplios pasillos de las instalaciones en los que nada indicaba que estuvieran bajo tierra, gracias a los espacios abiertos llenos de luz.

Justo antes de llegar a la cafetería se encontraron con el doctor Hooker y una mujer afroamericana de largas piernas y pómulos marcados. Sus brillantes ojos negros eran curiosos, observaban todo a su alrededor. Se topó con Nora y, ante la fascinación que esta parecía mostrar, le guiñó un ojo. La pareja se cruzó sin detenerse. Tan solo Hooker le dedicó un escueto «Hasta luego, Nora».

Nadie reparó en Adler. Nora ya había detectado un cierto favoritismo del doctor hacia ella y su hermano, quizá porque los había traído él mismo desde Londres.

«Somos su proyecto personal».

Llegaron hasta la cantina, que estaba atestada entre científicos y residentes. Nora se asomó al bufet: además de la estación de ingredientes para ensaladas, hoy había mero en salsa o tamales yucatecos.

—¿Qué se celebra? —Se asomó Adler detrás de ella—. No suelen poner tamales.

—Ni idea —respondió Nora—. Ya veo a mi hermano. ¿Cogemos comida y vamos con ellos?

Adler asintió. Cogió una ensalada y un tamal yucateco, mientras que Nora optó por el pescado en salsa. Avanzaron zigzagueando entre las mesas redondas del coqueto comedor. Las paredes estaban decoradas con círculos de colores fríos, que iban desde el verde hasta el azul. Dentro de esos círculos se encontraban palabras o frases como: «Supervivencia», «Resiliencia», «Superación», «Hermandad» y un sinfín de palabras más; todas relacionadas con la fortaleza de la humanidad.

Su hermano Tom se incorporó para recibirlos y a Nora le dio un vuelco el corazón; le pasaba cada vez que lo veía ponerse en pie.

Su hermano le dio un beso en la mejilla a modo de saludo. Nora lo notó triste, y un poco distante. Se fijó en su extrema delgadez. Para ser mellizos, no se parecían demasiado físicamente, a excepción de los ojos verdes. Él era más alto, con múltiples pecas por toda la cara y el cabello pelirrojo, que había heredado de su padre, y siempre lo lucía despeinado.

Se volvió a sentar a la mesa, junto a Amanda, que no se había levantado, pero que saludó a los recién llegados con un cariñoso gesto de la cabeza.

—¿Qué tal ha ido la mañana? —preguntó Nora.

—Bien, he estado en el gimnasio todo el tiempo —respondió Amanda, que también había elegido tamal yucateco, y en ese momento se disponía a dar buena cuenta de él.

—¿Y tú? —preguntó a Tom.

—En la biblioteca, estudiando —respondió él sin levantar la vista del plato.

Nora chasqueó la lengua, molesta. Sabía perfectamente que la «biblioteca» significaba el despacho del doctor Hooker y «estudiando» quería decir fisgoneando en el ordenador. Aun así no dijo nada. Sabía que podía confiar en Amanda y Adler, pero, cuanta menos información tuvieran, más seguro sería para ellos. La conversación durante la comida continuó con temas triviales: la última temporada de *Peaky Blinders*, el partido de los Lakers, la canción «Tití me preguntó» de Bad Bunny, el encendido de las luces de Navidad de Nueva York programado para el próximo 30 de noviembre.

El Núcleo los mantenía entretenidos. Tenían acceso a todas las plataformas de *streaming*, a todas las de música, incluso a las noticias; aunque todo ello bajo el estricto control de los investigadores. Además disponían de una habitación lujosa, cinco comidas al día, una biblioteca, una sala de juegos, un cine, un teatro, un gimnasio…

¿Quién se acuerda de la libertad cuando tienes todo lo demás?

En cuanto terminaron de comer recogieron sus bandejas y salieron del comedor. Nora se quedó un poco rezagada a propósito para hablar con Tom, pero Adler se giró hacia ella.

—¿Vienes a la sesión?

—Ve yendo, enseguida te alcanzo —respondió con una sonrisa.

Adler se encogió de hombros y se marchó, dejando solos a los mellizos. Nora tomó a Tom del brazo y lo condujo hasta la primera habitación vacía que encontró. Era una sala diáfana, de paredes blancas y moqueta turquesa, llena de butacas del mismo tono del suelo donde solían reunirse los aficionados de los juegos de mesa a echar partidas de Risk o Cluedo.

—¿Estás loco? —preguntó una vez hubo cerrado la puerta.

—Nora, escúchame —Tom la sujetó de los hombros con firmeza—: ha habido otro accidente…

De repente se abrió la puerta de la sala de juegos y entró el doctor Molloy, absorto en una conversación telefónica. Del dispositivo surgía la risa traviesa de una mujer a la que el doctor respondía con voz melosa.

En cuanto los vio se quedó pálido y su rictus tornó al cariz habitual: ceño fruncido, boca apretada y mirada felina.

—¿Qué hacen aquí? —preguntó desviando la atención. Antes de que pudieran responder habló de nuevo—: ¿Saben qué? No quiero saberlo, me voy yo —dijo cerrando la puerta tras de sí.

Tom volcó de nuevo toda su atención en su hermana.

—Ahora no tengo tiempo de contarte todo, Nora, pero debes tener cuidado.

—¿Qué quieres decir? —preguntó asustada.

—Te contaré todo lo que sé, pero ahora debemos irnos. No llegues tarde a las sesiones, no llames la atención.

—¿Qué ha pasado, Tom?

—Sumaya ha muerto.

Nora ahogó un grito cubriéndose la boca con ambas manos. Sumaya era una chica de Bangladesh de apenas veinticinco años. Sus padres la habían abandonado en la calle con tan solo once añitos porque no podían hacerse cargo de ella y darle los cuidados que requería su parálisis cerebral. Sobrevivió los primeros meses gracias a la ayuda de unos indigentes y más tarde acabó en un hospital especializado fruto de la donación de un príncipe hindú que se apiadó al verla en ese estado. Fue en ese centro médico donde el Núcleo la reclutó.

No podía creer que Sumaya estuviera muerta, después de todo lo que había logrado. Era una superviviente. Merecía vivir, probablemente más que nadie en aquel laboratorio. Nora había sido testigo de sus progresos; incluso había empezado a caminar. La eterna sonrisa de aquella joven se dibujó en la mente de Nora, que no pudo evitar que varias lágrimas rodaran por sus mejillas.

—Vamos, Nora. No llegues tarde. Tenemos que irnos —la apremió Tom.

Nora caminó rápido por los pasillos mientras se enjugaba las lágrimas con la manga. Llegó hasta una puerta corredera y leyó la placa situada justo al lado de la esquina superior derecha: SALA SIGMUND FREUD.

En el laboratorio, todas las salas llevaban el nombre de personalidades famosas de la historia de la humanidad: Leonardo da Vinci, Marie Curie, Isaac Newton, Mozart… Nora agarró el asidero y tiró de la puerta hacia la derecha para poder abrirla. Enseguida apareció la doctora González con una sonrisa.

—Bienvenida a una nueva sesión, Nora Baker.

27

Unos examantes

Seis meses antes en el laboratorio de Chiapas
Noviembre de 2022 – Proyecto Overmind

Parte 2

Los zapatos impolutos del doctor Hooker, unos Oxford de Dior, se llenaban de barro a cada paso. Él observaba con aversión cómo el terreno arcilloso iba impregnando el cuero negro, desluciendo aquella obra de artesanía textil. En cambio, la doctora Rebeca Hopkins caminaba a su lado con la cabeza erguida, hundiendo con confianza sus tacones de aguja en la tierra húmeda. La sonrisa permanecía imborrable en un rostro perpetuamente bello al que le costaba rendirse ante los signos de la edad.

Caminaban por un sendero estrecho ganado a la selva, donde las ramas se introducían en el camino tratando de recuperar lo que era suyo. A la doctora estadounidense no parecía importarle, pero Hooker remugaba sobre lo vagos que eran los jardineros, mientras trataba de apartar de un manotazo los numerosos mosquitos que los rondaban, ávidos de alimento.

No tuvieron que lidiar con la vegetación mucho más tiempo; pronto emergieron a un prado abierto, desprovisto de árboles, en cuyo centro descansaba un enorme todoterreno con los cristales tintados. Junto al vehículo, dos hombres conversaban animadamente. Uno de ellos, de piel morena, llevaba el pelo rapado y una camisa de manga corta con adornos florales. La camisa le iba algo justa y dejaba entrever una incipiente barriga. Aquel debía de ser el conductor.

El otro hombre era el asistente personal de Rebeca, un joven alto y guapo, que además era metódico y organizado, cualidades indispensables para llevar la agenda de una de las mujeres más poderosas del mundo. La cabeza de la organización que estaba a punto de transformar la humanidad. El Núcleo contaba con más poder que los mismísimos gobiernos, y la agenda de Rebeca Hopkins era un rompecabezas exigente que requería de mucha habilidad para encajar.

—Qué suerte tienes de poder admirar la naturaleza en su estado más puro —comentó Rebeca inhalando el aire fresco de su alrededor.

—No salgo mucho del laboratorio —se quejó Hooker mientras trataba de recolocarse la corbata y la americana del traje.

Ella se aproximó para ayudarlo, colocó sus dedos en el nudo y apretó; al hacerlo rozó las manos de Hooker. Este se apresuró a apartarlas, pero no pudo evitar que se le erizara la piel, como siempre que Rebeca lo tocaba. Ella terminó de colocarle el lazo y le sonrió. Hooker se sentía como un muñeco de trapo, sin saber dónde colocar las manos mientras la mujer lo observaba con sus brillantes ojos negros, que refulgían con inteligencia.

—A veces nos olvidamos de dónde venimos, Hooker. Construimos grandes oasis de ladrillo y hormigón para distanciarnos de nuestro verdadero hogar. Del lugar al que verdaderamente pertenecemos. Quizá deberíamos plantearnos que vivir hacinados en ciudades enormes no es lo que la evolución espera de nosotros.

—No sé qué decir —respondió Hooker abrumado por la mirada de ella—. Me gusta vivir en la ciudad y disfrutar de sus comodidades.

—Quizá podamos mantener ese estilo de vida, pero en contacto con la naturaleza... —Rebeca le cogió del brazo para guiarlo hacia el aparato—. De todas maneras, no quiero aburrirte con nuevas ideas, quiero que hablemos de lo que acabamos de ver, has hecho grandes avances.

Hooker hinchó el pecho orgulloso.

—El polvo neuronal ya es historia, Rebeca. Ahora no necesitamos cientos de microchips conectados a la corteza cerebral, sino un único dispositivo... —Hooker detuvo la marcha y agarró a Rebeca suavemente de los brazos— alimentado con inteligencia artificial.

—Pero ¿de qué está compuesto el dispositivo? ¿Cómo conseguís que actúe en varias áreas del cerebro si se implanta en un único lugar?

Hooker estaba pletórico. Amaba a aquella mujer a pesar del daño que le había infligido, y ganarse su reconocimiento era la energía que ponía en marcha sus neuronas.

Antes de que lo enviaran a ese laboratorio perdido en Chiapas, el Proyecto Overmind, la nueva joya de la corona de la organización, se estaba yendo a pique. Habían sido capaces de remitir enfermedades mentales con la ayuda de los microchips, pero no habían logrado avances en el terreno emocional. Gracias a Hooker y su equipo de científicos, el proyecto había superado cotas nunca antes conocidas.

—El microchip está compuesto por cientos de nanobots hechos de células madre de los propios pacientes, lo que impide su rechazo. La inteligencia artificial les proporciona instrucciones sobre las zonas que deben reparar o sustituir. Llegan a cualquier área del cerebro a través de las conexiones neuronales y pueden afectar a cualquier función: centro respiratorio, capacidad motora, óptica, auditiva, lenguaje, cálculo, emociones...

—¡Caray! Es impresionante... —admiró Rebeca—. Entonces estamos listos para iniciar el tratamiento en... —la doctora hizo una pausa y miró hacia los lados—nuestro paciente especial.

—Lo estamos.

Ella reaccionó con emoción, aunque Hooker percibió un destello sombrío en sus ojos.

—Debes seleccionar con mucha atención al personal que va a trabajar con él. Lo entiendes, ¿verdad?

—Lo sé, será un equipo reducido y de mi extrema confianza.

Ella lo evaluó con la mirada.

—Confío en ti, ya lo sabes, este paciente es vital para el Proyecto Overmind. Si sale bien...

—Si sale bien, cambiaremos el mundo —sentenció Hooker.

—Sí... —respondió ella, pensativa.

Hooker la animó a continuar andando.

—Oye, Hooker —dijo de repente—, la chica con la que nos hemos cruzado en los pasillos, su nombre...

—Sí, era Nora Baker —interrumpió el doctor.

Rebeca asintió, confirmando sus sospechas.

—¿Cómo están ella y su hermano?

—Hemos conseguido avances muy rápido, son chicos inteligentes.

La doctora sonrió, satisfecha.

—Pero a su vez tienen algunos problemas de adaptación al laboratorio, nada preocupante.

—Sabes que ambos también son importantes para la organización, ¿verdad? —dijo Rebeca acariciándose la barbilla.

Hooker frunció el ceño, molesto ante la insinuación.

—Sé muy bien quiénes son, Rebeca.

En ese momento el asistente de la doctora se plantó ante ellos, interrumpiendo la conversación.

—Doctora Hopkins, disculpe que la moleste, pero debemos irnos. Han llamado de Ciudad de México, su reunión con el vicepresidente Pérez se ha adelantado a las 19.00.

Una vez dijo esto se dio la vuelta y se marchó, dejándolos solos de nuevo. Hooker no pudo evitar fijarse en cómo Rebeca desvió la mirada hacia el trasero del joven, que poseía unas posaderas redondeadas y firmes.

«Se lo ha follado seguro», pensó con rabia Hooker imaginando los cuerpos desnudos de Rebeca y aquel joven.

—Mi querido Hooker —se despidió ella plantándole un beso en la mejilla—. Me voy tranquila de que estés aquí. Eres la única persona en el mundo de la que me puedo fiar sin reparos.

—No te fallaré.

—Lo sé —respondió ella caminando hacia el vehículo.

28

Una cabaña

David aporreó la puerta con los nudillos mientras Silva, justo detrás de él, cargaba con Nora a su espalda. Tenía los párpados cerrados y parecía muy débil, aunque el exmilitar la obligaba a permanecer consciente, hablándole cada pocos segundos. Silva colocó los dedos sobre la empuñadura de la pistola, desconfiando de quién pudiera aparecer al otro lado del umbral. Sin embargo, pasaron los minutos sin que nadie acudiera a abrirles.

—Quédate aquí con ella —comentó Silva posando a Nora sobre el césped con suavidad.

—¿Qué vas a hacer? —preguntó David.

Silva no respondió. Sacudió los brazos para relajar los músculos y estiró el cuello con un movimiento circular de cabeza. Tras observar la puerta y calcular el golpe, echó a correr hacia ella como poseído por un espíritu. Justo cuando estaba a punto de impactar contra la madera con su hombro, se abrió de golpe. El exmilitar, que no lo esperaba, cayó hacia delante bocabajo. Se recompuso como pudo y echó mano de la pistola. Apuntó con ella a la anfitriona de aquella casa, que resultó ser una anciana con muchas arrugas en el rostro, pero de aspecto fuerte. Era alta y la edad no había conseguido curvar su columna vertebral. Su pelo canoso le caía hasta los hombros y lo miraba sin miedo, con unos destellantes ojos negros. Se acercó aún más a Silva.

—Guarde eso, va a acabar haciendo daño a alguien —le ordenó molesta—. Y dígales a sus amigos que pasen, esa chica no tiene buen aspecto. ¿Qué le ha mordido?

Silva se quedó atónito.

—En el pie —dijo ella impaciente—, ¿qué animal le ha mordido?

—Una víbora —contestó el exmilitar.

Sin mediar palabra la mujer se marchó del recibidor pasando junto a Silva, quien calculaba en su mente el riesgo que corrían. Desconocía si había alguien más en la casa, pero tenía una amplia experiencia en aquel tipo de situaciones. Durante sus misiones como boina verde en Afganistán, Irak o Siria, a menudo se habían tenido que refugiar en los hogares de los lugareños. Y se había encontrado de todo: gente buena, gente mala y gente que parece buena, pero no lo es. Por eso había aprendido a confiar en su instinto, en lo que reflejaban los ojos de las personas. Era capaz de leer las intenciones de alguien a través de sus pupilas. Y en las de aquella mujer no había encontrado odio ni traición, sino más bien sacrificio y trabajo.

Llamó a David, que trataba de asomarse para ver qué ocurría mientras sostenía a Nora entre sus brazos. La chica se había desmayado.

—Pasad —dijo haciendo un gesto con la mano—. No hay peligro.

Se adentraron en la casa, recorrieron el pasillo por el que había desaparecido la anciana, dejando a un lado la escalera, que conducía al piso de arriba. Toda la casa olía a guiso de carne. Silva no pudo identificar qué especias ofrecían ese olor. Llevaba meses intentando acostumbrarse al picante y todavía no lo había conseguido.

—Por aquí. —La voz de la mujer llegó a través de una de las puertas entreabiertas del final del pasillo.

Entraron en la habitación, donde un rayo de luz matutina penetraba a través de las cortinas blancas e iluminaba la tabla posada en la encimera. La madera estaba llena de restos de cebolla, ajo, zanahoria y otros condimentos. Junto a la tabla, un guiso se cocinaba a fuego lento en una placa de gas. Aunque no fuera una vitrocerámica, la placa era de buena calidad, al igual que el resto de los electrodomésticos. A Silva no se le pasó aquel detalle tan peculiar en una casa aislada en medio de la selva. Cuando los vio entrar, la señora dejó el puchero calentándose y se dirigió al frigorífico. Rebuscó entre las estanterías y sacó un frasco de cristal con un líquido transparente en su interior.

—Esto es para la muchacha —le dijo a Silva.

David dejó a Nora en la butaca de fieltro del rincón, junto a los utensilios de cocina, que colgaban de un tablón en la pared, y de dos zancadas se plantó ante la anciana.

—¿Me lo deja ver? —preguntó, extendiendo la mano.

La anciana rio amargamente.

—¿Irrumpe en mi casa con una chica moribunda y es usted el desconfiado?

David iba a contestar, pero Silva habló primero.

—Disculpe a mi amigo, agradecemos mucho su hospitalidad.

La anciana los evaluó en silencio, decidiendo si echarlos a patadas de su casa. Al fin pareció pensarlo mejor y le tendió a David el frasco transparente mientras ella extraía una bolsa de plástico hermética que contenía una jeringuilla. El médico examinó la etiqueta con calma y, conforme leía, una sonrisa fue tomando forma en sus labios.

—Es suero antiofídico —le dijo entusiasmado a Silva pasándole el frasco—, se va a poner bien.

La anciana se volvió hacia el médico, sorprendida por su reacción.

—¿Sabe a cuánto está el hospital más cercano, joven? Por aquí todos tenemos suero en casa. Si nos muerde una serpiente o una araña, no llegamos a la ciudad…

Le arrebató el bote a Silva y se acercó a la chica. David fue detrás de ella.

—Si quiere, puedo hacerlo yo, soy médico.

—Mire, he hecho esto ya más de una decena de veces, es mi casa y es mi suero —respondió la anciana abriendo la bolsa de plástico y extrayendo la jeringuilla.

David fue a replicar, pero Silva le puso la mano en el hombro para que se callara. La mujer le aplicó el suero vía intravenosa, recogió los bártulos y después le dijo a David:

—Doctor, vigíleme el caldo.

Acto seguido se marchó por una puerta que daba a la parte de atrás de la casa. David miró al exmilitar, que trataba de contener la risa ante el fastidio de su compañero.

—¿Estás seguro de esto? —preguntó el médico.

—Va a curar a Nora. —Se encogió de hombros Silva.

Ambos se giraron hacia la chica, que seguía inconsciente, aunque su cara iba recuperando color. La anciana volvió a la cocina con un matojo de raíces en la mano. La vieron aplastarlas con el mortero para extraer el jugo. Con él hizo una pasta que más tarde aplicó sobre la herida de Nora, que había adquirido un tono morado muy preocupante.

La mujer se volvió hacia los dos hombres.

—Se pondrá bien —los tranquilizó—. ¿La serpiente era marrón, así como con rombos en el lomo?

Ambos asintieron.

—Es una nauyaca de los Tuxtlas, muy común por esta zona.

Ambos se quedaron en silencio, sumidos en sus pensamientos. La anciana sonrió ante el par de almas en pena.

—Tranquilos, muchachos, que todavía no vi a nadie morirse por la mordedura de una nauyaca —dijo mirando a la chica, que se removía en la butaca todavía inconsciente—, pronto se recuperará.

David levantó la cabeza.

—No, de la mordedura no…

—Señora… —intervino Silva—, perdone, ¿cuál es su nombre?

—Puede llamarme Sofía —respondió ella limpiándose las manos en el mandil para no ensuciarse los vaqueros y la camisa.

—Le agradecemos mucho su hospitalidad, Sofía. Mi amigo y yo tenemos que discutir un asunto en privado. ¿Le importa si lo hacemos en otra habitación?

Ella clavó sus ojos en ellos, con curiosidad. No solía recibir muchas visitas.

—¿Son fugitivos? —preguntó directa.

—¿Qué? —contestó David alarmado—. No, venimos de…

—Sí, nos persigue la policía, señora —intervino Silva—, pero le aseguro que no somos malas personas.

—No se preocupe, hijo —dijo ella poniendo la mano en el hombro de David—, eso puedo verlo. Los años, además de arrugas, traen experiencia. Además, mi hijo también está en busca y captura, como vosotros. No es mala persona, es verdad que no me gusta lo que hace, pero no es mala persona.

Ambos mantuvieron la curiosidad a raya tan solo unos pocos segundos.

—¿Qué ha hecho su hijo? —preguntaron al unísono.

Ella giró la cabeza, incómoda, rehuyendo los ojos de los desconocidos.

—Temas de drogas —dijo como si fuera electricista y se hubiera dejado sin poner un embellecedor—. Anda, vayan al salón en lo que yo termino esto. Cuidaré de su amiga mientras tanto.

29

Un infiltrado

—No sé cómo han podido encontrarnos —espetó el exmilitar.

—Quizá ha sido Kiko...

—Imposible.

—¿Por qué no? Querría ganar una recompensa.

—Créeme, ese encargado se costea sus lujos a base de esconder a narcotraficantes. No está interesado en colaborar con la policía, sino todo lo contrario.

—¿Cómo lo sabes?

Silva no contestó enseguida, se entretuvo observando el abarrotado saloncito de Sofía que guardaba detalles de lo más curiosos. La mesa en la que estaban apoyados era de madera de guanacaste, única por su color marrón rojizo en el centro y la veta amarilla pálida en los bordes; las sillas eran de bambú hechas a mano; y la lámpara de sobremesa tenía la cabeza de un elefante tallada en madera natural.

También había varias estanterías donde reposaban diferentes reliquias de otros países, como figuritas africanas, jarrones griegos, esculturas de pirámides y todo tipo de piezas de coleccionista de alto valor económico.

—Le debe de ir muy bien el tema de la droga a su hijo —soltó el exmilitar con picardía.

—Silva…

—Ah, sí, disculpa… Escucha, ese motel me lo recomendó la gente que nos iba a sacar de Veracruz, y, créeme, esos tipos no hacen tratos con la policía.

David asintió.

—Entiendo.

La habitación se quedó en silencio, únicamente interrumpido por el ruido proveniente de la cocina. Sofía canturreaba mientras se oía el golpeteo rítmico del cuchillo contra la madera.

—Nora me ha pedido que la opere.

La confesión dejó a Silva atónito.

—¿Cómo dices?

—Sí, quiere que extirpe su microchip. También le implantaron uno, como a Tom.

—¿Por qué quiere quitárselo?

—Es complicado…, pero si no se lo quito, lo más seguro es que muera.

—¿Y puedes hacerlo?

David agachó la cabeza y se pasó las dos manos por el pelo hacia atrás mientras reflexionaba.

No dijo nada en un rato y Silva respetó su silencio.

—Puedo extirparlo, sí —dijo al fin levantando la vista hacia el exmilitar.

—¿Pero? —preguntó Silva adivinando que siempre hay un pero.

—No puedo retirarle el microchip sin más, lo necesita. La patología de Nora está volviendo a darle problemas, si le extirpo el dispositivo...

—¿Está enferma?

—Todos en Overmind lo están, así es como los captan.

—¿Y qué enfermedad tiene?

El médico dejó escapar un bufido irónico.

—¿Te suena el código deontológico?

—¡Venga, doc, que somos fugitivos! —exclamó Silva descartando su argumento.

David rio la ocurrencia del exmilitar, pero no dijo ni una palabra.

Silva adoptó una expresión grave.

—¿Te estás planteando operarla? Sabes lo que significa, ¿verdad?

El médico asintió, poniéndose en pie.

—Tengo que operarla, no puedo dejar que muera.

—Esto ya no es robar una medicina en el hospital, tendrás que conseguir un quirófano y el instrumental...

—Tengo una idea de cómo hacerlo —respondió David mientras caminaba nervioso por el salón.

—Así que después de todos estos años... ¿vamos a arriesgarlo todo por una chica?

—¡No es por una chica! —respondió enfadado—. Es por nosotros, Silva. Tenemos demasiados cadáveres a nuestras espaldas, demasiados daños colaterales, ya no puedo más con esta carga... Necesito salvarla a ella.

La expresión del médico implicaba un ruego implícito, sus ojos pedían silenciosamente algo de comprensión.

—Ya estamos muy cerca, doc —lo animó Silva—. Lo hemos dejado todo por acabar con el Núcleo, y es la primera vez que estamos cerca de exponerlos, de hacerles daño.

—Y es gracias a Nora.

—Veo que estás decidido.

—Lo estoy.

Silva dejó escapar el aire de sus pulmones en una larga exhalación que pretendía liberar la tensión acumulada.

—Está bien, pero no podemos apostarlo todo a esa carta. Tendremos que separarnos. Yo me llevaré el medallón para extraer la información de Tom.

—Contaba con ello.

Se miraron mutuamente, cargados de frases que nunca pronunciarían.

De repente, el rostro de David se encendió con el fulgor de una nueva idea.

—Para operar a Nora voy a necesitar a Erik.

Silva frunció la nariz, molesto.

—No sé si podemos fiarnos de él, Tom no lo hacía.

—Es el único que puede conseguirme el dispositivo gemelo de Nora.

Silva lo miró sin entender.

—Erik me explicó que fabrican dos microchips idénticos con células madre del paciente. A veces el primero da problemas y tienen que recurrir al gemelo —explicó David entusiasmado—. ¡No sé cómo no lo he pensado antes! Podría funcionar…

—Es un riesgo que venga. ¿Y si es fiel al Núcleo?

—Trabajó conmigo muchos años, sé que no nos traicionaría.

—Pero aun así tendría que robar el dispositivo y traértelo, con toda la policía buscándonos…, además de burlar la seguridad del laboratorio y escaparse. ¿Seguro que quieres ponerlo en ese riesgo? Esto suponiendo que de verdad quiera ayudarnos.

—El laboratorio está acabado, Silva. ¿De verdad crees que después del pollo que hemos montado van a continuar con el Proyecto Overmind allí? Seguro que aquello se ha llenado de prensa.

—En eso tienes razón, Hooker buscará reubicarlo.

—No podrá hacerlo. Acabaremos con ellos antes.

—Espero que estés en lo cierto. Pero, aun así, ¿estás dispuesto a poner en peligro a ese chico por salvar a Nora? ¿Cargarás con ello en la conciencia si le pasa algo?

El médico no contestó de inmediato, desvió la mirada hacia sus pies. Silva sabía que había dado donde dolía. David estaba arriesgando la misión contra el Núcleo por salvar a Nora, pero si el exmilitar ponía la vida de Erik en la balanza, la decisión se complicaba. Silva no quería hacerlo sufrir, pero realmente pensaba que se estaba equivocando. Los iban a pillar y todo acabaría.

Fue entonces cuando David levantó la cabeza sorprendiéndolo con su discurso.

—Erik aceptó correr el riesgo y está metido en esto como nosotros. Ahora Nora es de los nuestros, y, si tenemos que arriesgar la vida por uno de los nuestros, lo hacemos. ¿O acaso en el ejército dejabais tirado a un compañero?

Silva sonrió, impresionado.

—Bien dicho, doc. Al final te vas a parecer a mí más de lo que crees.

—Entonces ¿estás conmigo?

—Contacta con Erik —dijo Silva sacando el teléfono.

30

Un SOS

(Chat del juego *Call of Duty Mobile*)

Peña37:

¿Te apetece una partida?

ErikTroyano92:

¡Ya era hora! Estaba desesperado.
Llevo semanas sin noticias vuestras,
han pasado muchas cosas en el
laboratorio...

Peña37:

Lo sabemos. Escucha, Erik,
necesitamos tu ayuda.

ErikTroyano92:

Han asesinado a Tom Baker. Su
hermana, Nora, ha escapado.

Peña37:

Está con nosotros, por eso necesitamos
que nos eches una mano.

ErikTroyano92:

¿Qué podría hacer yo?

Peña37:

Vas a tener que venir a Ciudad de
México.

...

¿Erik?

ErikTroyano92:

Han prohibido las salidas del
laboratorio, no solo a los pacientes,
sino también al personal.

Peña37:

Tendrás que escaparte.

ErikTroyano92:

Podría inventar algo. Hooker no está.

Peña37:

¿Tienes acceso a los microchips?

ErikTroyano92:
¿Te vas a hacer del club?

Peña37:
Muy gracioso, no es para mí.

ErikTroyano92:
¿Vas a operar a Nora? Eso es
una locura.

Peña37:
Tú preocúpate de conseguirme
el gemelo de Nora. También
necesitaré su ficha de paciente
y, por supuesto, tus increíbles
habilidades.

ErikTroyano92:
No me hagas la pelota. ¡Me pides un
imposible! Los gemelos están
custodiados en una sala de máxima
seguridad.

Peña37:
Siempre has sido un tío con recursos.
¿Qué te ha pasado?

ErikTroyano92:
Que no tenía que jugarme la vida,
¡joder! ¿Por qué quieres intervenirla?

¿Le ha pasado algo al chip
primogénito?

Peña37:
Es largo de contar, pero necesita un
nuevo chip al que no tenga acceso
Mentor.

ErikTroyano92:
Ya entiendo...

Peña37:
¿Vas a hacerlo o no?

ErikTroyano92:
Lo intentaré.

Peña37:
¡Eres el mejor!

ErikTroyano92:
Nos vas a matar, David.

Peña37:
Todo va a salir bien, confía en nosotros.

ErikTroyano92:
Me estoy empezando a arrepentir de
haberos escuchado, pero ya no me
queda otra que tirar adelante.

Peña37:

¿Podrás llegar hasta Ciudad de México mañana?

ErikTroyano92:

Salgo para allá. ¿Dónde os encontraré?

Peña37:

Recibirás instrucciones nuestras.

Mucha suerte, Erik.

ErikTroyano92:

Lo mismo para vosotros.

31

Un rastro

—¡Auch!

—¿Qué te pasa?

—Creo que ha sido una araña.

—Deja ya de quejarte y camina.

—Es que no me gusta la selva.

—¿Y vives en El Cruce?

—Bueno, es el lugar más alejado de mi padre que encontré.

Sebastián no pudo contener una sonora carcajada, apreciaba mucho a su compañera. No se había separado de ella desde que llegó a la comisaría de El Cruce. La había acogido bajo su protección, aunque ella no necesitaba que nadie la cuidara. No dudaba en mostrar su férreo carácter y hacerse respetar; Sebas suponía que le venía de familia. Sus infancias no podían haber sido más diferentes. Valentina se crio en la ciudad, enjaulada entre las paredes de una gran mansión que había heredado su madre. Contaban con su propio personal de servicio y estudiaba en el mejor colegio privado de Juárez. A medida que se fue haciendo mayor, tuvo que lidiar también con la presión mediática a causa de su padre, uno de los hombres más influyentes del país. La prensa seguía cada movimiento que hacían.

Sebastián, en cambio, se crio en un poblado remoto de la selva Lacandona. Su abuelo se hizo cargo de él y de su hermana cuando sus padres murieron en un terrible accidente de avioneta. Su abuelo, Juan Luis, era un gran conocedor de la selva y sus secretos. Les enseñó a sobrevivir entre las trampas mortales que ocultaba, y también a amar la naturaleza, a cada animal, insecto o planta presente en ella.

Gracias a su abuelo sabía pescar, hacer fuego, cazar, identificar frutos venenosos y, también, seguir rastros. Casi siempre había seguido huellas de animales. Ahora lo hacía con tres personas.

—¿Estás seguro de que no nos hemos perdido? —preguntó Valentina.

—Completamente seguro.

—¿Cómo puedes orientarte en medio de esta maraña? —Retiró las hojas de una rama que le había golpeado en la cara.

—Porque han dejado un rastro muy claro.

Valentina observó su alrededor y volvió la vista hacia Sebastián. Él sonrió al contemplar su aspecto: el pelo enmarañado, el brillo perlado de su piel por el sudor, la camiseta arremangada y rota, la chaqueta a la cintura y las manos en jarras.

—¿Se puede saber dónde está ese rastro tan nítido?

—Solo hay que saber mirar —respondió Sebastián—. Mira, ven.

Ella avanzó hasta su compañero.

—¿Ves esto? —preguntó agachándose y señalando algo en la tierra.

Valentina al principio no vio nada, pero enseguida distinguió el tacón de una pisada.

—Y mira…

Más huellas aparecieron en el barro.

—Pero podría ser antiguo, de alguien que haya pasado por aquí.

Su compañero negó.

—Son huellas recientes, en este clima tan húmedo el rastro se desdibuja pasadas unas horas.

—¿No deberíamos avisar por radio de que los tenemos?

—Es mejor esperar para confirmarlo. Que el resto de los agentes sigan buscándolos, no vaya a ser que estemos siguiendo a un grupo de aborígenes. Aunque me extrañaría mucho porque fíjate en esta marca de aquí —le señalaba una rama partida por encima de su cabeza—. Al menos uno de ellos es muy alto. Además, los nativos respetan mucho la selva. Es raro que dejen tantas marcas.

Seguían caminando sin dejar de oír el agua que fluía por un riachuelo. Al cabo de un rato llegaron a una cascada que rompía unos metros más abajo.

—Descansemos un poco —dijo Sebastián mientras se sentaba sobre una roca y le tendía una botella de agua a Valentina, que dio un buen trago, sedienta.

—Oye, Sebas, ¿por qué no me habías contado que te criaste con tu abuelo en la selva? —Valentina le devolvió la botella a su compañero.

—No lo sé, el pobre hombre murió hace muchos años y me desconecté de todo aquello…, de esto —dijo señalando a su alrededor.

—¿Y lo echas de menos?

—Sí, supongo que sí —respondió al tiempo que observaba los árboles y el agua correr hacia la cascada—. Mi hermana y yo nos pasábamos el día fingiendo ser exploradores. Siempre llegábamos a casa con algún objeto inservible que mi abuelo colocaba en la estantería para hacernos sentir importantes.

Los ojos de Sebastián se pusieron vidriosos ante el recuerdo de su infancia.

—¿Estás bien? —preguntó Valentina, que se había percatado de la emoción de su compañero.

—Sí, tranquila.

—Oye, ¿y tu hermana? Hace un montón que no viene por El Cruce —preguntó la inspectora intentando cambiar de tema.

—Se fue del país, encontró trabajo en un colegio de Estados Unidos.

—Ufff… —Valentina torció el gesto en una muestra de desagrado—. Aunque, bueno, supongo que está bien para ella —se apresuró a añadir.

Sebastián la miró, divertido.

—¿Tú no te irías de México?

—¿Yo? Nunca. Adoro la tranquilidad de El Cruce, mi casa, mi violín, Oreo…; no me separaría de él.

Su compañero la observó con ternura. Oreo era su caballo, un imponente animal de pelaje negro azabache y una distintiva mancha blanca en la frente. Solía montarlo los fines de semana cuando lo visitaba en el rancho. Sebas todavía recordaba la primera vez que la observó cabalgando sobre él, nunca la había visto sonreír tanto. Su compañera no era precisamente la alegría de la huerta, pero montada sobre Oreo era como si fuera otra persona, rebosante de felicidad.

—Luisa y yo hablamos muchas veces de irnos a Los Ángeles. Ella pondría una academia de tango y yo podría colocar en Hollywood alguno de mis guiones. ¿Te imaginas? Podría ser el próximo Alfonso Cuarón.

Tras el sueño de Sebastián se escondían diecinueve guiones de películas cogiendo polvo en un cajón. Nunca se había atrevido a enseñárselos a nadie, a excepción de su mujer, Luisa. Cuando no estaba en la comisaría, el cine era todo su mundo. Se había preparado una sala de visionado en el sótano, con dos butacas, una pantalla grande y decenas de estanterías repletas de DVD. A pesar de la llegada de las plataformas de *streaming*, Sebas prefería seguir viendo las películas de su colección particular.

—¿Una academia de clases de tango? Pero ¿tu mujer no tiene una imprenta?

—La imprenta es su trabajo, el tango es su pasión. A Luisa le encanta el baile desde que era una niña. Da clases por las tardes, no nos paga la casa, pero es lo que de verdad la hace feliz.

—Claro, entiendo… —respondió Valentina, pensativa—. Aunque a mí me apasiona mi trabajo.

—A ti no te apasiona el trabajo, a ti lo que te apasiona son ciertas personas con las que tratas en el trabajo —sugirió Sebas con una sonrisa pícara.

Valentina frunció el ceño, molesta, y no pudo evitar que un rubor incontenible tiñera sus mejillas de un rojo intenso.

—No vayas por ahí.

—Anda, pongámonos en marcha. —Sebas se levantó, no sin esfuerzo, de la roca en la que se había sentado.

Anduvieron durante un buen rato en silencio mientras el terreno se iba haciendo cada vez menos duro, la maleza reducía su espesor y los primeros rayos de sol de la mañana ocultaban las estrellas.

—Entonces el gringo y tú habéis tenido un…

—¡No acabes la frase por lo que más quieras! —exclamó avergonzada.

—Entonces es verdad, ¿teníais una relación? —se sorprendió el mexicano.

—Nada que ver —respondió ella negando con la cabeza—. Lo conocí la noche de los asesinatos en un bar.

—Y…

—Y me lo llevé a casa. —Suspiró ella—. ¡Pero no llegamos a acostarnos! —se apresuró a añadir ante la cara de tuno de su compañero—. Recibí la llamada de la comisaría y salí por patas hacia la selva. Me dijo que era cocinero, ahora entiendes mi cara de tonta cuando me lo encontré en la escena del crimen seguido del CNI.

—Pero te gusta —afirmó Sebas mientras se agachaba para comprobar una huella.

—No —respondió rotunda—, simplemente me atraía, pero no me gusta que me traten como una idiota.

De repente Sebas emitió una especie de silbido que sobresaltó a Valentina. El sonido se replicó a unos pocos pasos de distancia.

—Mira allí. —Señaló entre los árboles.

Una hermosa ave de gran tamaño y plumaje rojo brillante los miraba curiosa, posada sobre una de las ramas superiores de un chicozapote. El policía se acercó con cautela haciendo movimientos lentos y seguros.

Valentina lo siguió, sin pensar demasiado en dónde pisaba. El ruido de una rama, más crujiente de lo normal, provocó el vuelo del pájaro, que se elevó dejándoles ver el impresionante batir de sus alas.

—Oh, vaya, qué pena —se lamentó Sebas.

Se acercó hasta el tronco seguido de su compañera.

—¿Ves estos cortes? —Señaló unas hendiduras diagonales que cicatrizaban en el tronco.

Valentina asintió.

—Los hacen los chicleros para recoger la savia del árbol en bolsitas y más tarde procesarla para hacer goma de mascar.

—Sebas, deberías hacerte un canal de YouTube —dijo muy seria.

El policía bufó con desinterés.

—Anda, sigamos.

—Te lo digo en serio, podrías sacar mucho dinero con las *views* en lugar de tener que aguantar al comisario cada día.

—No sé ni qué son las *views*, con eso te lo digo todo.

—Yo podría ayudarte. —Valentina se apresuró para ponerse a su altura.

—Déjate, prefiero mi vida normal y corriente. Ir a la comisaría, tomarnos el café, perseguir a asesinos por la selva. Lo que viene siendo la mañana normal de un ciudadano corriente.

Siguieron caminando un rato hasta que la espesura se fue disipando. De repente, una casa de una planta con el tejado de madera cubierto con ramas de palmera apareció en su

campo de visión. Sebastián le indicó a Valentina que espe-
rara junto al camino. El policía se movió con gestos ágiles,
ocultándose tras algunos matorrales y plantas silvestres.

Tras unos minutos regresó junto a su compañera.

—Están dentro —sentenció—. Llama a tu amigo gringo,
los tenemos.

—¿Cómo puedes saberlo? —se sorprendió Valentina.

—Todo el camino de la entrada está lleno de huellas, hay
sangre; uno de ellos está herido.

Valentina sacó su pistola.

—¿Qué se supone que haces? —preguntó Sebas.

—Vamos a entrar.

—Ni pensarlo, vamos —negó el policía—. Han dejado
seis cadáveres, de militares entrenados, en la selva. No sabemos quién más hay en la casa. ¿Acaso quieres morir joven?

Valentina suspiró exasperada mientras guardaba su pistola.

—¿De verdad es necesario? —preguntó ella con desagrado.

—Anda, trae —dijo Sebastián arrebatándole el teléfono—; ya llamo yo a tu donjuán.

32

Un asedio

De nuevo el sonido del velcro de los chalecos al cerrarse, el amartillar de las armas de fuego, el rumor inquietante de la selva, las conversaciones tensas alrededor de los vehículos policiales. Valentina observó a su compañero: las arrugas en su frente, los labios apretados y las cejas fruncidas reflejaban su preocupación.

—¿Qué está pasando, Sebas?

—No tengo ni la menor idea, pero sinceramente hemos dejado de controlar esta operación.

—Nunca hemos tenido el control —se lamentó Valentina.

Las agentes del CNI habían regresado y hablaban con Miller, cuya expresión era más seria de lo habitual. Parecía que la socarronería había desaparecido de sus facciones y asentía con preocupación a las indicaciones de las agentes. Con ellos estaba un hombre trajeado, impecablemente peinado y con un frondoso bigote. Valentina no lo había visto nunca, pero a juzgar por el coche oficial en el que había aparecido debía de ser importante.

El grupo de fuerzas especiales se preparaba de nuevo para la incursión tras el fracaso del primer intento, incluido el agente al que habían herido los fugitivos. Tenía un fuerte golpe en la cabeza, cubierto de costras de sangre. Aun así, limpiaba su arma preparándose para el próximo asalto.

—¿Crees que debemos informar al comisario?

—¿De qué, Valentina? Ni siquiera sabemos lo que está pasando, esto nos supera.

Valentina lo fulminó con la mirada mientras agarraba a su compañero de la chaqueta.

—Quiero saber quién coño es esa chica para que estén interesados en ella el gobierno y los gringos.

—Nos meteremos en un lío con los jefes.

—Ya sabes que eso no me importa. Ven —le ordenó tirando de él—, vamos a averiguar de qué hablan.

Se dirigieron hasta el grupo donde estaban las dos integrantes del CNI, Miller y el señor trajeado, que fue el primero en percibir la presencia de los agentes de la Guardia Nacional.

Sonrió educado.

—Usted debe de ser la inspectora Vargas, es un verdadero placer conocerla. Está siendo de gran ayuda en este operativo, me han hablado mucho de usted —dijo con un marcado acento español a la vez que estrechaba su mano.

—Aunque la investigación la lidera el CNI, mi compañero Sebastián y yo estamos a cargo de este operativo —corrigió ella—. ¿Y usted es?

—Doctor Hooker —contestó mientras saludaba a Sebastián—. Soy el responsable del laboratorio del que se ha fugado Nora Baker, la chica a la que están a punto de detener.

A Valentina no se le escapó el pequeño rictus en la boca de Miller cuando aquel hombre se presentó.

—¿Y podríamos saber a qué se dedican en su centro, doctor Hooker? —preguntó Valentina.

Él asintió, educado.

—Por supuesto, soy un apasionado de lo que hacemos, inspectora Vargas. Estaré encantado de explicárselo —respondió atusándose el bigote—. Como sabrá, la selva Lacandona es una de las más importantes y biodiversas de América Latina. Nuestra corporación farmacéutica, Gencore Biologics, está desarrollando nuevos medicamentos a partir de plantas medicinales.

Valentina tensó la mandíbula y apretó los labios en una mueca de desagrado, asqueada por lo que estaba oyendo.

A Hooker no se le pasó por alto el gesto.

—No, no es lo que cree; no le quitamos a la selva su patrimonio, lo que hacemos es estudiarlo para posteriormente replicarlo en nuestro laboratorio —explicó a Valentina, quien no parecía del todo convencida—. Créame, nuestra empresa está muy comprometida con la región. Ayudamos al gobierno local a llevar a cabo programas de protección de los ecosistemas y especies en peligro de extinción.

Valentina no salía de su indignación. Se volvió a su compañero, que escuchaba al doctor Hooker atento, y este cruzó con ella una mirada de advertencia, pero ella hizo caso omiso.

—Quiere decir que sobornan al gobierno para expoliar la selva libremente, ¿verdad? —espetó volviéndose hacia el doctor.

Miller no pudo evitar una media sonrisa. Hooker se encogió de hombros.

—Le enviaremos el dosier con información sobre nuestro programa de protección. Incluso podemos concertar una visita a nuestras instalaciones, así podrá convencerse de nuestras buenas intenciones —dijo esbozando una sonrisa.

Valentina desconfiaba de cada palabra que había escuchado, pero decidió que no era el momento de indagar en ello.

—¿Y la mujer? ¿Qué funciones realizaba en el laboratorio? ¿Por qué la detenemos si sabemos que no pudo matar a esas personas?

Antes de que Hooker pudiera intervenir, la agente del CNI, la misma mujer menuda, de traje azul, que les había echado del escenario de los crímenes hacía un par de días, intervino:

—Esa información es clasificada, señorita Vargas…

—Inspectora —corrigió Valentina.

—Como quiera —dijo encogiéndose de hombros—. Necesitamos la ayuda de la Guardia Nacional y de los GAFES para la detención de los fugitivos, pero no se confunda, hasta ahí llegan sus funciones.

Hooker colocó la mano con suavidad en el hombro de la agente de Inteligencia.

—No hay nada malo en que los inspectores de la Guardia Nacional sepan a quién están buscando —dijo restándole importancia.

Valentina y Sebastián no salían de su asombro al ver cómo aquel extranjero hacía callar a la agente de Inteligencia. El semblante de ella era como un volcán a punto de entrar en erupción, pero se mantuvo en silencio.

—Como en todo laboratorio farmacéutico, en nuestro centro hay personas que prueban nuestros productos antes de que salgan al mercado. La señorita Baker trabaja para nosotros realizando estos ensayos. Lamentablemente, esta mujer padece una enfermedad crónica que no puedo revelarle, por la confidencialidad médico-paciente, que le ha provocado un brote psicótico muy fuerte y representa un peligro tanto para ella como para cualquiera que se cruce en su camino.

—Esa mujer no ha matado a esas personas, doctor Hooker.

Él asintió.

—Lo sabemos. Creemos que uno de esos dos hombres que la acompañan es su expareja. Un militar español con antecedentes violentos. Él habría cometido los asesinatos.

Antes de que Valentina pudiera recargar la metralleta de preguntas, Miller intervino para zanjar el interrogatorio.

—¿Os parece si nos ponemos en marcha? Ya llevamos mucho retraso y no sé cuánto tiempo más estarán en la casa. No podemos permitirnos otro fracaso.

—No vamos a entrar ahí sin saber a qué nos enfrentamos —dijo ella desafiante.

Valentina pudo ver en los ojos de Miller un destello de deseo.

—Javier Silva es un tipo muy peligroso —se adelantó Hooker—. Haría bien en indicar a su equipo de élite que estén preparados. Con él es mejor disparar primero y preguntar después.

—De ninguna manera —se apresuró a intervenir Miller—. Recuerde, doctor Hooker, que las vidas de los fugitivos son muy valiosas.

A Valentina no se le escapó la mirada entre ellos, de esas que cuentan más que un libro abierto.

—Sí, tienes razón —respondió Hooker—. Es muy importante que Nora Baker y el otro desconocido salgan sanos y salvos del operativo. ¿Me entiende, inspectora Vargas?

Valentina estaba hasta arriba de tanta orden. Pero ¿quién coño era ese tío para dirigir el operativo?

Percibió por el rabillo del ojo que la pareja del CNI se susurraba al oído. Tampoco parecían muy contentas. Antes de que pudiera cantarle las cuarenta al doctor Hooker, su compañero Sebastián intervino.

—No se preocupe, será un operativo limpio.

Sebastián se dio la vuelta y se dirigió al grupo de fuerzas especiales para dar las últimas instrucciones. Las agentes del CNI también se apartaron para hablar en privado. La mujer menuda echaba chispas de la rabia contenida, casi podía verse salir el humo de su pelo rizado. Miller y Hooker se quedaron allí de pie, frente a Valentina, que no podía estar más confusa con aquella situación.

Los labios de Hooker se estiraron dibujando una tímida sonrisa que pretendía ser amable.

—Espero que todo salga bien, inspectora Vargas.

Ella, cuya energía se estaba desinflando como un globo mal anudado, respondió serena.

—Gracias, doctor Hooker. Si le parece bien, me gustaría hacerle algunas preguntas más tras el operativo.

—Con mucho gusto —respondió él, cortés.

Valentina se dio la vuelta y fue en busca de su compañero. Antes de que sus pasos la alejaran de los dos hombres, oyó a Miller decirle algo a Hooker. Fue apenas un susurro, pero el viento y el buen oído de Valentina quiso que llegara hasta ella.

—No te preocupes, Silva ya es hombre muerto.

33

Un tiroteo

La ventana del salón donde se encontraban Silva y David estaba abierta. Las cortinas se mecían suavemente al compás de la brisa selvática. A través de ellas se filtraba el potente sol de la mañana, que bañaba las estanterías abarrotadas de figuras y libros exóticos. David se había tumbado en una butaca a descansar mientras Silva revisaba una ruta segura hasta Ciudad de México.

El ambiente estaba algo más relajado; el antídoto parecía hacer efecto en Nora, que había recuperado la consciencia y en ese momento hablaba con Sofía en la cocina. No sabían muy bien por qué, pero aquella amable anciana no salía de la estancia. El guiso estaba preparado, pero ella seguía revoloteando por allí, ordenando sus cosas.

—¿En qué hospital trabaja tu doctora?

—En el hospital San Ezequiel.

—¿Podrás operarla allí? —preguntó Silva preocupado.

David asintió.

—Es perfecto. Al ser privado, tienen toda un área de quirófanos que solo se usa para demostraciones y ponencias. Le he explicado que necesitaría realizarle una intervención sencilla a una amiga y me ha respondido que nos reservará un quirófano para mañana. No hay clases programadas, así que estaremos solos —replicó guiñándole un ojo.

—¿Y no te ha hecho preguntas? —inquirió Silva, escéptico.

—Me las ha hecho, sí —asintió David—. Le he contado que a Nora la busca su exmarido, quien es policía y extremadamente violento. Por lo que necesitamos intervenirla con discreción y que su nombre no quede registrado en ningún lugar.

El militar sonrió impresionado.

—Hemos quedado a primera hora —continuó David.

—Bien, nos queda un largo camino hasta Ciudad de México.

Silva se dirigió a la ventana para sentir el sol en el rostro y disfrutar del aire fresco. En el alféizar se encontró con un pájaro de brillante plumaje. En la parte superior se entremezclaban los tonos verdes y azules, mientras que en el pecho lucía un rojo sangre muy intenso. La cola estaba formada por dos plumas verdes muy largas que casi alcanzaban el medio metro. En cuanto oyó acercarse a Silva echó a volar. Admirado, el militar lo siguió con la mirada hasta que se posó en un árbol cercano, pero desde allí no podía apreciar sus llamativos colores. De repente, una sombra pasó rápido bajo la rama. Al principio no supo identificar qué era aquello. Quizá un oso; ¿había osos en esa zona? Trató de fijarse a través de la vegetación y enseguida se disiparon sus dudas al reconocer la inconfundible figura de uno de los militares de las GAFES: cara pintada de negro a juego con el chaleco antibalas, uniforme de camuflaje y subfusil de asalto en las manos.

—¡Tenemos compañía! —gritó Silva a la par que agarraba su pistola de la parte trasera de sus pantalones y disparaba tres veces al aire.

El miembro de las fuerzas especiales se protegió tras el tronco de un árbol. En el interior de la casa, David se levantó alarmado.

—¿Qué hacemos?

—Ve a por Nora —indicó Silva—, ¡nos largamos!

A continuación desató una nueva ráfaga de disparos. David se apresuró a salir al pasillo y casi se dio de bruces con Nora, que trastabilló hacia atrás asustada; David la cogió de la cintura para evitar que cayera. Su rostro seguía pálido, pero había recuperado algo de color. El médico se fijó en sus labios, que volvían a tener el tono rosado.

Ella le sonrió, tímida.

—¿Qué está pasando?

—Nos han encontrado —respondió David—. Deprisa, tenemos que irnos.

La agarró del brazo y la guio hasta la cocina. La anciana estaba mirando por la ventana cuando llegaron. No se giró.

—Han rodeado la casa entera, están atrapados —sentenció.

David y Nora observaron a la anciana muertos de miedo. ¿Qué iba a pasar ahora? ¿Todo había sido en vano? Los disparos se hacían más notorios desde la otra habitación; parecía que los militares habían comenzado a responder a Silva.

—Chico —llamó la anciana—. Eh, chico.

Nora pellizcó suave el brazo de David, que se había quedado absorto mirando la puerta de la cocina esperando que su amigo entrara con una solución original para salir de aquel embrollo.

—¿Sí? —preguntó el médico volviéndose hacia la mujer.

—Abra el arcón de madera que hay junto a la despensa —ordenó.

David permaneció de pie, bloqueado por los acontecimientos y preocupado por un inminente asedio policial. Mientras tanto, Nora corrió hasta el arcón que señalaba la longeva mujer. Una vez levantó la tapa, su boca se abrió involuntariamente por la sorpresa. Se volvió hacia David con un M16 en la mano y la estupefacción en el rostro. El doctor se apartó del punto de mira del fusil.

—¡Baja eso! —gritó.

Ella se disculpó y bajó el arma, que en ese momento apuntaba hacia las baldosas de la cocina.

—Está lleno de armas —dijo Nora, impresionada.

David se acercó hasta el baúl en cuyo interior reposaban todo tipo de pistolas, subfusiles, semiautomáticas, escopetas…

—No es la primera vez que hay que proteger la casa —dijo la anciana acercándose a ellos—. Son de mi hijo.

En ese instante Silva apareció en la habitación con una expresión sombría, que no mejoró al observar la escena ante sus ojos: Nora sostenía el M16; David, una pistola semiautomática del baúl, y la anciana, la cuchara de madera con la que había removido el guiso.

Se dirigió rápidamente hacia la ventana.

—Me lo temía, estamos rodeados. No podemos salir de aquí —dijo bajando la cabeza.

—¡Nos defenderemos! —soltó enérgica Nora levantando el subfusil hacia el techo.

—Esto está lleno de armas, Silva —argumentó David.

Él lo miró con afecto, con la ternura que provoca la ignorancia.

—No tenemos posibilidades, doc; son muchos, están entrenados y vosotros no. Además esta gente son policías mexicanos. ¿Qué queréis? ¿Matarlos?

David negó con la cabeza, derrotado.

—¿Se acabó? —preguntó Nora agarrándose el medallón que llevaba colgado del cuello—. ¿Mi hermano ha muerto para nada?

—Puede que haya una salida —intervino la anciana.

De pronto el estruendo producido por una ráfaga de disparos les perforó los oídos. Todos se tiraron al suelo y se cubrieron la cabeza con las manos.

34

Una salida

Silva fue el primero en incorporarse. Lo hizo con cuidado, agachando la cabeza. Los disparos todavía resonaban afuera, pero lo extraño era que ninguno había conseguido atravesar la ventana de la cocina. El militar se asomó sin dejarse ver.

—Es un tiroteo, ¡están disparando a los agentes!

—¡Mi hijo! —afirmó la anciana incorporándose con una agilidad pasmosa para su edad—. Se cree que vienen a buscarlo a él. Espero que no le pase nada, porque, si no, los perseguiré en esta vida o en la del más allá —añadió con el dedo índice apuntando directamente a sus ojos.

David y Nora tragaron saliva, la poca que aún retenían en la boca.

—Señora, no sabemos cómo agradecerle todo lo que ha hecho por nosotros... —expuso Silva cogiéndola de la mano—. Ha comentado que había una salida; ¿a qué se refería? ¿Hay una manera de salir de la casa sin ser visto?

La longeva mujer asintió.

—Venga conmigo —dijo Sofía pasando de largo el arcón con las armas y dirigiéndose hasta el fondo de la estancia donde había una mesa cuadrada sobre la que reposaba un jarrón y unas flores secas—. Muévala —ordenó.

Silva hizo caso sin rechistar, Nora y David se apresuraron a ayudar. También retiraron la alfombra bajo la mesa y, para su sorpresa, debajo no había nada, tan solo la misma tarima que en el resto de la cocina. Los tres miraron hacia la anciana, quien les pidió calma con un gesto de la mano. Se encaminó hacia una estantería junto a la mesa, retiró unos tarros de conservas y estiró el brazo hasta el fondo. Al momento el inconfundible sonido de un mecanismo que se ponía en marcha resonó y el suelo de madera comenzó a levantarse de un lado, dejando al descubierto una apertura cuadrada. Apoyada en uno de los vértices había una escalera vertical que se perdía en la oscuridad.

—Increíble —susurró Nora.

—¿Qué es esto? ¿Un sótano? ¿Tiene alguna salida? —preguntó David.

—Era una antigua bodega. Mi hijo tapió la entrada natural que está tras esa pared. También construyó un túnel que lleva bajo tierra hasta una caseta de herramientas, a unos doscientos metros de aquí.

—Adentro —exclamó Silva, que tenía su atención centrada en los disparos alrededor de la casa, que cada vez sonaban más cerca.

El primero en entrar fue David. Nada más bajar dos peldaños se encendieron varias luces bajo sus pies, iluminando la estancia. Una vez abajo echó un vistazo alrededor, observando las antiguas estanterías donde se almacenaba el vino, ahora vacías.

Nora fue la siguiente en bajar. La anciana agarró a Silva del brazo.

—Junto a la caseta, oculto entre la maleza, hay un coche. Las llaves están sobre la rueda delantera, en el asiento del copiloto. Una vez estén a salvo, abandónelo en la carretera, mi hijo irá a buscarlo.

Silva sujetó la mano de la anciana, estaba áspera y seca.

—Le agradezco mucho lo que ha hecho por nosotros, le aseguro que somos buena gente.

—Lo sé —respondió ella con la mirada serena que solo da la paz interior—. A veces la buena gente se ve obligada a hacer cosas malas.

Silva se precipitó escaleras abajo y la anciana cerró la trampilla aislándolos del caos exterior. El techo de la bodega, de unos cuantos centímetros de grosor, impedía que llegara el sonido de los disparos.

Silva posó los pies sobre el suelo de arena. Observó a su alrededor: las paredes estaban hechas de ladrillo visto y había estanterías casi vacías con latas de conservas en algún estante, una escopeta vieja apoyada en la pared, un armario de herramientas, una pila de láminas de madera que seguramente habrían sobrado tras instalar el suelo de tarima y un colchón sin vestir tirado en el suelo.

—¿Y ahora? —preguntó Nora mientras contemplaba aquel cuarto con desolación.

—Por allí —indicó Silva señalando un punto donde había una pequeña apertura en la pared.

Se acercaron hasta el lugar; la entrada tenía aproximadamente un metro y medio de altura y sesenta centímetros de ancho. David se apoyó en la pared y activó el interruptor que encendía las bombillas del interior del túnel, que se iluminó por completo. No estaba hecho de ladrillo, sino excavado en la propia roca y apuntalado con diferentes maderas. En el suelo había dos raíles como los de unas vías de tren, pero mucho más juntos.

—¿Para qué son los raíles? —preguntó David.

—Para sacar los escombros; seguramente tenían algún aparato a motor que iba por medio de estos raíles —contestó Nora.

—En marcha —espetó Silva que se agachó casi en cuclillas para entrar por la apertura.

David y Nora lo siguieron. Conforme avanzaban, Silva se fijó en una tubería de PVC que corría paralela junto a los cables eléctricos.

—Es para la ventilación, lleva oxígeno —explicó Nora a su compañero.

—¿Cómo sabes todo eso? —preguntó David impresionado.

—De pequeña fui a visitar unas minas con mi padre y mi hermano, nos explicaron algunas cosas.

—¿Y aún te acuerdas? —preguntó el médico incrédulo.

Ella se encogió de hombros.

Continuaron por el estrecho pasadizo hasta llegar a un nuevo ensanche. Esta vez la habitación era minúscula, no tendría más de dos metros por cada lado, y estaba tenuemente iluminada por una pequeña bombilla que colgaba sin aplique de una de las paredes. En el centro, la escalera de metal llevaba directamente a una portezuela incrustada en el techo, que podía intuirse gracias a las rendijas de luz. La primera en salir fue Nora, que empujó la tabla con fuerza hacia arriba.

Una vez afuera, cerraron la trampilla y observaron el interior de aquella caseta construida enteramente de madera. Sobre la mesa, varios utensilios para trabajar dicho material, entre ellos, un torno, un cepillo de carpintero, una sierra y varios cinceles. Junto a las herramientas, diferentes tallas de animales. Silva identificó el pájaro del alféizar que había visto antes. Al acercarse un poco más aparecieron unos folios sobre los que habían dibujado magistralmente a lápiz los distintos animales de las tallas.

Bajo el dibujo del pájaro habían escrito el nombre «Quetzal».

—¡Está cerrada! —gritó David a su espalda forcejeando con el pomo de la puerta.

—Tranquilo —susurró Silva—, la llave debe de estar por aquí.

Se pusieron a buscar entre el inmenso abanico de objetos repartidos por la estancia, hasta que Nora soltó un grito ahogado.

—¡La encontré! —dijo extrayendo la llave de un cuenco de barro que había en una repisa junto a la ventana.

No tardaron en encontrar el coche que les había indicado la anciana, un flamante todoterreno BMW X5 con los cristales tintados. Los tres se miraron impresionados.

—El hijo de Sofía será un narco, pero nos está salvando la vida —exclamó Silva—. Alcánzame las llaves —le dijo a David—, están en la rueda del copiloto.

—¿Por qué conduces tú otra vez? —preguntó Nora, indignada.

—Porque soy al único al que han enseñado técnicas evasivas y de persecución en vehículo —contestó Silva.

Nora se dio por satisfecha con la respuesta porque no

respondió. David le tiró las llaves a Silva, que las cogió al vuelo. Quiso alardear de reflejos felinos, pero, de repente, en la cara de su compañero se reflejó el pánico. Los ojos casi se le salían de las órbitas y la boca, ligeramente entreabierta, dejaba escapar el poco aire que quedaba en sus pulmones.

Silva se dio la vuelta con la pistola ya firmemente sujeta en su mano y apuntando a los desconocidos.

35

Una inspectora

Una gota de sudor, que le bordeaba la frente, era lo único que se movía en la expresión de Silva. El pulso firme que da la experiencia. El dedo índice rozaba suavemente el gatillo de la pistola. Un dedo que ya sabía lo que es matar, y que no dudaría en hacerlo. Apuntaba al rostro de la mujer, de facciones delicadas pero expresión seria, dura. Al exmilitar le había parecido que ella era la verdadera amenaza de la pareja, y ese instinto le había servido para seguir vivo.

El hombre, unos pasos detrás de ella, le apuntaba con las piernas abiertas y temblorosas; cogía con las dos manos la pistola reglamentaria de la Guardia Nacional, pero también temblaba. Muy fácil que fallara el disparo, más fácil todavía que ni lo intentase.

Su atención se centraba de nuevo en la mujer.

«No está asustada».

Sus ojos firmes en el objetivo, su arma también.

—Yo no lo haría —dijo adivinando las intenciones de Silva.

—Tire el arma, no lo empeore —añadió el policía de cara redonda.

—Todos tranquilos —exclamó David avanzando hacia la pareja de policías—, no hemos hecho nada. Yo soy médico y ella una paciente —dijo señalando a Nora—. No lo entienden... ¡el laboratorio de Chiapas no es lo que les han contado!

—¿Qué ha dicho? —preguntó la policía.

—David, no des un paso más —susurró Silva.

—¡No! —gritó el médico dirigiéndose a su amigo—. No hacemos esto, Silva. ¡Me lo prometiste!

El militar destensó el dedo del gatillo, aunque seguía acariciándolo con firmeza.

—Si es verdad lo que dicen, podemos aclararlo en comisaría —expuso la policía.

—Espabila, madera; si vamos a comisaría, estamos muertos —replicó Silva.

—Nosotros podemos ofrecerles protección —intervino su compañero.

Silva rio con sorna.

—Ese estadounidense con el que vais no dejará que nos interroguéis, ¿acaso sabéis para quién trabaja? ¿Lo que ha hecho?

Los policías se miraron, cada vez más confusos.

—No podemos dejar que se vayan, tendrán que acompañarnos. Si no han hecho nada, todo se aclarará, nadie les tocará un pelo. Pueden confiar en nuestra palabra.

—Ya está bien de chorradas —intervino el militar—. Si no dejáis vuestras pistolas en el suelo, os meto un tiro a cada uno. Tenéis diez segundos... nueve...

—¡No, Silva! —gritó David que quiso interponerse entre los policías y el militar, pero este lo agarró de la camiseta y lo tiró al suelo con violencia.

—Ocho...

La mujer policía apuntaba hacia Silva con el arma, pero, cuando habló, lo hizo dirigiéndose a Nora.

—¿Aún lleva mi tarjeta de visita?

—Siete...

Esta se sorprendió, se palpó en los vaqueros y extrajo la cartulina rectangular que le había ofrecido la inspectora Vargas en el hospital.

—Eso es, ¿recuerda lo que le dije? Solo queremos ayudarla.

—Seis...

—¡No vamos a tirar las armas! —Se rindió ante la inevitabilidad—. Somos inspectores de la Guardia Nacional y vamos a cumplir con lo que tenemos que hacer.

—Cinco...

—Valentina —susurró el policía a su compañera—, habrá más ocasiones, dejemos que se vayan.

—No —sentenció firme ella.

—Cuatro...

—No me quiero jugar la vida, sé razonable, tengo una familia —suplicó.

—Y están orgullosos de ti —replicó ella con el dedo firme en el gatillo y la mirada fija en Silva.

—Tres... —contó Silva—. ¿Nerviosa, Valentina?

—Inspectora Vargas —corrigió ella—; y no, no creo que vaya a disparar, pero, si lo hace, bueno, digamos que, como poco, será un empate.

—Dos... —contó Silva—. Déjame decirte que he jugado a esto muchas veces, y de momento aquí sigo.

—Veamos si aguantas una más —respondió ella tuteándole también, con unos ojos que echaban chispas.

—Vale, vale —gritó Sebas levantando las manos—, dejo la pistola en el suelo.

—¡Sebas, no! —dijo Valentina girándose hacia él y perdiendo de vista su objetivo durante unos segundos.

El error le costó caro. Recibió el primer proyectil en el pecho sin apenas darle tiempo a girarse hacia su compañero. El segundo, en la boca del estómago, la dejó sin respiración. El tercero la sacudió de bruces hacia atrás.

El grito desgarrado de Sebas resonó en el bosque.

Lo siguiente que se oyó fueron las ruedas del todoterreno saliendo a toda prisa de la escena.

36

Una conversación

—¿Estás loco? ¡Le has disparado tres veces! —exclamó David, que se removía inquieto en el asiento del copiloto del BMW que avanzaba zigzagueando por una carretera comarcal.

—Estaba controlado, le he disparado al chaleco —respondió el militar sin quitar la vista de la carretera.

—¡Has tenido suerte, joder! ¿Y si llega a moverse para otro lado?

—David, tranquilo, no había ninguna posibilidad de que errase el disparo.

Permanecieron unos minutos en silencio, barruntando cada uno sus propios pensamientos. Nora se había tumbado a lo largo en el asiento de atrás. La amalgama de emociones producida por la huida, la mordedura, el suero y, posteriormente, el tiroteo habían dejado su cuerpo sin reservas de energía. Se llevó las manos a la frente intentando mantener la jaqueca a raya, pero no parecía conseguirlo.

David miraba por la ventana mientras se retorcía los dedos, inquieto.

—Es que no me lo puedo creer —dijo al fin—. Pensaba que habías cambiado, que eras otra persona. Y estás otra vez apuntando a policías con el jueguito de la cuenta atrás. ¿Acaso no recuerdas a quién se lo hiciste la última vez?

Silva guardó silencio, pero de repente comprendió por qué el médico se encontraba en ese estado de nervios.

—Porque Lucía no llevaba chaleco… ¿Qué pensabas hacer? —insistió David.

El militar suspiró apesadumbrado. Se pasó las manos por el cabello corto mientras intentaba encontrar las palabras que tranquilizaran a su compañero.

—Aquella vez no era igual, David. No le des más vueltas.

—¿Por qué no era igual? ¿La habrías matado?

—Sí, lo habría hecho —respondió Silva—, pero no pasó.

El médico observó a Silva durante unos segundos sin abrir la boca, el exmilitar notaba su mirada inquisidora por el rabillo del ojo.

—No habrá redención para ti mientras sigas haciendo esto, Silva. Tu mujer no se lo merece, ella era buena.

Silva esbozó una mueca de dolor, como si el comentario de David le hubiera reabierto una herida que nunca terminaba de cicatrizar. Era una congoja crónica que crecía latente en su interior, sin que hubiera forma alguna de detenerla.

—No la menciones, David, por favor —respondió Silva dejando la huella de los dedos marcada en el volante.

—No ensucies su recuerdo con…

—¡CÁLLATE! —lo interrumpió el exmilitar.

David no se dejó amedrentar por su tono.

—Lo que hacemos no puede dañar a inocentes porque entonces no seremos mejores que el Núcleo. Ellos están convencidos de que hacen un bien común; sí, quizá dañan a unos pocos, pero ¿y la de vidas que se salvarán con las enfermedades que curan? ¿Y el potencial que alcanzará el ser humano gracias a sus avances? Pero no todo vale, Silva, a nosotros no, al menos. Y a Ana tampoco.

—No sabes lo que habría pensado Ana. ¡No la conocías! Esos cabrones le dieron una oportunidad y luego la sacrificaron como si fuera un animal que ya no sirve —dijo Silva con la respiración acelerada. Hizo una pausa para recuperar el resuello—. No me digas que somos mejores que ellos, porque a mí eso no me importa en absoluto. Solo quiero verlos muertos, a todos.

David lo miró con pena, arrepentido de su duro reproche.

—Entiendo tu rabia, pero no puedes dejar que te domine. Te conozco, Javi, hemos pasado mucho tiempo juntos estos años, sé que eres buena persona. No dejes que el resentimiento te oscurezca el alma.

Silva no contestó. Su mente se había aislado por completo en busca de alguna imagen de su mujer que no fuera la de su cadáver. El recuerdo de Ana en la bañera, desnuda y llena de quemaduras, estaba grabado a fuego en su mente. Fue él mismo quien la encontró, en el baño del hospital. Tenía los ojos abiertos y la expresión de terror marcada a fuego en la cara. La bañera ya estaba vacía, pero las quemaduras en su cuerpo indicaban que había sido electrocutada. La sangre, ya seca, le caía por el lateral de la cabeza. Dos agujeros de unos tres centímetros justo encima de la sien izquierda.

David le explicó que la habían electrocutado para freír los chips neuronales implantados en el cerebro. A continuación habían abierto su cráneo por dos puntos: por uno de ellos habían introducido una cámara, y por el otro, un aspirador; y habían aspirado todos los microchips hasta no dejar ni rastro de la tecnología.

Aún recordaba la cara desencajada del médico. El pobre David nunca se perdonó la muerte de su mujer, él la había ingresado en aquel hospital. Lo cierto era que lo habrían hecho de todos modos. Silva nunca culpó al médico, a los únicos a los que achacaba el cruel asesinato de su esposa era al Núcleo, y todos iban a morir por ello.

Silva echó un vistazo al asiento de atrás, donde Nora se había quedado dormida de lado, con la boca abierta y el brazo caído hacia la alfombrilla. Luego se giró hacia David, que intentaba aclararse con el GPS sin éxito. Notó una especie de quemazón que se apoderaba de su pecho. Quizá el médico tuviera razón, quizá aquella chica había llegado a sus vidas para resarcirles de sus fracasos. Ambos habían perdido a sus grandes amores a manos del Núcleo; si conseguían que Nora viviera, esa losa que ambos arrastraban se haría más pequeña, más llevadera.

37

Una recaída

Unos días antes en el laboratorio de Chiapas
Mayo de 2023 – Proyecto Overmind

Parte 1

El día había comenzado como siempre. Despertó con el
canto de los pájaros entremezclado con el repicar de las
campanas. Permaneció un rato más acurrucada en posición
fetal y con los ojos cerrados, disfrutando de aquellos sonidos nostálgicos. Enseguida percibió el olor a huevos y a
beicon, y la boca se le hizo agua.

—Buenos días —dijo en voz alta. Al instante, los sonidos
cesaron y el olor se disipó, y en una de las paredes de su
habitación se dibujó una ventana; a través de ella se podía
vislumbrar un cielo radiante que iluminaba la estancia.
A pesar del tiempo que llevaba allí, seguía encontrando fascinante cómo simulaban el exterior pese a estar bajo tierra;
parecía tan real… Se vistió y se puso un chándal. Había
reservado clase de spinning con el profesor Bravo.

Cuando llegó a la cantina no vio a su hermano, aunque
tampoco se sorprendió. A Tom no le gustaba desayunar,

prefería aguantar en ayunas hasta la comida para favorecer la fagocitosis celular; decía que el ayuno intermitente permitía que sus células se depuraran a sí mismas.

A Nora todo eso le parecía estupendo, pero no podía pedalear como una loca sin antes meter al cuerpo «un poco de gasolina». Cogió un bol y se sirvió una buena cucharada de porridge de avena con fruta. Miró alrededor y le extrañó no ver a Amanda allí, más aún cuando su amiga también se había apuntado a la clase con Bravo. Había varios grupos de residentes y algunos le dirigieron una mirada de ofrecimiento para compartir mesa. No tenía confianza con ninguno de ellos, así que declinó la oferta con una educada sonrisa. Se sentó sola, a una mesa al fondo desde la que podía ver a sus amigos si aparecían.

A los pocos segundos se presentó una camarera, morena, bajita, de facciones sensuales y pómulos marcados.

—Buenos días, señorita Baker. ¿Qué tal está hoy? ¿Va a tomar lo mismo de siempre? —preguntó sin dejar de dar vueltas al chicle que tenía en la boca.

—Muy bien, Gina. Sí, lo mismo de siempre, gracias. Oye, ¿ha venido Amanda más temprano?

—No, hoy no la he visto —contestó Gina, que se giró para comprobar que realmente no estaba—. Enseguida vuelvo con su bebida.

El té verde humeante de Nora no tardó en llegar. Apuró sus gachas para más tarde abrasarse la lengua con la infusión. Volvió rápido a su habitación para coger las zapatillas de ciclismo y lavarse los dientes. Mientras se los cepillaba, se entretuvo leyendo los principales titulares de la prensa en el espejo. Iba deslizando con el dedo las noticias:

«Prohíben seguir donando esperma a un neerlandés que habría engendrado más de quinientos cincuenta niños».

«¿Qué podría significar el cambio climático para el café que bebes?».

«Gwyneth Paltrow confiesa que Ben Affleck era "técnicamente perfecto" en la cama, pero que preferiría volver a acostarse con Brad Pitt».

«Prepárate para ver más auroras boreales».

«Ed Sheeran gana la demanda sobre los derechos de autor de su éxito "Thinking Out Loud"».

No entró en ningún artículo, aunque estuvo tentada de hacerlo en la entrevista de Gwyneth Paltrow sobre su vida sexual. Le asqueaba el control del Núcleo sobre la información a la que tenían acceso. Casi todas las noticias eran sensacionalistas, de cultura o de ciencia: «¿Podría acabar la superpoblación mundial con todos los recursos?», «¿Qué es la afasia? La enfermedad que causó el retiro del actor Bruce Willis», «El cambio climático impulsó la inusual ola de calor del Mediterráneo».

Realmente el contenido le interesaba, pero las formas no. A Nora no le gustaba que la trataran como una estúpida, como si no se dieran cuenta de que manipulaban la información para generarles una opinión, para que los vieran como los salvadores. A la mayoría de residentes del laboratorio no les importaba no estar al día de política, de sucesos, de economía... Solían decir que antes tampoco es que vieran mucho las noticias. Nora siempre respondía lo mismo: al menos antes tenían la libertad de verlas o no.

Cuando llegó al gimnasio, Bravo ya había comenzado la clase. La sala era un cubo enorme rectangular cubierto enteramente por pantallas que simulaban una carretera de montaña.

Se subió a una bicicleta reluciente de último diseño. Mientras pedaleaba siguiendo las instrucciones del monitor, se fijó en la gente a su alrededor. Sonrisas, jadeos y algún «A tope» y «¡Vamos!» animándose a mantener el ritmo que imprimía Bravo. A Nora no dejaba de sorprenderle la felicidad que mostraban los internos. Felicidad que no se veía empañada por estar encerrados bajo tierra, por las intensas sesiones con los doctores, por las flagrantes manipulaciones, por la ausencia de sus seres queridos, por estar lejos de casa… El Núcleo les había devuelto algo que les faltaba, ya fuera hablar, andar, correr, memorizar, o incluso la misma cordura. Y eso arrasaba con todo lo demás como un tsunami, y lo único que importaba era mantenerlo a toda costa. Aunque para ello debieran renunciar al mundo exterior, a sus seres queridos, a lo que les hacía humanos…

Después de cuarenta minutos de insufrible esfuerzo a distintas intensidades y resistencias, terminó la clase. Nora se bajó de la bicicleta y se secó el sudor de la frente con la toalla. Observó a Bravo caminar entre las máquinas felicitando a los deportistas. Ya sabía dónde acabaría su ronda. Cada vez que iba a su clase, Nora tenía que aguantar una insufrible charla con el monitor, que intentaba usar todas las herramientas a su alcance para encandilarla. Una misión imposible, porque a ella no le atraía. Tenía buen cuerpo y de cara no estaba mal, pero su personalidad la encontraba repulsiva. El tipo estaba encantado de conocerse. Hablaba de sus logros físicos constantemente y te empujaba a lograr los tuyos. Se debía haber leído un par de libros de motivación personal y autoayuda y vomitaba las enseñanzas a quien quisiera escucharlas. Además era un entregado al Núcleo. En sus palabras: «Son los únicos que persiguen un futuro diferente en una sociedad de vagos llena de barrigas cerveceras y vidas sedentarias». También hacía algo que Nora no soportaba: era el típico cantamañanas que para ligar intentaba rebajar tu autoestima con algún comentario tipo: «Muy buena clase, ya verás como poco a poco van cogiendo firmeza esos glúteos» o «¿Quieres que te baje el sillín? Veo que tienes problemas para llegar a poner los pies en el suelo».

Aquel día fue diferente.

—Ey, Nora. Buen entreno. Oye, quería decirte algo.

«Allá va... ¿Una cena? Ni lo sueñes, Bravo», pensó Nora.

—Antes he visto a tu amiga Amanda. No se encontraba muy bien, he tenido que llevarla en brazos hasta su habitación —dijo él de carrerilla al tiempo que la cara de Nora se ponía blanca.

—¿Qué le pasaba? —Nora recogió sus cosas.

—No lo sé, pero ni siquiera era capaz de decir más de dos frases seguidas. La dejé en su cama y llamé a la doctora González.

—Me voy a verla ahora mismo.

Se despidió de Bravo y salió del gimnasio. El miedo la corroía mientras recorría a toda prisa los pasillos del laboratorio. Cuando llegó a la habitación de Amanda, vio que se encontraba con todas las luces apagadas, a pesar de ser casi mediodía. Ni siquiera tenía activada la ventana artificial. Ella estaba tumbada en la cama con los ojos cerrados. Alguien le había traído unas flores y se las había puesto en un jarrón con agua sobre la mesita de noche.

—Amanda, soy Nora, ¿te importa que pase? —preguntó prudente desde la entrada.

Como no recibió respuesta, se atrevió a entrar y se sentó a su lado, junto a la cama.

—¿Cómo estás, amiga? —preguntó acariciándole la mano.

Amanda se despertó paulatinamente. En cuanto reconoció a Nora dibujó una sonrisa triste en el rostro.

—Ahora estoy mejor —respondió cogiendo su mano—. Gracias por venir a verme.

—¡Cómo no voy a venir! Pero, cuéntame, ¿qué te ha pasado?

Amanda suspiró desde lo más hondo.

—El microchip no funciona bien.

—¿Cómo que no funciona? ¿Eso es posible?

Ella se incorporó un poco en la cama y asintió mientras bebía algo de agua.

—Por lo visto sí. Me ha comentado la doctora González que hay más casos en el centro. El implante del chip es como si te trasplantaran un órgano, por ejemplo, un corazón. Tu cuerpo tiene que aceptar que ese corazón externo bombee tu sangre hacia el resto del cuerpo. No todos los órganos son compatibles.

—Pero eso no puede ser… Según tengo entendido cada microchip está hecho específicamente para una persona y está compuesto por nuestras propias células madre para que el cerebro no lo rechace.

Amanda apretó los labios mientras observaba cómo sus manos temblaban sin control.

—Parece que en algunos casos el cerebro rechaza recibir órdenes del dispositivo —susurró Amanda—, y eso es lo que me está pasando a mí. La ELA ha vuelto. Esta mañana no podía levantarme de la cama.

Nora le acarició el cabello, apenada.

—Algo habrá que se pueda hacer, cariño. ¿Qué te ha dicho la doctora González?

—Van a operarme de nuevo, Nora.

—¿Cuándo lo harán?

—El martes que viene. Tengo miedo. No quiero volver a tener ELA, antes preferiría morirme.

Nora la estrechó entre sus brazos y ella se puso a sollozar en su pecho.

Comieron en su habitación y pasaron la tarde juntas. No quería dejarla sola y que tuviera otra recaída. Por suerte, no le dieron brotes aquella tarde. Jugaron a las cartas y leyeron un rato. A las siete se despidieron y Nora fue directa a su habitación.

Dejó la ropa tirada sobre el escritorio sin darse cuenta de que había una nota escrita con la caligrafía de Tom.

Se dio una ducha larga y placentera, con la intención de quitarse la lástima que sentía por Amanda. Esperaba que la operación saliera bien. De lo contrario, sabía que su amiga se quitaría la vida. No volvería a pasar por el proceso de ver su cuerpo marchitarse hasta dejar de controlarlo. Podía entender eso, Nora no sabía qué podría llegar a hacer si volviera Kayla.

Salió del baño con todos aquellos pensamientos negativos invadiendo su mente. Se tumbó en la cama, cubierta únicamente con la toalla, y cerró los ojos tratando de buscar algo de paz entre toda esa ansiedad.

—Hola, Génesis. Ponme unas olas del mar. Necesito relajarme —dijo en voz alta.

Enseguida comenzó a sonar por los altavoces el murmullo del mar.

En cuestión de minutos se quedó dormida. Cuando abrió los ojos de nuevo eran las once y media de la noche. «Dios mío. Ya han cerrado la cafetería».

Aquella noche tendría que bajar a por un sándwich de atún a las máquinas expendedoras. Se vistió con un cómodo vestido blanco de verano y recogió la ropa sucia del escritorio para echarla a lavar.

Cuando levantó el maillot, una hoja cayó al suelo. Se agachó a recogerla y la leyó.

Todo su mundo se vino abajo.

Al fin lo he conseguido. He tenido acceso a todo el Proyecto Overmind. Tengo las pruebas para destruirlos. Ellos saben que las tengo. Van a quitarme de en medio. Tenemos que irnos de aquí, YA.

Nora, también he descubierto una verdad aterradora sobre nosotros, sobre nuestra familia. Reúnete conmigo donde se abre la tierra entre un arcoíris de color. No hables con nadie más.

Te quiero,

TOM

38

Una pérdida

La silueta de Nora apenas se distinguía entre la maleza. Avanzaba con cautela, envuelta en la oscuridad, por el estrecho sendero que conducía al perímetro exterior del laboratorio. Ni siquiera se había detenido a calzarse las zapatillas. Su hermano Tom estaba en peligro y no sabía cuántas horas habían pasado desde que le había dejado la nota.

La brisa susurraba entre las ramas, generando un suave murmullo que se entremezclaba con el crujido de las hojas bajo sus pies descalzos. Sentía la humedad de la tierra en la piel. La luz de la luna guiaba sus pasos, aunque debía prestar atención para evitar tropezar con las raíces retorcidas de los árboles.

Estaba a unos pocos metros de llegar a su objetivo cuando percibió un sonido justo delante de ella. Se echó al suelo, y se ocultó entre los matorrales. No tardó en ver un par de botas que se paraban frente a sus ojos. El dueño de aquel calzado era un hombre corpulento, con la cabeza afeitada y una cicatriz horrible que surcaba su rostro. Se había detenido justo en ese punto para disfrutar de un cigarro.

Nora contuvo la respiración, cerró los ojos y se concentró en mantener su cuerpo relajado e inmóvil. La espera se le hizo insufrible, las raíces de los árboles se le clavaban en el estómago. Si aquel hombre la pillaba allí, no lo contaba. Abrió los ojos justo a tiempo para ver la colilla caer al suelo húmedo frente a ella. El hombre tosió con fuerza, seguido de un carraspeo provocado por la acumulación de flemas en las vías respiratorias. Escupió al suelo y Nora tuvo que contener las arcadas para no vomitar y delatarse. Acto seguido las botas comenzaron a alejarse de su campo visual hasta desaparecer por completo. Se puso en pie y reanudó su camino hacia el perímetro exterior.

Llegó hasta una explanada abierta custodiada por dos cedros y un enorme chicozapote. Supo enseguida que se trataba del lugar, porque estaba plagado de hermosas bromelias que lucían vistosas flores de colores brillantes, incluso a la luz de la luna. Corrió hasta uno de los cedros y se lanzó al suelo. Había una especie de compuerta metálica, sobre la cual estaba grabado el logotipo del Núcleo. Se apresuró a abrir la escotilla y las luces led iluminaron una escalera que descendía varios metros hacia el subsuelo. Se adentró con rapidez en el túnel y comenzó a descender los peldaños verticales. Una vez llegó al final, notó que la puerta lateral se encontraba abierta.

La habitación estaba en penumbra. Lo primero que llamó su atención fue la infinidad de pantallas encendidas que mostraban imágenes de la selva en blanco y negro. Al fondo, en uno de los laterales, había una especie de generador con varios botones y una luz azul encendida. En el suelo, frente al generador, yacía su hermano Tom. Se aferraba el cuello con ambas manos, impotente, mientras daba bocanadas al aire.

—¡Tom! ¡Tom! —gritó Nora colocándose a su lado y tratando de incorporarlo—. ¿Qué te sucede, hermano?

—Han sido ellos… —respondió Tom con un hilo de voz—. Es tarde.

—No digas eso, Tom, respira, tienes que respirar…, por favor. —Nora suplicaba mientras sujetaba la cabeza de su hermano para mantenerla erguida.

—Escucha, Nora —Tom trataba de alcanzar algo con su mano—. Ahora… irán a por ti.

—¿Qué te han hecho? —preguntó Nora desesperada.

—No me queda mucho. —Su voz era apenas audible entre jadeos—. Ya estoy muerto, pero puede servir… Haz… que sirva para algo. —Tom colocó en la mano de su hermana un medallón. El símbolo de su familia, la de su madre; a la de su padre había renunciado junto con su apellido.

Nora se lo quedó mirando con los ojos como platos.

—¡No te dejaré aquí!

—Tendrás que extraer mi microchip y… huir… ¡Corre lejos de aquí!

—¡Qué estás diciendo! ¿Cómo pretendes que lo haga? —Nora estaba a punto de desmayarse.

—Mírame. —Nora observó los ojos verdes de su hermano—. Te quiero, hermana.

Nora murmuró algo inteligible, incapaz de contener el llanto.

—Dentro del dispositivo está todo sobre Overmind —continuó Tom—. Ahora sal de aquí. ¿Ves ese botón rojo?

—Sus ojos indicaron el generador que había visto al entrar—. Apaga la seguridad del perímetro y… —cada palabra le suponía un esfuerzo inmenso— no… caerás… desmayada.

—Aguanta un poco más, Tom. Buscaré ayuda —sollozó Nora viendo cómo su mellizo se apagaba.

—Una cosa más, Nora…

Esas fueron las cuatro últimas palabras de Tom Baker. Después sus ojos quedaron fijos en el infinito y su respiración entrecortada se detuvo. Nora intentó reanimarlo durante varios agónicos minutos sin ningún éxito.

El llanto brotaba de sus ojos como un manantial descontrolado. Se acababa de quedar completamente sola en el mundo. El cuerpo inerte de su hermano yacía boca arriba en el suelo mientras Nora permanecía a su lado con el medallón todavía en la mano. El dolor era tan fuerte, tan real, que su cerebro no pudo soportarlo más. Nora se desconectó de tanto sufrimiento.

Cuando recobró la consciencia estaba de pie entre las bromelias de brillantes colores. El medallón de su familia rodeaba su cuello y su vestido estaba lleno de sangre. Se apresuró a abrir el escalpelo con la congoja apoderándose de su garganta. En cuanto vio el pequeño chip en su interior confirmó sus sospechas. Ella no había sido capaz de seguir las instrucciones de Tom, pero alguien más lo había hecho. Kayla había vuelto. Pero no era posible… ¿Acaso su microchip estaba fallando como el de Amanda? ¿Mentor había liberado a Kayla deliberadamente? ¿Por qué lo habría hecho?

Tuvo que dejar a un lado sus dudas, porque en ese instante, con su mundo patas arriba y el vestido manchado con la sangre de su hermano, oyó una voz a su espalda:

—¡Eh, tú! ¿¡Qué estás haciendo ahí!?

Se volvió para ver de nuevo al hombre de la enorme cicatriz en el rostro. Antes de que pudiera ni siquiera asustarse, otro desconocido apareció por detrás y con un hábil movimiento le hundió un gigantesco machete a la altura del corazón. Nora vislumbró cómo el desconocido sostenía por el cuello al hombre de la cicatriz mientras mantenía el cuchillo firmemente incrustado en su pecho. En tan solo unos segundos cayó al suelo muerto. El desconocido limpió la hoja del arma con la pernera del pantalón sin quitarle el ojo de encima. Nora se quedó allí pasmada, mirándolo, pero entonces el hombre susurró algo.

—Nora Baker, te he estado buscando.

Ella, asustada, hizo lo único que podía hacer. Lo que le había dicho su hermano que hiciera.

Corrió hacia la oscuridad de la selva.

39

Una colega

Nora observó la fachada del hospital San Ezequiel desde el asiento de atrás del Chevrolet Aveo que Silva había robado rompiendo una ventanilla.

«Con los coches antiguos es mejor tirar de los clásicos», había dicho justo después de hacerle un puente.

Silva y David estaban en los asientos delanteros discutiendo sobre el plan. Lo iban a arriesgar todo por ella. A Nora, a pesar de ser una excelente psicóloga, con una mente prodigiosa, le costaba mucho entender aquel comportamiento. Llevaban años tras el Núcleo y, en lugar de concentrarse en el microchip de Tom y en extraer la información sobre Overmind, estaban a punto de colarse en un hospital privado para operarla.

Entendía los motivos del médico, al fin y al cabo por eso había recurrido a él. Alguien que estudia medicina está decidido a ayudar a los demás. Pero con Silva estaba perdida;

aquel hombre de modales toscos y carácter duro, dispuesto a arriesgar su vida por ella de nuevo. Ni siquiera le había dado las gracias por librarla de los militares que protegían el laboratorio. Lo había llamado asesino cuando lo único que había hecho era salvar su vida.

Observó a sus compañeros de viaje, que en ese momento guardaban silencio, concentrados en sus quehaceres, Silva rebuscaba algo en la mochila mientras David no paraba de teclear en su móvil. El exmilitar levantó la vista, a través de la ventanilla del copiloto, dibujó una sonrisa fina en el rostro y se dirigió a David.

—Te reclaman.

El médico volvió la vista hacia donde le había señalado Silva. En la acera de enfrente, bajo un llamativo cartel rosa de farmacia dermatológica se encontraba una mujer morena, vestida de uniforme blanco hasta las alpargatas de los pies. Miraba fijamente al médico mientras se colocaba coqueta un mechón de pelo.

David se apresuró a bajar la vista, avergonzado.

—Déjame en paz —espetó a su compañero.

Nora sonrió, divertida. Levantó el pie para examinarse el tobillo, donde la serpiente la había mordido; la hinchazón empezaba a mejorar y la herida tenía mejor aspecto.

Notó la mirada de David clavada en ella y levantó la cabeza. Él le sonrió, tímido, sin mostrar los dientes.

—Se está curando muy bien, en unos días podrás dar saltos.

—Si no estoy muerta antes…

David chasqueó la lengua molesto.

—No te pasará nada, confía en mí.

Nora intentaba hacerlo. Aquellos ojos castaños le brindaban calma en medio del caos. Eran la única luz a la que aferrarse en la vida de oscuridad a la que se había visto arrastrada. Apartó la mirada avergonzada y la dirigió al exmilitar, que tenía la suya fija en las barreras de entrada al hospital.

—Ey, Silva, quería… quería pedirte perdón por cómo te he tratado. Sin ti ahora no estaría viva, así que eso… gracias.

Él se ajustó la gorra, incómodo. Siempre había tenido dificultades para pedir perdón y también para recibirlo. Se había criado en una familia donde se habían querido sin demostrarlo. Donde las discusiones las arreglaba el tiempo y no un lo siento.

—No tienes que disculparte. —Negó con la cabeza.

—Pues yo creo que sí —replicó ella—. Os habéis arriesgado por mí y yo…

—¡Podemos entrar! —interrumpió David con la mirada fija en la pantalla de su móvil—. Isabel nos está esperando en su coche, al otro lado de la calle.

Silva sacó de nuevo la mochila que había metido debajo del asiento del conductor y se la lanzó a Nora.

—Dentro hay algunas cosas para impedir que os reconozcan.

Esta sacó un sombrero de mujer, unas gafas de sol y una gorra del Chivas de Guadalajara, uno de los mejores equipos de fútbol de México. David alargó la mano para coger esta última y se la colocó ocultando su pelo largo.

—¿Es necesario? —preguntó Nora observando el gorro beige.

—Nos busca la policía de todo el país y estamos en la capital, ¿tú qué crees?

—Vale, vale —respondió ella a la vez que se ajustaba el gorro y se colocaba las gafas de sol que ocultaban gran parte de su cara.

—Venga, bajad del coche —los apremió el exmilitar.

—¿Y tú? —preguntó Nora.

—Tengo que limpiar las huellas y dejarlo a un par de manzanas. Os veré dentro, en el punto de encuentro.

David asintió en silencio y bajaron del coche. Se dirigieron hacia un puente metálico que cruzaba las vías a unos cuatro metros de altura. Mientras deslizaban sus pies por el acero, sus corazones palpitaban con fuerza en el interior del pecho. Sin saber cómo ni por qué, se dieron la mano. Quizá fuera el futuro incierto, el miedo a sus perseguidores o la necesidad de conexión física entre dos juguetes rotos a los que la vida había pasado por encima, a pesar de su juventud.

Nora sintió el tacto de sus manos. Unos dedos que, en pocas horas, abrirían su cerebro y revelarían sus defectos. Necesitaba deshacerse de Kayla, y esta vez, para siempre. No aguantaría de nuevo esa sensación de no saber qué has hecho, de no estar a los mandos de tu cuerpo, de no tener el control… Esa operación era la única manera de ser libre, de recuperar el control de su mente, de librarse del Núcleo. Al menos eso esperaba. Era mejor morir por una decisión suya que dejarse apagar por la de otro.

Agarró con fuerza la mano del único ser sobre la faz de la tierra capaz de ayudarla y, por primera vez desde que había muerto su hermano, se llenó de esperanza.

Llegaron juntos hasta la acera contraria y, nada más poner el pie sobre el pavimento, alguien les chistó desde un coche cercano. Se soltaron la mano al instante. David reconoció a la mujer y se acercó al vehículo. Era joven, más o menos de su edad, con múltiples lunares en sus rollizas mejillas. Saludó a David con alegría.

—Dios mío, Peña, ¡estás en los huesos! —dijo a modo de saludo mostrando todos sus dientes.

—Pues tú estás igual de guapa, Isa. Me alegro mucho de verte después de tantos años —afirmó David asomándose a la ventanilla del coche.

—Me ves con buenos ojos —respondió ella sonrojándose.

—Esta es Nora —presentó el médico apartándose de la ventana para que las mujeres pudieran verse.

Nora saludó con una sonrisa vacilante y un leve gesto de la mano.

—Ella es Isabel Morales, Nora. Una de las mejores oncólogas de todo México y, además, una buena amiga. Estudiamos juntos en la Universidad de Salamanca.

—Dirás que era una buena amiga, ¡hace tres años que no contestas a mis mensajes! —lo reprendió Isabel.

David bajó la cabeza, abochornado, mientras murmuraba una réplica incomprensible.

—Es broma, hombre —continuó Isabel—; no te apures. Anda, subid al coche. Por lo que me contó David en su llamada necesitas una operación.

Ambos se subieron a la parte de atrás del vehículo.

—Sí, Nora tiene un pequeño aneurisma intracraneal que necesita intervención inmediata. Implica un cierto riesgo por la zona en la que se encuentra —mintió David—. Lo único, Isa, es que, como te comenté por teléfono, a Nora la busca su exmarido. Es muy peligroso… Nadie puede saber que está aquí ni la intervención a la que va a someterse. Es policía y tiene muchos contactos en la ciudad.

Isabel asintió para mostrar su conformidad mientras su vista pasaba de las enormes gafas de sol de Nora a la gorra de fútbol que llevaba el médico.

—¿Qué pasó con mi compañero de residencia? ¿Aquel que se alejaba de los problemas?

—He cambiado de estrategia —respondió David enigmático.

Isabel puso en marcha su vehículo y lo condujo hacia las barreras de acceso al hospital donde tres guardias de seguridad conversaban animadamente. Detuvo el coche frente a la barra de hierro y enseguida uno de los empleados se acercó a ella.

—Doctora Morales, qué gusto verla. ¿Qué hace por aquí? ¿No es su día libre?

Isabel suspiró fingiendo lamentarse.

—Los médicos no tenemos días libres, Ernesto.

Él asintió con respeto, tirando hacia arriba del cinturón para colocarse la camisa y tapar la emergente barriga.

—Y que lo diga —replicó Ernesto, que se acababa de fijar en que Isabel no iba sola en el vehículo—. Buenos días —saludó amable con la mano.

Nora y David correspondieron al empleado del hospital con una sonrisa.

—Son el doctor Santos y la doctora Ruiz, de España. Van a colaborar con nosotros en algunos temas —los presentó Isabel.

Ernesto los observó con curiosidad y una sonrisa bobalicona en el rostro.

—Mucho gusto. Que pasen un buen día.

Hizo una seña a su compañero y la barra de metal se elevó dejándoles pasar.

Llegaron al aparcamiento y, una vez detuvo el coche, Isabel se volvió hacia David y le entregó una acreditación, como doctor adjunto al centro, bajo el nombre de Daniel

Santos y una bata con el logo del hospital bordado al pecho.

—Tengo muchos doctores procedentes de otros países que vienen a aprender nuevas técnicas quirúrgicas conmigo, así que nadie sospechará —se justificó ella.

—Muchísimas gracias, Isabel. No sé qué habríamos hecho sin tu ayuda. ¿Cómo podría agradecértelo?

—Valdría con que me contestaras los mensajes —se quejó ella.

David se ruborizó.

—Te lo prometo. Y te debo una cena —añadió guiñándole un ojo.

Se abrazaron con afecto, con el cariño de las viejas amistades, que permanece inalterable a pesar de no cuidarlo. Ese que reaparece con solo invocarlo para volver a ser aquella persona. Tu yo de entonces. Aquel ser inocente que no ha sido corrompido todavía por el sufrimiento.

—Recuerda que debes ir hasta el área de nuevas técnicas quirúrgicas, tienes el material en el quirófano ocho. Lo he reservado a mi nombre; si tienes algún problema, que me llamen. Aunque no deberías tenerlo, no habrá nadie hoy en esa zona porque no hay ponencias ni clases programadas —explicó Isabel.

David asintió en silencio y cogió su mano.

—Gracias por todo, Isa.

Se alejaron del coche y se dirigieron al punto de encuentro acordado con Silva: la antigua área de internalización pediátrica, situada fuera del edificio principal, junto a una zona ajardinada que contaba con algunos columpios. La construcción era de una sola planta y la fachada ya mostraba en su parte superior algunas formas geométricas infantiles que indicaban el tipo de pacientes que solía tener.

Dejaron atrás la puerta de acceso, que se encontraba cerrada. Los niños internos en el hospital se habían mudado hacía ya algunos meses a una de las últimas plantas del edificio principal y en aquella construcción colindante planeaban abrir una cafetería, algo mucho más rentable para un hospital privado. En la parte de atrás del edificio encontraron una puerta verde de metal, junto a la cual había un teclado numérico para insertar un código.

—Mierda, ¿y ahora qué? —preguntó David.

Nora estiró el brazo y sujetó el asa de la puerta tirando de ella hacia sí misma. Descubrió que estaba abierta.

—Siempre hay que probar. —Se encogió de hombros Nora.

Entraron en el edificio con aprensión. Las últimas horas a la fuga, con el Núcleo y toda la policía de México persiguiéndolos, habían hecho mella en sus mentes, que aguardaban el peligro tras cada esquina. Recorrieron un pasillo largo acongojados por las pinturas en las paredes, donde los pequeños habían inmortalizado sus manitas en el gotelé. Nora sintió un escalofrío al pensar que muchos de ellos no habrían sobrevivido. El lúgubre ambiente hizo que la imagen de su hermano, luchando por respirar, volviera a atormentar su mente.

«Voy a hacer que al menos sirva para algo, Tom, te lo prometo».

Llegaron a un aula llena de colchonetas en el suelo. Al otro lado, sentado en un pupitre, se encontraba un joven con el pelo rapado y una fina cresta en el centro. Llevaba pendientes en ambas orejas. Nora lo reconoció, y su cuerpo se tensó al instante.

David notó su inquietud y le sujetó el brazo con suavidad.

—¿Qué pasa, Nora?

Pero Nora ya no estaba allí.

—Es él —dijo de repente casi en un susurro—. ¡Me has traído hasta ellos! ¡Mentiroso!

Golpeó al médico con todas sus fuerzas y corrió hacia la salida como alma que lleva el diablo.

—¡No! ¡Tranquila! Erik está con nosotros —exclamó David con la boca llena de sangre.

Ella no se detuvo. Justo cuando estaba a punto de desaparecer por la puerta de entrada al gimnasio, un potente brazo se interpuso en su camino haciendo que cayera al suelo.

40

Una verdad

Sus ojos eran distintos, no había ni pizca de fragilidad en aquella mirada. Silva había rasgado la tela de unas fundas de almohada para atarla de manos y pies a la camilla del quirófano. Ella intentaba revolverse, pero apenas podía incorporarse.

David la miraba con una mezcla de fascinación y pena. Por un lado, nunca había conocido a nadie con trastorno de personalidad múltiple, para una persona que había dedicado su vida al estudio del cerebro, esos casos resultaban muy estimulantes; pero, por otro, estaba Nora, y su sufrimiento, ni se imaginaba lo que era tener que compartir cuerpo con otra personalidad tan dañina como la de Kayla.

Se acercó a la camilla para situarse delante de la chica, que forcejeaba con las ataduras sin éxito. En cuanto vio la cara del doctor se detuvo, una misteriosa mueca apareció en su cara, parecida a una sonrisa.

—Hola, David. Perdona por el puñetazo.

El médico contuvo un leve sobresalto, y se llevó la mano al mentón dolorido.

—¿Me conoces?

—Para ser médico, no eres muy listo.

David farfulló algo apenas audible, a ella le hizo gracia su incomodidad. Su risa también era distinta, más seca, no tan melódica.

—No puede ser, Nora no recuerda nada de tus...

—Ella no, pero yo sí puedo tener acceso a algunas de sus emociones, de sus experiencias. Y a ti te tiene muy presente en su cabeza. Créeme. Quieres tirártela, ¿no?

David no respondió a la provocación, pero su cara se tornó bermellón haciendo que Kayla se tronchara de la risa.

—Esta Nora siempre tan mojigata... Yo te dejo hacerme lo que quieras, aquí mismo sobre la camilla, con tu amigo mirando.

David retrocedió un par de pasos hacia atrás.

—¿No? Pues quizá quieras tú, grandullón —dijo refiriéndose a Silva, que estaba apoyado en la pared del fondo, de brazos cruzados.

Silva chasqueó la lengua irritado.

—¿Qué cojones es esto, David?

—Te presento a Kayla —dijo David señalando a la chica—. Nora padece un trastorno de identidad disociativo, dos personalidades distintas conviven en su cuerpo.

Silva lo observó perplejo con una mezcla de asombro e incredulidad.

—Estás de coña, ¿no?

El médico negó con la cabeza.

—Esta es la patología por la que lleva un microchip implantado en la cabeza.

La mirada de Silva iba de uno a la otra sin parar.

—Si tiene implantado el dispositivo, ¿cómo es posible que ella esté aquí? —preguntó señalándola.

Kayla esbozó de nuevo su sonrisa malévola.

—¿Y quién controla el microchip, payaso?

Silva se volvió hacia David, y este asintió con resignación.

—El Núcleo puede controlar el microchip a su antojo, y con él, a Nora. Pueden hacer que pierda el conocimiento, que se imagine cosas, que vuelva Kayla… Por eso necesita que la opere. Hasta que no la opere no será libre de nuevo.

—¿Y por qué no me lo habías contado? —preguntó el exmilitar decepcionado.

—Era un tema privado, Silva. Me pidió que no lo dijera.

—Enternecedor —dijo Kayla—. Así que estamos ante un nuevo patético intento de Nora de quitarme de en medio. Te advierto, doctor, que no funcionó la primera vez.

David hizo caso omiso al comentario de la chica. Se volvió hacia la repisa donde tenía el material quirúrgico.

—Pero ¿cómo lo hacen? —preguntó Silva, que seguía confuso—. ¿Cómo pueden meterse en su cabeza?

—A través de Mentor —replicó Erik, que acababa de llegar al quirófano.

—¡Tú! —exclamó Kayla que se volvió loca intentando forcejear con las telas que la unían a la camilla—. ¡Te voy a matar friki de mierda! ¡Ya verás!

—Pero ¿qué es Mentor? —preguntó Silva por encima de los gritos de Kayla.

Erik no pudo contestar a causa de los bramidos de la chica, que se hicieron más intensos al ver a David con la jeringuilla en la mano caminando hacia ella.

—¡No! No lo hagas, no me operes. Te lo suplico, haré lo que quieras…

—Dulces sueños, Kayla —sentenció David inoculando la anestesia en la vena cefálica—. Y hasta nunca.

41

Una demostración

Tres meses antes en el laboratorio de Chiapas
Febrero de 2023 – Proyecto Overmind

La única iluminación en toda la sala provenía de la pantalla situada frente a ellos. Todo el centro de esta lo ocupaba la representación vectorial de un núcleo celular, que actuaba a modo de logotipo de la organización. Debajo de aquel poderoso símbolo, dos palabras que lo habían cambiado todo: PROYECTO OVERMIND.

Nora se encontraba al fondo de la habitación rectangular. A ambos lados y en la fila delantera, las butacas se llenaban de científicos que trabajaban en el laboratorio, bajo la tierra húmeda de la selva Lacandona. El director del centro, el doctor Hooker, estaba justo en el asiento de al lado. Le llegaba el aroma fresco de su perfume, que combinaba notas chispeantes y cítricas con otras más cálidas, amaderadas y profundas. Una fragancia ambigua, como el hombre que la usaba. Le vino a la memoria un titular de aquellas noticias insustanciales que el Núcleo les proporcionaba: «El 80 por ciento de los perfumes definen a la perfección la personalidad de quien los utiliza».

Notó que Hooker la miraba de reojo y se preguntó por qué la habría invitado a presenciar aquella demostración. Se suponía que los residentes no podían compartir el contenido de las sesiones con sus compañeros. Entonces ¿qué hacía ella allí? Quizá lo había solicitado Tom, o simplemente Hooker quería saber su opinión como psicóloga. En cualquier caso, Nora era consciente de que ella y su hermano gozaban de un trato especial por parte del director del centro, y eso lo había aprovechado Tom para husmear en el proyecto.

El doctor parecía nervioso por lo que iban a ver. Aunque, a decir verdad, nunca había visto a ese hombre nervioso. Su cabello siempre estaba bien peinado con la raya a un lado, los zapatos limpios y el traje planchado. Esta vez había optado por un conjunto marrón que combinaba con un chaleco a juego sobre la impoluta camisa blanca y una corbata del mismo tono, pero adornada con lunares blancos. En el bolsillo de la americana llevaba un pañuelo blanco con los bordes marrones. Los puños de la camisa los cerraba con unos gemelos de oro que llevaban las iniciales J. M.

Nora se preguntó a quién se referían aquellas iniciales. Desde el otro lado de la sala le llegó la inconfundible voz de su hermano.

—¿Qué tengo que hacer?

Se dirigía a un chico que apenas habría cumplido los treinta años. Llevaba una cresta, pendientes y una camiseta del personaje Crash Bandicoot. Lo opuesto a los jerséis de punto, las americanas apolilladas o las faldas plisadas que había en aquella sala. Se trataba de Erik Valverde, doctor en Ciencias de la Computación por la Universidad de California, con un posdoctorado en Inteligencia Artificial y Aprendizaje Automático. Nora solo había tenido dos sesiones con el doctor Valverde, y habían resultado agotadoras.

—De momento nada, espera que active… —Dejó la frase en suspenso mientras manipulaba una tableta digital—. Solo será un segundo.

Tom se volvió en busca de Nora, recorrió las butacas hasta que sus ojos se detuvieron en los del doctor Hooker, justo al lado de su hermana. Aunque no distinguía nítidamente el rostro de su hermano, Nora habría jurado que vio cómo sus músculos faciales se tensaban.

Se giró sin mediar palabra y sin alterar el gesto.

—¿Cómo os van las cosas por aquí, Nora? —preguntó el doctor Hooker interesándose por ella.

Ella se giró hacia él y mostró la mejor de todas sus sonrisas falsas.

—De maravilla, doctor Hooker. En el laboratorio tenemos de todo, ahora me he metido de lleno con la botánica, y también está el gimnasio, el club de lectura… —Hizo una pausa para encontrar más elementos que sumaran credibilidad a su felicidad, y añadió—: Además, ¡no tengo que trabajar! No echo nada de menos tener que escuchar los problemas de la gente.

Ambos sonrieron educados y Nora miró al frente de nuevo esperando que se hubiera acabado la conversación, pero enseguida notó que, tras sacudirse una pelusa del pantalón del traje, Hooker volvió a la carga.

—Entonces, si tienes todo eso, ¿por qué no eres feliz?

Nora no sabía dónde meterse. Llevaba el suficiente tiempo en aquel sitio para saber que la gente que no creía en el proyecto se metía en problemas.

—Bueno, yo…

—¡Ya está! —exclamó Erik—. Lo tengo.

La atención de la sala se centró en Erik y Tom, y Nora dio gracias por haberse librado del interrogatorio.

Erik se puso en pie con la tableta en la mano.

—Bien, en primer lugar, me van a permitir que me presente y haga una breve introducción de lo que vamos a ver aquí. Espero no robarles demasiado tiempo, aunque tampoco es que tengan otro sitio a donde ir.

Los doctores rieron ante la ocurrencia del tecnólogo. Nora no lo hizo. Nunca se había planteado hasta ahora que los doctores también estaban aislados. ¿Cuánto cobrarían para dejar atrás a su familia, a sus amigos? Los residentes, al fin y al cabo, estaban muy enfermos, y tenían un gran aliciente para seguir allí, pero aquellos hombres y mujeres… ¿Por un trabajo? ¿Por dinero? Debía de haber algo más.

—Veo un par de recién llegados… a otros todavía no he tenido el gusto de conoceros. En fin, bienvenidos a la batcueva —continuó el orador—, mi nombre es Erik Valverde. Como muchos sabéis, junto con otros colegas ingenieros, doctores y desarrolladores, hemos fabricado el dispositivo que lleva mi amigo Tom Baker adherido al cerebro y que le ha permitido volver a caminar tras sufrir un grave incidente que lo dejó en silla de ruedas.

Nora sintió un pinchazo, el que experimentaba siempre que alguien mencionaba el accidente de su hermano, a la altura del corazón.

—Estos microchips son capaces de reemplazar múltiples funciones del cerebro y podemos monitorizar esta actividad a través de Mentor. —Erik hizo una pausa, buscó a Hooker con la mirada, quien asintió con un leve gesto de cabeza, y continuó—: El superordenador cuántico del laboratorio, que es capaz de recoger y clasificar toda la información proveniente de los microchips.

Un hombre de pelo escaso y canoso, sentado en primera fila, levantó la mano. Erik le indicó con un gesto que hablara.

—¿Cómo funciona esa interfaz cerebro-computadora?

—Bueno, realmente es el microchip el encargado de captar las señales neuronales y convertirlas a un lenguaje digital que Mentor pueda interpretar.

Otra mujer levantó la mano, pero no esperó a que Erik le diera permiso para preguntar:

—¿Qué tecnología utilizáis para enviar la información de los dispositivos al ordenador cuántico?

—¿La comunicación va en ambos sentidos? —quiso saber un señor mayor al fondo de la sala.

Hooker se puso en pie.

—Dejemos que el doctor Valverde desarrolle la demostración sin interrupciones, por favor. Las preguntas que han realizado implican distintos niveles de seguridad. Estudiaremos cada caso individualmente, y, si es necesario, les facilitaremos más información.

Hooker se volvió a sentar con la vista fija en el orador, como si la demostración nunca se hubiera detenido.

El silencio se apoderó de la sala, el único que se atrevió a romperlo fue un balbuceante Erik.

—Eh…, bueno, por dónde iba…, sí, Proyecto Overmind ha cambiado muchas vidas. Como sabéis, ha permitido curar trastornos relacionados con el cerebro. Lo que quizá desconozcáis es que aún puede hacer más, porque este apéndice que hemos alojado en el cerebro de Tom es capaz de ayudarlo a potenciar su inteligencia.

Nora observó a Erik con curiosidad.

—Hoy vamos a ver otra característica más de estos microchips, que no dejan de aprender cada día gracias a la inteligencia artificial que madura en su interior. Voy a pedirle a Tom que piense en temas complejos, y Mentor, al que estoy conectado mediante esta tableta, va a mostrarnos una representación visual de sus pensamientos en esta pantalla.

Las letras de Proyecto Overmind y el logo del Núcleo desaparecieron y, en su lugar, solo quedó el negro más puro.

—Vale, Tom, vamos a empezar la demostración. ¿Estás relajado?

Él asintió en silencio.

A Nora todo aquello le ponía los pelos de punta. Especialmente la forma en que los trataban, como a delfines a punto de hacer su espectáculo; tan solo faltaba que le tirara una sardina y que Tom la cogiera con la boca.

—Quiero empezar por algo relativamente sencillo para un físico. Háblame del Big Bang.

Antes de que Tom pudiera empezar a hablar, la pantalla se llenó de imágenes. La primera mostraba un punto minúsculo en el centro. De repente, la pequeña mota se expandió, llenando de ondulaciones luminosas todo el fondo negro. Se empezaron a formar esferas de luz, algunas de las cuales explotaron, dando lugar a un resplandor cegador. Galaxias, planetas, la Tierra… Mezcladas con las imágenes del universo surgían algunos cálculos y números que el cerebro de Tom iba haciendo de manera inconsciente. También aparecían algunas fotografías en blanco y negro de algunos hombres. Nora reconoció al instante al único que apareció en color: el científico más famoso del siglo xx, Stephen Hawking.

Los asistentes se miraban impresionados al ver imágenes tan nítidas surgidas del propio pensamiento.

—La Gran Explosión es de todo salvo sencilla, es un tema muy extenso, ¿por dónde quieres que empiece? —preguntó Tom.

—Cuéntame lo que te venga a la mente —dijo Erik encogiéndose de hombros.

—Veamos, según la teoría más aceptada por los científicos, el principio del universo se originó hace trece mil ochocientos millones de años a partir de una singularidad que se expandió dando lugar al tiempo y al espacio.

—¿Qué quiere decir eso de una singularidad, Tom? Mis compañeros saben mucho de la mente humana, pero no tanto del universo.

—Es muy sencillo, se podría definir como un punto de densidad y temperatura infinitas en el que el espacio-tiempo y todas las teorías físicas actuales se vuelven inaplicables al estar comprimidas en dicho punto.

—Entiendo, ¿y antes de esa singularidad existía el tiempo? Tom sonrió con suficiencia.

—Es normal que los humanos nos planteemos la causa de todo, al final nuestro mundo funciona a través de la relación causa-efecto. En el caso del Big Bang, si hubo una explosión, tuvo que haber algo que la provocara…, pero en el contexto del origen del universo no es tan sencillo. La teoría de la singularidad nos empuja a enfrentarnos con los límites de nuestro entendimiento.

Erik asintió rascándose la cresta.

—Entiendo que no puedo comprenderlo —bromeó, lo que causó algunas risas entre los doctores, incluido Hooker—. Tom, ¿quién fue el impulsor de esta teoría?

De nuevo en la pantalla aparecieron más imágenes de científicos junto a diferentes textos con información de cada uno de ellos que se iban superponiendo.

Nora dedujo que se correspondían con los libros que su hermano había leído durante su vida.

En la sala hubo un murmullo de asombro.

—Bueno, hay varios científicos que contribuyeron a lo largo del siglo xx. El primero que postuló esta idea acerca del universo en expansión desde un estado muy denso y caliente fue curiosamente un sacerdote y astrofísico, Georges Lemaître. Años más tarde, Hubble proporcionó algunas evidencias observacionales sobre que las galaxias se alejaban unas de otras, lo que respaldaba la teoría…

—Tom —interrumpió Erik—. ¿Sabes a qué velocidad exacta se expande el universo?

El físico asintió provocando una mueca de disgusto en el joven tecnólogo.

—En la actualidad se acepta la constante de Hubble, que es aproximadamente de setenta kilómetros por segundo por megapársec.

Erik asentía ante las palabras de Tom, pero su expresión era distante, como la de un contrincante que aguarda pacientemente un descuido de su rival para atacar.

—¿Y cuál es la galaxia más lejana?

Tom dudó un instante, fue una pausa casi inapreciable, pero no para Nora que conocía a su mellizo a la perfección.

—Es un pequeño clúster de estrellas llamado GN-z11 —contestó Tom—. Han sido necesarios trece mil cuatrocientos millones de años para que la luz de la galaxia viajara por el universo y fuera recogida por el telescopio Hubble. Seguramente ahora esté mucho más le…

—Te equivocas —lo interrumpió Erik, al que al fin le asomaba una sonrisa por la comisura de los labios.

Tom lo observó, atónito.

—¿Cómo dices?

—Será mejor que te lo muestre —respondió Erik deslizando sus dedos por la tableta.

La pantalla se llenó con la imagen de una nueva constelación, seguida de un nombre: CEERS-93316. A continuación se agolparon los datos sobre este nuevo descubrimiento: fotografías, artículos, vídeos en redes sociales, declaraciones de científicos…

—Esto que estamos viendo, compañeros, siguen siendo ideas de nuestro amigo Tom. Solo que no las está generando su cerebro por sí mismo, la inteligencia artificial presente en su dispositivo le está proporcionando esta información a su mente. —Se volvió hacia el joven—. ¿Cómo se siente?

—Extraño —respondió Tom—. Poderoso —añadió al cabo de unos segundos.

—Bien, si les parece, vamos a seguir comprobando las funciona… las nuevas habilidades de Tom.

Nora miraba de reojo a Hooker, quien parecía absorbido por la presentación de Erik y tenía un brillo de fascinación en los ojos. Al contrario que ella, que cada vez estaba más asustada.

—Amigo, alguna vez me has comentado que tu madre era muy aficionada a la poesía. ¿Te sabes el poema de Jacques Prévert, titulado *Para hacer el retrato de un pájaro*?

Tom se llevó la mano a la barbilla, entornó los ojos e intentó hacer memoria.

—Creo que sí —volvió la vista hacia su hermana—, creo que lo recuerdo. Es ese de pintar una jaula con la ventana abierta, que sea sencilla y bonita...; lo siento, pero no consigo acordarme de cómo sigue.

Erik manipuló su tableta durante unos segundos.

—¿Por qué no pruebas de nuevo?

Las frases aparecieron en la pantalla como si se tratara de un karaoke. Tom comenzó a recitar:

Pintar primero una jaula
con la puerta abierta
pintar después
algo gracioso,
algo simple,
algo hermoso,
algo útil
para el pájaro.
Apoyar después la tela contra un árbol
en un jardín
en un monte
o en un bosque
esconderse tras el árbol
sin decir nada
sin moverse...

Tom levantó la vista hacia Erik.

—Me acuerdo de todo el poema.

—Me alegro, Tom. ¿Empiezas a ver las posibilidades? —preguntó.

Él asintió y Nora pudo ver con claridad la consternación en su rostro. Él también sentía el mismo temor que ella ante la influencia que podía ejercer aquella gente en su mente. Erik se dirigió a la audiencia.

—Para ayudar a rellenar los huecos, el microchip recurre a Mentor en tiempo real. Y nuestro superordenador cuántico tiene acceso a todo el conocimiento... Su base de datos es prácticamente infinita.

No se oía nada más que a Erik, la sala entera estaba pendiente de cada palabra que pronunciaba.

—¿Qué te parecería aprender tailandés, Tom?

—Doctor Valverde. —La voz de Hooker se elevó retumbando en las paredes de la sala—. ¿Por qué no muestra a los doctores algunos avances en el área de las emociones? Quizá, más concretamente, en la de los recuerdos.

—¿Está seguro? —preguntó Erik.

Hooker asintió con un leve movimiento de cabeza.

Erik exhaló un suspiro y prosiguió con la explicación.

—La inteligencia artificial no solo nos proporciona información sobre el mundo y completa nuestra cultura, también es capaz de bucear en nuestras conexiones neuronales y encontrar recuerdos olvidados. —Se volvió hacia el joven físico—. ¿Sabes cómo te hiciste esa cicatriz bajo la barbilla, Tom?

Él negó.

—Ahora puedes recordarlo —dijo sin levantar la vista de su tableta mientras tecleaba a toda velocidad.

Enseguida emergió la imagen de una chimenea de mármol blanco que presidía un amplio salón. Como si de una cámara subjetiva se tratara, el plano se giró hacia la derecha, donde se disponía un sofá de terciopelo verde oscuro sobre el que se sentaba una niña, de aspecto angelical, que jugaba con un peluche de Mickey Mouse.

A ambos lados del sofá había dos butacas del mismo color, sobre una de ellas, una mujer rubia dormía plácidamente con la revista *Hello!* sobre su pecho; en la otra, un hombre, de pelo rojizo, ocultaba su rostro tras un voluminoso libro. El título destacaba en grande en la portada: *La fórmula*, de Steve Shagan.

La imagen subjetiva fue directa hacia allí, y unas manitas surgieron en la parte inferior de la pantalla. Al llegar hasta el hombre, tiró con fuerza del pantalón de pana, a la altura de la rodilla.

—Estate quieto, Tom —recriminó el hombre desde detrás de la novela—. Juega con tu hermana, anda.

—Quiero ir afuera.

—Ahora no. Estoy ocupado, luego te lleva tu madre.

—Quiero ir ahora —sollozó el pequeño.

Tom continuó insistiendo durante un par de minutos más mientras su padre lo ignoraba por completo. El berrinche estaba subiendo de nivel cuando la madre se despertó y la imagen se centró en ella.

—¿Qué te pasa, hijo? —preguntó desperezándose en el sofá.

Tom se apresuró a ir con su madre, corrió bordeando la mesa, pero la alfombra le hizo resbalar y la imagen se aproximó a toda velocidad al revistero de hierro, junto a la butaca de su madre. El recuerdo se desvaneció de la pantalla.

Se oyeron algunos murmullos impresionados en la sala. Tom, en cambio, se incorporó con brusquedad, apretando los puños con furia.

Nora sintió una profunda pena por su mellizo, acababan de violar su intimidad, sus recuerdos, delante de una veintena de personas.

Erik se echó hacia atrás asustado mientras le pedía calma con las manos.

—Tranquilo, Tom. Hemos terminado. Solo quería mostraros las posibilidades del microchip. Te ruego que me disculpes.

Tom se giró hacia la audiencia, buscando a su hermana. Su mirada se refugió en los ojos de Nora como si hubieran encontrado su hogar.

«Tranquilo, hermano, aquí no».

Sus dedos se destensaron.

Un tímido aplauso surgió de los asistentes, que poco a poco fue ganando en intensidad. Erik se volvió hacia la sala con una sonrisa tímida. Tom, por su parte, volvió a sentarse, aturdido.

La audiencia al completo se levantó y aplaudió emocionada, incluida Nora. La diferencia era que ella solo fingía. Esperaba que nadie pudiera ver sus pensamientos como habían hecho con los de su hermano.

«Así es como muere la libertad, con un estruendoso aplauso».

42

Un accidente

—Menuda hostia te ha soltado.

—No tiene gracia.

—Bueno, en realidad un poco sí que tiene.

David sostenía una pequeña bandeja apoyada contra su mandíbula, aliviado por el frío tacto del metal contra su piel, que comenzaba a inflamarse.

—Ahora en serio, ¿por qué ella te tiene tanto miedo?

Erik se frotó la cresta con nerviosismo.

—No lo sé, tío, me verá como uno de ellos, del Núcleo.

—Algo le habrás hecho —comentó Silva irritado.

David se volvió hacia el exmilitar, sabía que no se fiaba de Erik. El tecnólogo había estado involucrado en la creación de los dispositivos, y, para Silva, ese era motivo suficiente para desconfiar. Sin embargo, David era consciente de que participar en una investigación no significaba compartir sus objetivos. Él mismo se había visto involucrado en Overmind sin saberlo, hacía años, en otra vida.

—Ella ha tenido miedo al verte, Erik, y por eso ha emergido la personalidad de Kayla. Cuéntanos qué ha pasado.

El joven caminaba en círculos, nervioso.

—Apenas coincidí con ella en un par de sesiones... Puede que fueran exigentes mentalmente, pero ¡yo no le hice nada!

—¿Y por qué no nos lo habías contado? —inquirió Silva.

—Llevabais desaparecidos semanas, ¿qué queríais que hiciera? ¿Que os enviara una paloma mensajera?

—Teníamos otro infiltrado —intervino David.

—Tom Baker —susurró Erik.

El médico asintió.

—Hace un par de semanas nos dijo que estaba cerca de obtener pruebas de lo que les hacen a los pacientes en Overmind, del control al que los someten, de los asesinatos...

El rostro de Erik se ensombreció.

—¿Asesinatos? —preguntó extrañado—. No puede ser..., yo... yo lo sabría.

—Nos dijo que si queríamos su ayuda no podríamos hablar con nadie más dentro del centro, incluido tú.

—No se fiaba de mí. —Erik agachó la cabeza apesadumbrado—. Tampoco puedo culparlo, lo tratábamos como si fuera un ratón de laboratorio. El potencial de un cerebro tan brillante unido al microchip era bestial..., yo... yo hacía lo que me pedían... Estaba tan cautivo como él.

—Ya me dirás cómo es posible que Tom haya conseguido más pruebas sobre el Proyecto Overmind que tú, que has ayudado a crear estos chismes —dijo Silva levantando el medallón de Nora.

—¿Qué tienes ahí? —preguntó Erik. El exmilitar no contestó a su pregunta—. ¿Qué quieres que te diga, Silva? Yo ayudé a crear los microchips, sí, y a mucha honra. Te recuerdo que se crearon para curar enfermedades como hicimos con tu muj…

Erik se refugió tras la mesa para evitar que un Silva fuera de sus casillas llegara hasta él. David sujetó al exmilitar por el cuello como pudo.

—Tranquilo, Silva. Estamos todos en el mismo barco.

—¡No vuelvas a mencionar a mi mujer! —Le apuntó con el dedo directo a la cabeza.

—Lo siento, no pretendía… —se excusó Erik.

—Vamos, cálmate —le susurró David al oído.

—Mira, Silva, yo me metí en esto para curar personas —argumentó Erik—. Pero si no confiáis en mí puedo marcharme, huir de vuelta a España.

—Nadie va a irse —sentenció David—. Confiamos en ti, ¿verdad, Silva?

Este emitió un gruñido de desacuerdo.

David le arrebató el medallón a Silva y lo dispuso sobre la mesa; abrió el mecanismo y reveló su interior.

—Tendrás que ayudarnos con esto.

—¿Es lo que creo que es? —Se asomó Erik.

—Es el microchip de Tom, sí.

—¿Y qué pretendéis que haga yo con esto?

—Estás de coña, ¿no? —preguntó Silva—. Pues extraer los datos.

—¿Y cómo lo hago, Einstein? ¿Con mi superordenador cuántico imaginario?

Silva le advirtió con una mirada. Erik captó el mensaje con rapidez.

—Quiero decir que necesitaría a Mentor para interpretar semejante cantidad de datos, y ni siquiera estoy seguro de que pueda recuperar algo.

—Tom le pidió a su hermana que nos trajera este microchip —argumentó Silva—. Él creía posible extraer lo que hay dentro, y yo también. Algo guarda esa cosa y quiero saber qué es.

Erik se mantuvo en silencio.

De repente David ahogó un grito y se puso a rebuscar por la habitación. Enseguida encontró lo que buscaba. Pulsó repetidamente el botón del volumen del mando a distancia. Las cabezas de Silva y Erik se volvieron de golpe hacia el televisor.

«Tras la conmoción sobre el estado de salud del papa, nos trasladamos de nuevo hasta el estado de Chiapas, que está capturando la atención del país. Joaquín, ¿qué nos puedes contar sobre la mujer desaparecida?».

—Sube más el volumen —sugirió Silva.

El médico obedeció y la voz del reportero les llegó cristalina.

«Nos encontramos ahora mismo muy cerca de donde ocurrieron los hechos. Aquí, en la selva Lacandona, próxima a la localidad de El Cruce, se descubrieron los cuerpos de seis personas. Este suceso tuvo lugar junto a un gran laboratorio biotecnológico estadounidense, donde trabajaba la mujer desaparecida. Según fuentes del centro, la sospechosa había mostrado signos de un comportamiento errático en los días previos, llegando a agredir a un compañero. Los médicos del laboratorio le habían diagnosticado estrés postraumático tras la muerte de su hermano, quien también era trabajador del centro».

Mientras el reportero hablaba, la pantalla se dividió en dos para mostrar una fotografía de Nora, que aparecía sonriente, con un bonito vestido azul con volantes. Debajo un rótulo indicaba que la fotografía había sido cedida por el centro.

Los tres fugitivos se miraron sin dar crédito a lo que estaban viendo. En ese momento el corresponsal hacía un llamamiento a la colaboración ciudadana para localizar a la mujer, y a continuación daba paso a las declaraciones obtenidas directamente de la subdirectora del laboratorio, la doctora Claudine Leraux.

El vídeo en la pantalla mostró a una mujer, vestida con una bata blanca abierta que dejaba entrever una blusa de seda debajo. Su cabello, plateado, lucía liso y peinado hacia un lado con laca; llevaba unas gafas de montura fina que le daban un aspecto sofisticado.

La mujer hablaba en inglés con un ligero acento francés y el programa de noticias había subtitulado sus declaraciones al español.

«Es un verdadero placer atenderlos —respondió la subdirectora tras la introducción del reportero, esbozando una sonrisa carente de expresión en los ojos—. Nora es una de nuestras colaboradoras más entregadas y participa en varios ensayos que aportaban mucho valor a nuestra investigación. Sus compañeros están devastados con su desaparición».

«¿Es cierto que en los últimos días se había mostrado agresiva con otros trabajadores del laboratorio?».

«Como comprenderá, no puedo revelarle detalles concretos sobre la salud mental de una compañera. Sin embargo, sí puedo decirle que Nora estaba sufriendo mucho por la pérdida reciente de su hermano mellizo».

«¿Qué cree usted que pasó?».

La mujer frunció el ceño ante la incisiva pregunta del periodista. David notó cómo la subdirectora ponía mucho cuidado en elegir sus palabras y evitar cualquier consecuencia no deseada para la organización.

«No me atrevería a elucubrar una teoría, eso compete a las autoridades. Lo que sí le puedo garantizar es que el incidente no guarda relación alguna con las actividades del centro. Nos dedicamos al estudio y conservación de plantas autóctonas, no es algo por lo que merezca la pena asesinar a seis personas, ¿verdad?».

«Una pregunta más, doctora. ¿Las personas fallecidas tenían relación con el laboratorio?».

La mujer pareció maldecir para sus adentros.

«Efectivamente, formaban parte del personal de seguridad. Piense que esta zona podría llegar a ser muy peligrosa y nuestra corporación quiere garantizar la integridad de todos sus trabajadores. La policía está trabajando para esclarecer lo acontecido en la selva aquella noche».

El periodista olió la carnaza, encantado, y se tiró de lleno a ella con los colmillos afilados.

«¿Sabe algo del sospechoso que está buscando la policía?».

A la subdirectora no pareció sorprenderla en absoluto que la prensa conociera esta información.

«La verdad es que no estamos al día de este punto en concreto de la investigación, por lo que me va a disculpar que no entre a comentarlo. De igual modo confiamos plenamente en las autoridades mexicanas y sabemos que darán con el culpable o los culpables. Muchas gracias», añadió Leraux dando por terminada la entrevista.

A continuación se devolvió la conexión al presentador del telediario, que expuso con precisión la información que poseían sobre Javier Silva. Tras el trajeado locutor, se mostraba en la pantalla una fotografía estilo carnet del exmilitar con la boina verde sobre la cabeza.

David contuvo un suspiro.

—Al menos sales favorecido en esa foto —aportó Erik.

Silva negó con la cabeza, contrariado.

En la imagen, el exmilitar aparecía recién afeitado y bastante más joven; algunas líneas de expresión apenas empezaban a formarse. Su atractivo era innegable: con su mentón pronunciado, los pómulos definidos y esos ojos azules en los que podías perderte con solo mirarlos. Al parecer, TikTok se había llenado de vídeos que comentaban este hecho o hacían memes a su costa.

David se giró hacia Silva, que bajaba la cabeza, abochornado.

—Eres famoso.

Junto a la antigua fotografía, la cadena expuso una captura de pantalla algo borrosa de la cámara de seguridad que grabó a Silva accediendo a la sala de pruebas de la comisaría.

«El ex boina verde español, Javier Silva, de cincuenta y un años de edad, se encuentra actualmente fugado de la justicia y en paradero desconocido. Aunque se cree que, tras escapar de la policía nuevamente en la región de los Tuxtlas, haya podido llegar hasta Ciudad de México y refugiarse allí. Las autoridades policiales han admitido que es probable que la mujer desaparecida, Nora Baker, de treinta y cuatro años, se encuentre retenida por Silva en contra de su voluntad. Se desconocen los motivos que han llevado a un militar español condecorado a perpetrar…».

Silva apagó el televisor.

—¿¡Qué haces!? —inquirió Erik al tiempo que intentaba arrebatarle el mando—. Tenemos que saber qué dicen de nosotros.

—Sabemos lo suficiente. El Núcleo ha revelado mi identidad y me ha colocado como principal sospechoso de los asesinatos, lo que significa que me quieren muerto. También ha desvelado la identidad de Nora, pero con una diferencia sustancial, la identifican como una rehén enferma y trastornada. No quieren que resulte herida. Eso nos da cierta ventaja, pero debemos operarla ya.

David se había mantenido en silencio, abrumado por las noticias.

—¿Por qué no han sacado mi cara también? —preguntó confundido.

—Puede que no sepan que estás conmigo; al fin y al cabo entré solo en la comisaría y Hooker cree que estás muerto —argumentó Silva—, o puede que tu antiguo tío político quiera protegerte.

—¿Protegerme? ¿Tengo que recordarte que me tiró al mar en el interior de un ataúd y me dio por muerto?

Silva se encogió de hombros.

—No hay que descartar ninguna posibilidad con este hombre.

—¿Podemos poner la televisión de nuevo? —preguntó Erik.

—¡No! —respondieron al unísono el exmilitar y el médico.

—Acércame el informe de Nora —pidió David. Erik le tendió la carpeta.

—Voy a asegurarme de que no tengamos visitantes inesperados —comentó Silva y salió por la puerta.

David dispuso los documentos sobre una mesa que había junto al televisor mientras estudiaba concentrado el expediente de Nora, que era bastante extenso. El corazón latía con fuerza en su pecho a medida que revisaba cada línea sobre el trastorno de personalidad múltiple que padecía. El Núcleo había documentado cada uno de los aspectos de su personalidad. Kayla era egoísta, narcisista,ególatra, peligrosa... David puso su atención en una página concreta que detallaba cómo Kayla había causado el accidente de Tom, haciéndole precipitarse por un acantilado de más de diez metros.

«Dios mío».

Se llevó la mano a la boca impresionado.

El psiquiatra relataba que Kayla consideraba a Tom una amenaza, por la dependencia emocional que Nora había generado con su mellizo durante la época en que ambos estuvieron en un orfanato, tras el abandono de su padre y la muerte de su madre.

«Ya es suficiente».

Se sentía sucio por haber hurgado en su intimidad de esa manera. El neurocirujano se apresuró a apilar todos los papeles de su expediente y se dirigió a Erik.

—Voy a necesitar que trabajemos en el microchip antes de la intervención —dijo muy serio—. Lo podemos hacer directamente en el quirófano.

—A mandar, jefe —le contestó este resuelto.

—En marcha.

Salieron de la sala concentrados en su objetivo, intentando no pensar que todo México estaba tras sus pasos.

43

Una espera

Silva caminaba intranquilo de un lado a otro del pasillo junto al quirófano donde David estaba abriendo el cráneo de Nora. Pensamientos aciagos rondaban su mente. La última vez que esperó el resultado de una intervención fue la de su mujer, Ana. Aquellos monstruos le dieron esperanza para después arrebatársela del modo más cruel que un ser humano podía llegar a imaginar. Se había sentido muerto por dentro. El único motivo para seguir viviendo había sido acabar con ellos. Descabezar la organización. Eliminar a Hooker, a Rebeca Hopkins, a los protectores… Matarlos a todos.

Aquella necesidad de venganza lo había unido al joven médico. El David Peña que estaba al otro lado de la puerta operando a Nora no tenía nada que ver con el hombre al que una vez encañonó, colocándole el silenciador entre ceja y ceja. Ese hombre estaba perdido, lo vio en sus ojos. El de ahora, aunque temeroso, era decidido, tenaz, tenía un objetivo.

Llevaban ya un par de horas dentro. Ninguno de los dos había salido para informarle, pero eso no tenía por qué significar algo malo. En la guerra, no tener novedades eran siempre buenas noticias. Su pierna parecía sufrir el baile de san Vito mientras le daba vueltas al medallón de Nora, que contenía la única esperanza de acabar con la organización. El guardapelo tenía un grabado de dos leones enfrentados. El león era un símbolo para la corona británica desde los tiempos de Ricardo I de Inglaterra. Se preguntó de dónde habría sacado la familia de Nora aquel valioso complemento. Admiró el detalle de los felinos, enfrentándose entre sí, representando la batalla que ellos mismos libraban contra el Núcleo.

Mientras lo estudiaba, se abrió la puerta del quirófano y apareció Erik.

—¿Cómo ha ido? —preguntó Silva, ansioso.

—Ha sido todo un éxito. Acabo de analizar las funciones cognitivas del dispositivo y se está amoldando bien a su cerebro y al ritmo de las neuronas. Y lo que es mejor… ya no está dentro de la red del Núcleo. Lo he programado para que actúe con independencia y se ciña exclusivamente al problema médico de Nora —contestó satisfecho.

—¿Está despierta?

—No, aún tardará. David está terminando de cerrar la incisión.

—Bien —dijo Silva mientras paseaba pensativo por el corredor—, todo va a salir bien…

Al pasar por la ventana, algo llamó su atención por el rabillo del ojo. Se detuvo junto al cristal y echó un vistazo al exterior. Todo parecía en calma en el aparcamiento del hospital: una madre que empujaba el carrito de un niño, una pareja que caminaba de la mano, un chico que hablaba por teléfono. A unos pasos del joven, una familia acababa de aparcar su monovolumen, una niña de unos diez años se bajó del vehículo para ayudar a su abuela.

¿Dónde estaban? Le había parecido ver….

Unos segundos después su vista los localizó. Ese estilo de caminar. Recto. Erguido. Silva lo conocía muy bien.

«Militares».

¿Los habrían encontrado?

Se fijó en su ropa. Ella llevaba una blusa blanca bastante ancha y debajo unos vaqueros. A través de la blusa, el ex boina verde pudo distinguir una pistola. Su compañero también llevaba vaqueros y completaba su atuendo con una camisa de manga corta estilo Miami. No pudo identificar ningún arma, pero era obvio que también la portaba. Llevaba un enorme tatuaje en el antebrazo, pero no era capaz de verlo con nitidez a esa distancia. Sacó una foto con el móvil y la amplió al máximo. Al principio le costó reconocer lo que estaba viendo. Después observó nítidamente el logotipo del Núcleo tatuado en la piel.

«Eso sí que es convicción por la causa».

Volvió a mirar, pero los miembros de la organización se habían perdido bajo la cornisa del edificio. Silva sacó su pistola. Erik lo miró asustado.

—¿Qué pasa? —preguntó aterrorizado.

—Nos han encontrado —respondió mientras se alejaba por el pasillo—. Métete de nuevo en el quirófano y no salgas.

—Pero… tengo algo más que decirte…

—Genial —contestó Silva, mientras comprobaba el cargador—. En cuanto acabe me lo cuentas, ¡ahora métete dentro y no salgas!

Erik abrió la puerta del quirófano, pero antes de entrar se volvió al exmilitar.

—Estamos en un hospital. Ten mucho cuidado con eso —dijo señalando el arma con los ojos.

El tecnólogo cerró la puerta tras él y Silva se quedó observando la pistola que portaba en su mano. El chico tenía razón. Si se oían disparos en un hospital, aquello se llenaría de policías en cuestión de minutos. Con Nora convaleciente, no lograrían salir de la ciudad. Se guardó el arma y observó a su alrededor. Descubrió un carrito con enseres de limpieza y agarró un par de botellas con productos químicos. Bajó los escalones de tres en tres hasta que encontró un rellano en el que había una salida de emergencia. Vació el contenido de una de las botellas en los dos escalones previos al rellano y se escondió tras la puerta. Estaba seguro de que subirían por la escalera; el ascensor era el peor lugar para un tiroteo. Ningún profesional lo elegiría.

No tuvo que esperar mucho. Oyó las pisadas de la pareja acercándose escalera arriba.

De repente, un derrape y un ruido sordo, seguido de un «Oh fuck, what is this?».

Silva surgió de entre las sombras para sorpresa de los mercenarios. Pudo ver el miedo en la cara de ella, que había sido la que había resbalado con el líquido y estaba con las manos apoyadas en el rellano. Antes de hundir su zapatilla del cuarenta y cinco en el mentón de la mujer, arrojó la botella de lejía abierta contra la cara del hombre, que aulló abrasado. La patada dejó sin conocimiento a la mujer, que

no tuvo ni tiempo de coger el arma. En cambio, su compañero sí tuvo tiempo de llevarse la mano a la pistola antes de
que Silva se abalanzase sobre él.

Los dos cayeron y un único disparo resonó.

44

Una separación

—¿Has oído eso? —preguntó David.

—Silva —contestó Erik, asustado—. Ya están aquí.

—¿Crees que estará bien?

—No tengo ni la menor idea, ¿qué hacemos? —preguntó Erik.

David se volvió hacia Nora, que aún estaba inconsciente sobre la camilla. Su cara estaba en calma, los ojos cerrados, sus músculos faciales relajados y su abundante pelo rubio tapaba la incisión, de tan solo unos centímetros, que David había utilizado para acceder al microchip implantado en su cerebro y sustituirlo por el nuevo.

Aunque estaba desentrenado, no había sido una cirugía complicada, la parte difícil realmente era la de Erik: hacer que aquellos minúsculos nanobots biotecnológicos se comunicasen con las neuronas de Nora, identificaran las zonas que tratar y aplicaran la solución necesaria.

—¿Qué hacemos, David? —repitió Erik.

—Defendernos —respondió el médico poniendo un bisturí sobre la mano de Erik, quien miró el escalpelo como si fuera una cucaracha.

—¿Qué demonios quieres que haga con esto? —preguntó sujetándolo con dos dedos por el mango con la cuchilla hacia abajo.

David sostuvo una sierra quirúrgica con determinación mientras observaba la puerta del quirófano, que permanecía cerrada. Sus dedos agarraban la herramienta con fuerza. Se imaginó blandiendo aquella arma improvisada ante un desconocido. Hundiendo la cuchilla en su piel, la sangre manchando su rostro. ¿Estaba dispuesto a hacerlo? ¿En qué clase de persona se había convertido? ¿Es que acaso el Núcleo había anulado su personalidad?

La imagen de su padre se le apareció de repente y le anudó los intestinos. Miguel no había hecho daño ni a una mosca en toda su vida. Un firme defensor de ofrecer la otra mejilla. Aquel hombre no habría entendido lo que trataba de hacer su hijo, lo que ya había hecho… Quizá no había matado a personas, pero había mirado hacia otro lado mientras Silva lo hacía. Era su cómplice. Y estaba a tan solo unos segundos de convertirse en asesino.

La puerta se abrió de golpe, sin darle tiempo a pensar nada más. Por ella entró Silva, quien al ver a David y a Erik con las herramientas en la mano se echó a reír.

—¿Qué se supone que hacéis?

Erik tiró el bisturí al suelo.

—¿Qué ha pasado?

—Ya está resuelto. Uno está muerto, el arma se disparó mientras forcejeábamos —dijo mirando a David de reojo—, la otra está inconsciente. Los he metido en una habitación y he bloqueado la puerta... Vendrán más, tenemos que irnos de aquí.

—Ella no puede moverse aún —respondió David—. Es muy peligroso desplazarla sin que se haya despertado de la anestesia.

—Entonces se acabó, el Núcleo gana —sentenció Silva.

Los tres callaron.

David se llevó las manos a la cabeza tratando de pensar una solución, aunque en el fondo de su corazón sabía que solo podía haber una. La que había estado postergando desde que lo habían hablado en la cabaña.

—Tenemos que separarnos.

—¿Qué? —preguntaron a la vez Silva y Erik.

David se dirigió al exmilitar.

—Ya lo hemos hablado, este momento iba a llegar tarde o temprano —dijo mirando directamente a los ojos cristalinos del exmilitar.

—Escucha, doc, sobre lo que dije yo...

—No, Silva, escucha tú —dijo David interrumpiéndolo—. Si nos pillan a todos, se acabó, tú lo has dicho. —Silva bajó la mirada—. Llevamos detrás de ellos muchos años. Es la primera vez que tenemos algo. Algo con lo que hacerles daño de verdad. No podemos desaprovecharlo porque no se trata solo de nosotros. Sabemos que el Proyecto Overmind, al igual que el Proyecto Zero, solo son la punta del iceberg. La organización está por todos lados. Es un virus que ha infectado la sociedad. Cambia de forma, se oculta y se mueve con rapidez, pero ahora podemos golpear fuerte. Destaparlo. Tenemos la vacuna, ¿no queréis usarla?

El exmilitar y el tecnólogo se miraron.

—No os abandonaré —respondió Silva—. No voy a permitir que os maten.

David negó con la cabeza.

—No lo harán, al menos hasta que encuentren el microchip de Tom. Vosotros tendréis nuestro seguro de vida. —Silva sacó el medallón de su bolsillo—. Eso es, con la información tendréis la mejor baza para negociar con nuestras vidas.

—Pero ni siquiera sabemos cómo extraer los archivos.

—En realidad, eso es lo que quería contarte. He descubierto cómo sacar los datos del microchip de Tom —soltó Erik ante la mirada atónita de sus compañeros—, debemos llegar hasta la Universidad de UCAT. Allí tienen un superordenador científico, uno de los más potentes del mundo. Creo que seríamos capaces de procesar los datos del microchip si tuviera acceso a él.

El exmilitar lo observó sin saber qué decir.

—¡Tenemos un plan! —exclamó David emocionado.

—Pero yo no puedo…

—Silva, sé lo que me hago. Estaremos bien. ¿Vas a confiar en mí o no? —preguntó el médico.

Este asintió en silencio. Y un instante más tarde, para sorpresa de David, se encaminó hacia él con decisión y lo estrechó entre sus brazos. Aquel abrazo había sido la primera muestra de afecto sincera en tres años. El neurocirujano no sabía cómo sentirse, aquel hombre había provocado que su vida se desmoronara, pero también se había convertido en el único apoyo que le quedaba, en un amigo.

Le correspondió el abrazo.

Cuando se separaron, Silva le tendió una pistola.

—Puede que tengas que poner en práctica lo que te he enseñado, doc.

—Estoy preparado —respondió él muy serio.

Mientras sus dos amigos salían por la puerta del quirófano, Nora, a su espalda, abría sus ojos verdes.

45

Un despertar

La vista tardó un poco en acostumbrarse a la claridad. Después del halo cegador, los colores empezaron a llegar, aunque borrosos, a su nervio óptico. La dificultad para enfocar le provocaba náuseas. El dolor de cabeza era palpable. Sus labios, secos y pálidos a causa de la deshidratación, se frotaban entre sí en busca de una saliva inexistente en el interior de su boca. Notaba el cuerpo débil y las manos temblorosas, con los dedos gélidos. De repente, su piel entró en contacto con otra, mucho más cálida. Una voz serena y familiar llegó a sus oídos. «Nora, ¿cómo te encuentras?».

Percibió su olor corporal, agradable y difícil de describir. No era dulce ni tampoco cítrico, no olía a limpio, pero tampoco a sudor. Era algo fresco.

Un escalofrío de atracción recorrió su cuerpo.

La nitidez de su rostro apareció poco a poco: sus ojos castaños cargados de bondad, su abundante melena peinada hacia atrás en una coleta, la barba corta y aquellos labios que le hablaban, pero no lograba entender lo que decían porque estaba demasiado ocupada deseando devorarlos.

De pronto se inquietó. ¿Qué tenía en la mano? ¿Una pistola?

—Nora, ¿me reconoces? —preguntó de nuevo David.

Ella asintió, incapaz de articular palabra. ¿Por qué no iba a conocerlo? Habían pasado juntos los días más intensos de su vida. Él pareció percatarse de que el arma estaba en su mano y se apresuró a guardarla.

—¿Estás mareada? ¿Desorientada?

Nora asintió de nuevo.

Al moverse sintió un pinchazo de dolor en la parte posterior de la cabeza.

—No te preocupes, son los puntos, pero es una herida pequeña, sanará enseguida. Además quedará cubierta con el pelo.

—Eso me da igual —dijo Nora con un hilo de voz.

David salió de su campo de visión y no se atrevió a mover la cabeza para seguirlo por miedo a sentir de nuevo el pinchazo en la nuca. Oía al médico rebuscar entre sus cosas. Apareció al cabo de unos segundos con una botella de agua.

—Bebe despacio, a pequeños sorbitos —dijo posando suavemente la botella abierta en sus labios agrietados. Él le sonrió.

—La intervención ha ido bien, hemos implantado con éxito el nuevo dispositivo y lo hemos dotado de instrucciones para tratar tu enfermedad. No debería darte problemas, Erik se ha asegurado de ello. Estás fuera del alcance del Núcleo…, al menos, en tu cerebro.

—¿Erik? No..., él no —murmuró Nora asustada, tratando de incorporarse—. Él está con ellos.

—Cálmate, Nora. Te prometo que está con nosotros. Era nuestro infiltrado en el laboratorio, como tu hermano.

—Nos hacía pruebas, no podemos confiar en él.

—Nora, mírame. —Ella se dejó llevar por aquellos ojos castaños—. Erik es de los nuestros. ¿Acaso no confías en mí?

—Sí, claro que confío en ti —dijo poniendo su mano sobre la del médico.

David sonrió con ternura.

—Tengo que contarte algo, el Núcleo nos ha encontrado.

Todas las alarmas se encendieron a la vez dentro de la cabeza de Nora.

—Silva se ha encargado de ellos —continuó David—, pero vendrán más. Necesitamos ayuda.

—¿De quién? —inquirió Nora incorporándose y esbozando una mueca de dolor.

—Cuidado —susurró David sujetándole la cabeza—. Más despacio. La sutura es pequeña, pero te hemos agujereado el cráneo —añadió sonriendo.

—Oye, ¿y dónde está Silva? —dijo recorriendo el quirófano con la mirada.

David miró al suelo visiblemente incómodo.

—Le he dicho que se marchara. Está con Erik, y se han llevado el medallón.

—¿¡Qué!?

—Lo siento, Nora, pero no podíamos arriesgarnos a perder la información que encontró tu hermano. Debíamos separarnos... yo...

Nora cogió su mano con suavidad.

—Lo entiendo, David. Gracias por quedarte.

Sus dedos volvieron a rozarse y la cara del médico se puso roja como un tomate.

—No hay de qué.

—¿Qué vamos a hacer?

Él se rascó la cabeza, intranquilo.

—No te va a gustar.

—Prueba.

—La inspectora que estuvo a punto de detenernos en la cabaña dijo que te había dado su tarjeta. ¿Aún la tienes?

—Debes estar de coña.

—Se acabó el seguir huyendo, Nora. Pasamos a la ofensiva.

46

Un desaparecido

—No entiendo qué hacemos aquí —se quejó Valentina doliéndose del abdomen—. Deberíamos estar persiguiendo a ese malnacido.

—Ya, pero así son las cosas. Los delincuentes no hace falta que respondan ante nadie, nosotros sí. Déjame ver —dijo Sebas haciendo un gesto para que le mostrara su tripa.

Valentina se resistió.

—Simplemente es que no entiendo por qué tenemos que hablar con el director del CNI, ni que tuviéramos algo que esconder —dijo intentando rehuir la petición de su compañero—. Llevamos dos días haciéndole el trabajo sucio a Miller, que, por cierto, ¿dónde está?

—Súbete la camiseta —repitió Sebas muy serio.

Ella esbozó una mueca de fastidio y levantó el tejido no sin esfuerzo.

—Dios mío —susurró Sebastián—, tiene que verte un médico.

La inspectora realizó un ademán con la mano restándole importancia.

—No pasa nada. Solo es un moratón. Estoy bien.

El vientre plano de la inspectora presentaba dos importantes hematomas: uno justo encima del ombligo, de unos seis centímetros; el otro, en la parte superior derecha del abdomen. Ambos lucían colores morados y azules en el centro, que se iban aclarando conforme avanzaban hacia los bordes.

—No tienes que hacerte la dura conmigo.

—No me hago la dura —respondió Valentina ofendida al tiempo que volvía a tapar sus lesiones—. Te he dicho que estoy bien.

No pudieron continuar con su discusión debido a la interrupción de una mujer que entró en la habitación sin llamar a la puerta, sobresaltando a ambos. La agente menuda, de pelo rizado, vestía el mismo traje azul que en la selva de Chiapas, pero se había cambiado la camisa, que ahora era fucsia. Su cara reflejaba el hastío que le producía tener que ser la recadera del jefe.

—Podéis pasar, Eduardo Fuentes os recibirá ahora.

La siguieron en silencio hasta una biblioteca preciosa, que intercalaba unas enormes vidrieras con estanterías incrustadas en la pared repletas de libros encuadernados en cuero. La habitación era rectangular, de dos alturas; a la superior se accedía por una escalera de caracol. La mujer les indicó con la cabeza que subieran los peldaños mientras ella permanecía de pie en la puerta, más recta que un palo. Valentina y su compañero subieron con cautela, como si temieran que la madera se deshiciera bajo sus pies.

En la planta de arriba había una salita muy coqueta con un par de butacas color mostaza sobre una alfombra de yute circular. En una de las butacas se encontraba sentado un hombre, cercano a los sesenta, con la cabeza redonda y el cabello a los lados plagado de canas que se extendían hacia su barba pulcramente recortada. La zona superior estaba tan lisa como un suelo de mármol. Tenía una nariz prominente y aquilina que sostenía unas gafas de lectura. El director de la agencia de inteligencia mexicana sujetaba entre las manos un libro, que cerró nada más verlos, permitiendo a Valentina observar la portada: *La sombra del viento*, de Carlos Ruiz Zafón.

El más alto cargo de la agencia se percató del interés de la inspectora.

—Leer calma mi ansiedad —dijo incorporándose—. ¿Habéis leído a Zafón?

Los agentes negaron.

—Es asombroso, tiene una prosa deliciosa, llena de florituras y metáforas. Parece incluso poesía, pero a la vez es capaz de mantener el interés en la trama, de envolverte en el misterio. De los autores españoles es mi favorito. Me habría gustado conocerlo. Una pena que falleciera tan joven.

Se acercó hasta una de las estanterías y dejó la novela apoyada en la repisa.

—Inspectora Vargas, conozco a su padre. Un buen hombre, honrado.

La policía asintió sin añadir nada más. Ya estaba cansada de que la sombra de su padre fuera tan alargada. Era imposible seguir su propio camino si a cada paso que daba alguien lo conocía.

—Les hice venir porque quiero que me cuenten todo lo que sepan del agente de la CIA, William Miller.

Valentina y su compañero se miraron entre sí sin entender.

—¿Qué ha pasado, señor? —se atrevió a preguntar Sebastián.

El director lo observó por encima de las gafas, evaluando hasta qué punto compartir la información con un equipo policial que había sido puesto en tela de juicio en numerosas ocasiones.

Miró a Valentina y pareció decidirse.

—Mis agentes detectaron ciertas actitudes sospechosas en Miller, así que decidí indagar un poco con mi homónimo en la CIA; no sabía nada de esta operación. Oficialmente el agente Miller se encuentra en algún país de Oriente Próximo, el cual, por supuesto, no ha querido revelarme. El problema es que Miller ha desaparecido, así que no podemos hacerle ninguna pregunta, y, además, la persona que supuestamente ha autorizado esta operación, la subdirectora de la agencia, Elaine Scott, no coge nuestras llamadas y en su oficina nos comentan que no la localizan…

—¿Y cómo es posible que hayamos dejado liderar este caso a un agente extranjero? —interrumpió Valentina que ya no aguantaba más ser el perrito faldero de la CIA.

Eduardo Fuentes le dirigió una mirada severa, como si llevara tiempo sin escuchar ese tono al dirigirse a él.

Valentina musitó un tímido «Lo siento» a regañadientes.

—Se trata de unas instalaciones estadounidenses, inspectora Vargas. Esta operación ha sido una petición expresa de la subdirectora de la CIA. Igual no le suena, pero existe algo que se llama colaboración entre agencias. Dicho esto… —El director hizo una pausa, dudoso—. Miller ha desaparecido, y la subdirectora Scott no contesta al teléfono. Nos han ocultado información sobre ese laboratorio, sobre la organización que lo explota, sobre los fugitivos... Estamos prácticamente a ciegas, y sus caras aparecen en todas las cadenas de televisión del país. Los periodistas están elaborando teorías y nosotros no tenemos nada, NA-DA. ¡Esto es un puto desastre!

El director Fuentes retiró sus gafas y las limpió con la parte baja de la camisa. Su calva brillaba por el sudor y sus manos temblaban de los nervios.

—¿Qué quiere de nosotros? —preguntó Valentina.

Fuentes se colocó las gafas de nuevo y esta vez contestó con tono pausado.

—Quiero encontrar a Miller. Y, para ello, quiero que usted —dijo señalando a Valentina— me cuente todo lo que sabe del agente estadounidense.

—¿Yo? —replicó ofendida—. Yo no sé nada.

Los labios de Fuentes se estiraron sin enseñar los dientes. Ahora sí estaba en una situación que controlaba.

—La agente Zavala me ha comentado que podría haber algo entre ustedes dos. ¿Se equivocaba, inspectora Vargas?

Valentina se mordió el labio. Decidió no mentir. Era el CNI, lo que suponía una más que probable investigación previa. Algún testigo los habría visto juntos en el bar, alguna cámara de tráfico en el coche, y puede incluso que hubieran hablado con algún vecino fisgón que les habría contado que esa noche Valentina llegó a casa acompañada.

—Oh, vamos, director Fuentes..., no juegue conmigo. Ya debe saber que conocí al tipo la misma noche de los asesinatos. ¿Qué información puedo tener de él?

—Bueno —dijo él mientras jugaba con sus dedos con la vista posada en sus manos—, la suficiente para invitarlo a su casa.

Valentina se puso roja al instante, y Sebastián dio un paso hacia el director, ofendido.

—Eso no son formas, director Fuentes —exclamó enfadado.

—Me temo que sí, inspector Cruz —replicó él tranquilo—, está en juego el prestigio de la agencia de inteligencia y, si nos descuidamos, el del país también. Así que tenga claro que no me detendré en las formalidades. Quiero saber lo que le dijo el agente Miller aquella noche y no se van a ir de aquí hasta que lo sepa todo.

Salieron del edificio con un mal sabor de boca. Ahora el CNI había puesto la mira sobre ellos dos.

«Corruptos», pensó Valentina.

Habían sido sus propias agentes las que habían protegido a Miller, pero, si el tema explotaba, Valentina sería la primera en caer por habérselo llevado a casa. Tenían que encontrarlo. Eduardo Fuentes les había dado veinticuatro horas para dar con él. De lo contrario, serían los primeros en ser relevados de sus cargos. Una única llamada al comisario de la Guardia Nacional de El Cruce y el director del CNI cumpliría su amenaza.

—¿Qué hacemos? —preguntó Sebastián quitándose el sudor de la frente.

—No tengo ni la menor idea —respondió Valentina, y se sentó en la escalinata de la entrada—. Pero tenemos que encontrar a Miller.

—¿Y los tres fugitivos?

—Ya has oído a Fuentes, eso ya no es cosa nuestra.

Justo en ese momento el móvil comenzó a vibrarle en el bolsillo.

Número oculto.

Apretó el botón y se llevó el dispositivo a la oreja con el corazón en un puño.

—¿Diga?

—¿La inspectora Valentina Vargas? —preguntó una voz masculina.

—Sí, soy yo.

—Creo que nos ha estado buscando. —En ese instante Valentina reconoció la voz—. Soy David Peña y estoy con Nora Baker. Nos están persiguiendo para darnos caza, inspectora. Si no nos ayuda, en menos de una hora estaremos muertos.

47

Un ordenador

—No me gusta, tío, no me gusta nada.

—Calla y ponte esto.

—No pienso ponérmelo, colega, estás mal de la cabeza.

—¿Quieres acabar como ellos? Porque solo tienes que pedirlo.

Erik calló y recogió la camisa y los pantalones que le tendían.

—Eso está mejor —respondió el exmilitar mientras terminaba de anudar su corbata.

—Estás loco, Silva.

—¿Cómo pretendías conseguir las acreditaciones? ¿Con abrazos y buenas palabras?

El joven chasqueó la lengua, disgustado.

—No, dime, ¿querías que los invitáramos a cenar y luego tras un tímido beso en el portal les pidiéramos subir a casa?

—Déjame en paz —murmuró Erik.

A sus espaldas, dos hombres inconscientes estaban sentados con la cabeza apoyada el uno junto al otro, en ropa interior. Uno de ellos llevaba una camiseta interior de tirantes y exhibía orgulloso su pecho cubierto de vello. La cinta aislante cubría sus muñecas, los tobillos y también sus labios.

—Venga, hombre, anímate. Solo les he inducido una pequeña siesta. Cuando se levanten, una aspirina y como nuevos.

Erik no dijo nada, pero una sonrisa tímida se asomó por la comisura de sus labios. Se colocó la gorra y se ajustó el cinturón, con porra incluida. Se miraron. A Silva le quedaba la camisa muy justa, las costuras se tensaban a causa de sus voluminosos hombros. Salvo por ese detalle, nadie habría dicho que no eran un par de empleados de seguridad haciendo su ronda. Se pusieron en marcha y enseguida pudieron corroborar que ningún estudiante les prestaba la más mínima atención; absortos en sus teléfonos móviles, caminaban sin mirar ni siquiera hacia delante.

—¿Fuiste a la universidad, Silva? —preguntó Erik subiéndose el pantalón, que le quedaba un par de tallas grande.

El exmilitar negó.

—Entré joven en el ejército.

Erik suspiró melancólico.

—Lástima, fue la mejor época de mi vida. Fiestas, baloncesto, pocas responsabilidades, chicas… Me puedo imaginar que a ti se te habría dado bien… —Erik le soltó un codazo mientras esbozaba una sonrisa cómplice.

—¿Lo de estudiar o lo de las chicas?

Erik se rascó la barbilla a la vez que se imaginaba a aquel armario empotrado de un metro noventa como compañero de clase.

—Sí, imagino que ambas.

Silva soltó una carcajada y aquella risa gutural hizo que un chico levantara la vista de la pantalla y se volteara a mirarlos. Su aspecto pálido y demacrado contrastaba con su atuendo oscuro. Llevaba un anillo de plata en cada dedo con diferentes formas tenebrosas que Silva no supo identificar a esa distancia. Su pelo era rosa chicle y el séptum de la nariz se movía con su respiración agitada. Su mirada seguía fija en la pareja.

Silva se volvió veloz y dio un par de pasos en su dirección, dejando caer con fuerza las pesadas botas sobre las baldosas de mármol.

El chico huyó como un gato callejero asustado.

Erik suspiró con pesar.

—¿Era necesario?

—No —negó Silva—. Pero sí divertido.

—Apuesto a que hubieras sido un cabrón con las novatadas.

—En el ejército también había, y muy duras. No las habrías aguantado.

—Seguro que no —respondió él—. Por aquí.

Giraron a la izquierda y entraron por un gran portón de madera que daba acceso a un corredor interior prácticamente desierto. Los alumnos estaban en clase y las puertas de las aulas a ambos lados permanecían cerradas. Anduvieron por los pasillos de la universidad sin que nadie reparara en su presencia hasta que encontraron una puerta en un lateral que indicaba: ÁREA DE INVESTIGACIÓN.

Silva extrajo la tarjeta que le había robado a uno de los vigilantes, la pasó por el lector y el piloto se puso en verde. Al mirar hacia arriba vio una cámara enfocando la puerta.

Se ajustó la gorra, agarró el pomo y la puerta se deslizó hacia fuera.

Ambos entraron.

—¿Puedo hacerte una pregunta? —inquirió el militar.

—Claro.

—¿Cómo sabías que había un superordenador científico aquí? No debe de haber muchos como este.

Erik sonrió.

—Hoy en día todo está en internet, Silva. Ningún gobierno guarda en secreto un ordenador así. Todos quieren sacar pecho. Con una simple búsqueda en Google te aparecen una veintena de webs con los ordenadores más potentes del mundo, dónde están y de qué son capaces.

—Ya nada es privado, no tenemos ninguna intimidad y a la gente le da igual —replicó Silva molesto—. Toda tu vida expuesta en internet, en las redes sociales; bebés, niños, perros, logros, enfermedades, secretos, alegrías... da igual. Lo contamos al mundo por un puñado de likes y falsos emoticonos. ¿No es demencial?

Erik se encogió de hombros.

—Tío, internet es lo mejor que nos ha pasado. Nos ha hecho más inteligentes, más capaces. Y las redes..., bueno, yo antes de tener TikTok no sabía freírme un huevo. ¿Sabes la cantidad de recetas que hay? El otro día vi a un hombre reformando el baño de su casa él solo. Puede que lo haga en mi casa cuan...

—¿De qué demonios me estás hablando? —se enfadó Silva.

—Te estoy diciendo que, antes de las redes, nuestro círculo de información se limitaba a la familia y amigos. Ahora ese círculo es el mundo entero. ¿Y sabes dónde lleva eso? Al progreso.

—Hablas como los miembros del Núcleo —le recriminó el exmilitar.

—Bueno, al fin y al cabo, fui parte de ellos, ¿no? Tenemos una visión común, pero hay líneas rojas en las que no coincidimos. No se puede imponer a la sociedad un sistema a la fuerza ni decidir por nosotros, aunque vayamos hacia nuestra propia extinción… Tenemos derecho a equivocarnos.

Silva le indicó con un gesto de cabeza que mirara hacia delante. Ante sus ojos se extendía una sala de cristal gigantesca en cuyo interior se erigían decenas de torres de ordenador de más de dos metros.

—Hemos llegado —susurró el doctor en computación impresionado por la magnitud de aquella sala y su poder inimaginable para procesar datos a gran velocidad.

—Haz tu magia, chico. Abramos el cajón de mierda.

48

Una notificación

Alguien lo había delatado. ¿Habría sido Scott? No, esa chupatintas tenía mucho que perder si él hablaba. Además, nunca se atrevería a ir contra el Núcleo. Había visto demasiado de cerca los creativos métodos que tenían para hacer desaparecer personas.

Quizá había sido esa policía, la inspectora Vargas. ¿Tan despechada estaba? Joder, tendría que habérsela follado para ahorrarse todos estos problemas. Pero ¿cómo podría haberlo sabido? La CIA nunca habría revelado información sobre un agente. De todas formas, eso ahora no importaba; se había librado por los pelos del interrogatorio del CNI.

Un chivatazo desde un número oculto lo había puesto en alerta.

«Saben que no fue la CIA quien te envió a México».

No tenía la más mínima duda del emisario de aquel mensaje: un agente de Inteligencia mexicano que, a su vez, era miembro del Núcleo.

Estaban por todas partes.

Era imposible escapar a sus tentáculos. Todo el mundo necesita algo y lo bueno del Núcleo es que son capaces de conseguir casi cualquier cosa. ¿Por qué se esforzaban tanto aquellos tres fugitivos? ¿Acaso no veían que la partida estaba amañada?

Atravesaba Ciudad de México rumbo al último lugar donde había aparecido el militar, cerca de un hospital privado. No sabía nada de la gente que había mandado Hooker. Ese Silva era duro. Mientras el taxista tocaba el claxon impaciente ante el inevitable atasco del centro, Miller ojeó en el móvil la ficha de servicio militar del teniente Javier Silva.

La foto mostraba un hombre algo más joven que el que aparecía en las cámaras de seguridad. Pómulos marcados, mentón pronunciado, pelo corto y moreno, ojos azules. Era guapo. A Miller no le costaba reconocer el atractivo en otros hombres, no tenía ese tipo de inseguridad.

Se fijó en la mirada fría de aquel hombre. Aquel tipo iba a ser un rival difícil, y eso lo excitaba. Sentía la adrenalina corriendo por sus venas.

Javier Silva Quirós. Nacido en la ciudad de Oviedo, Asturias, el 7 de mayo de 1972. Su padre era empleado de una mina de carbón, ahora ya jubilado, y su madre, ama de casa. Tenía un hermano, ocho años menor, que era abogado. Al cumplir la mayoría de edad, Javier se alistó en el ejército de tierra español, al que perteneció durante doce años y donde alcanzó el rango de subteniente. Después entró a formar parte de la Tercera Compañía de los Grupos de Operaciones Especiales del Ejército de Tierra, los boinas verdes. Miller supuso que aquel grupo debía de ser parecido a los Navy SEAL. Se entretuvo leyendo las misiones en las que había participado el español: Somalia, Líbano, Honduras, Irak, Afganistán. Galardonado en repetidas ocasiones por su valor en el campo de batalla. De repente se sorprendió al leer su expulsión de las fuerzas especiales. No había ninguna aclaración sobre el motivo. Un último detalle llamó la atención del estadounidense: en la ficha aparecía el nombre de su mujer, Ana Ramos. Fallecida en junio de 2020.

«Así que todo esto es por venganza, Silva. Mejor, más divertido».

Trayectorias similares, grandes aptitudes y cierto desdén por las normas del ejército. Estaba deseando ponerse a prueba con su nueva alma gemela.

Tras su encuentro, uno de los dos acabaría muerto. No había más finales posibles.

Silva ya superaba los cincuenta mientras que Miller aún se resistía a despedirse de la treintena. Sin embargo, no estaba claro que eso inclinara la balanza de su lado; el español tenía sobrada experiencia en el manejo de armas y el combate cuerpo a cuerpo.

Miller se frotaba las manos, en parte ansioso, en parte nervioso por el encuentro.

En ese momento, una notificación iluminó su móvil proveniente de la aplicación ARGOS. Entró presuroso y enseguida se reprodujo un vídeo en su dispositivo. Era otra cámara de seguridad, esta vez en blanco y negro. En el vídeo aparecían dos hombres con el uniforme de una empresa de seguridad. Los dos llevaban gorra. Uno de ellos miró hacia arriba un instante, hacia la cámara. Miller congeló la imagen. Allí estaba el rostro de pómulos marcados y mentón prominente que estaba buscando.

Debajo del archivo audiovisual aparecían una serie de datos, entre ellos, la localización de la cámara: Universidad de UCAT en Ciudad de México.

—Ey, jefe —llamó Miller al taxista—, olvida el hospital. Necesito que me lleve a otro lugar. Tengo una cita ineludible con mi destino.

49

Unas explicaciones

Hooker intentaba anudarse la corbata sin éxito. Una y otra vez deshacía el nudo de su Stefano Ricci, una pieza de coleccionista única con un diseño extravagante y adornado con piedras preciosas sobre la seda italiana de más alta calidad. Aquel complemento, si es que se le podía llamar así a una prenda valorada en veinte mil euros, había sido un regalo de un viejo amigo, el doctor Peter Blumenthal. Un virtuoso de las matemáticas miembro del Núcleo.

Blumenthal y Hooker habían participado juntos en algunos proyectos en los últimos años. De hecho, gracias a la generosa inversión de Peter se pudo construir el ambicioso laboratorio de Overmind en la selva de Chiapas. Ser dueño de uno de los bancos con más solvencia internacional le permitía invertir generosas cantidades en la organización. Pero sus mayores logros no eran económicos, Peter diseñó el algoritmo capaz de identificar a personas genéticamente más débiles, o propensas a enfermedades, con el fin de esterilizarlas para evitar la reproducción de sus genes. Habían conseguido hacer estériles a cientos de miles de personas a través de la vacuna contra la COVID-19. Este proyecto había exigido el más ambicioso plan de reclutamiento que había tenido lugar hasta la fecha, y aun así todavía quedaba casi todo el trabajo por hacer. Al fin y al cabo, apenas habían podido esterilizar a un tres por ciento de las personas vacunadas con Gencore Biologics, la multinacional farmacéutica, propiedad del Núcleo.

Hooker se miró en el espejo. Como siempre, estaba impecable: bigote bien recortado, pelo peinado, traje planchado al milímetro y la corbata Stefano. El toque llamativo a un atuendo sobrio. Pese a su porte de triunfador también percibió las ojeras bajo los ojos, el rictus de los labios, los hombros caídos. No podía engañarse… Desde lo de su sobrina vivía un infierno en su interior. No había conseguido dormir más de cuatro horas desde aquel día. Y ahora resultaba que David estaba vivo y había venido con Silva hasta México para acabar con él. Nunca había tenido tantas ganas de quitarse la careta de doctor Hooker y volver a ser solo Juan Maldonado, regresar a Cáceres y llevar una vida tranquila.

Suspiró. Sabía que eso ya nunca sería posible.

Sacó del bolsillo un corrector de ojeras. «Perfecto», musitó para sus adentros tras disfrazar su falta de sueño. Se volvió hacia el escritorio y se sentó tras él. Extrajo una tableta de uno de los cajones y la colocó sobre un soporte dispuesto en la mesa. Cuando inició la videollamada, el corazón palpitaba en su pecho. Casi se alegró; todavía corría sangre por aquel órgano oxidado. De repente dejó de ver su propia cara y del negro surgió la nítida imagen de dos personas. Hooker sonrió. Ellos no lo hicieron.

Al otro lado de la pantalla, apoyados sobre la mesa, se encontraban Rebeca Hopkins y Peter Blumenthal. A su espalda, Hooker pudo distinguir la silueta de varios rascacielos e identificó enseguida la ciudad de Chicago.

«¿Qué hace Blumenthal en la Torre Gencore?», se preguntó.

Sus expresiones eran serias, pero percibió algo distinto en sus rostros compungidos. Los ojos de Rebeca brillaban furiosos, mientras que los de Peter destilaban desconcierto.

—Hacía tiempo, Peter; estás más gordo —se apresuró a saludar Hooker en un perfecto inglés.

Tras el comentario, Blumenthal sí mostró sus dientes blancos pero imperfectos. Un paleto se superponía ligeramente sobre el otro. No se notaba al estar sentado, pero Peter medía casi metro noventa de altura, contaba con una espalda ancha y unos brazos voluminosos. La incipiente barriga era más que evidente y tensaba los botones de la camisa, que resistían a duras penas. Se pasó las manos por el pelo canoso, cuya línea de nacimiento se había difuminado bastante extendiendo su frente un par de centímetros.

—Te queda bien —respondió Peter mientras señalaba la corbata con la vista y obviaba el comentario de Hooker.

El doctor acarició la tela italiana.

—Fue un buen regalo —dijo reprimiendo un suspiro. Se entretuvo mirando la corbata unos segundos extra. Sabía que en cuanto levantara la mirada tendría que enfrentarse a ella. Decidió quitarse la tirita de golpe, sin preparación—. Rebeca, ¿cómo estás?

La doctora lo miraba fijamente con los brazos cruzados y la mandíbula tensa. Cuando habló, dejó mostrar su hartazgo con un tono agudo cargado de reproches.

—Me gustaría saber qué está pasando en México, Hooker. Estamos llamando mucho la atención y no necesito recordarte que eso no le conviene a la organización, y menos en este momento. El Proyecto Overmind es clave para nuestros intereses. El único modo de asegurarnos el… control.

—Lo entiendo, Rebeca. Estamos haciendo todo lo que está en nuestra mano para atrapar a los fugitivos, de hecho…

—Igual es que no quieres encontrarlos, Hooker. —Rebeca dio la vuelta a la pantalla de su móvil y mostró las fotos de Silva y de Nora que estaban en todos los canales de noticias de México—. Se te ha olvidado mencionarme que dos exempleados tuyos son los culpables de que Nora Baker haya escapado del laboratorio.

—¿Dos exempleados? —preguntó extrañado Hooker. Una gota de sudor le caía por la sien.

—Ya lo creo que sí…

Rebeca deslizó el dedo una vez más por la pantalla de su móvil y apareció una imagen de David.

—Aunque hayas olvidado contármelo y no haya trascendido a la prensa, supongo que eso es cosa tuya —continuó Rebeca—. Sé que el tercer sujeto a la fuga es David Peña. ¿No se supone que debería estar muerto?

—Lo tiramos al mar encerrado en un ataúd… No sé cómo…, no puedo explicarlo. —Hooker bajó la vista avergonzado.

—¿Y qué hay del otro? ¿Por qué sigue vivo? —preguntó Rebeca.

—Es un tipo muy escurridizo y me la tiene jurada por lo de su mujer. Ya sabes…

—Nadie está por encima del Núcleo, Hooker —musitó Blumenthal casi en un susurro.

—Quizá debería recordarte qué pasó con mi sobrina, Peter… —argumentó el doctor.

—Ya es suficiente, Hooker —contestó Rebeca sin vacilar—. Peter tiene razón, nadie es más importante que la organización, ni siquiera los que estamos aquí. La supervivencia de la humanidad es lo único que debería importar y todo lo demás es prescindible, incluidos nosotros. Los Proyectos Zero y Overmind son vitales para alcanzar el objetivo. Y no puede ser que estemos cada dos por tres cerrando putos laboratorios y clínicas por todos lados. —La doctora Hopkins golpeó la mesa con la mano abierta—. Estoy harta de tener que aguantar que la mierda se esparza por doquier sin que seáis capaces de limpiarla. ¿Es que tengo que estar en todo? Y en México además con la prensa permanentemente a las puertas de nuestras instalaciones. ¡Cómo cojones vamos a liderar el cambio si todo el puto día nos están investigando!

Rebeca se quedó sin aire para continuar llevada por la ira. Se echó hacia atrás inspirando con fuerza por la nariz.

—Lo que Rebeca quiere decir, Hooker, es que debemos controlar la situación en México hoy mismo.

—Y estoy en ello. Lo que os iba a contar es que acaban de llamarme. Ya casi los tenemos. En cuanto me los traigan los interrogaré personalmente para averiguar qué sab…

—¡Hooker! —interrumpió Rebeca echa una furia—, ¿es que no te enteras? ¡Los queremos muertos! ¡Hoy!

En ese momento se levantó y se marchó de la sala dando un portazo. Blumenthal lo miró con cara de circunstancias.

—Discúlpala, ha tenido un mal día. Dos de nuestras clínicas en Alemania están siendo investigadas.

—¿Qué ha pasado?

—Problemas con los bebés, ya sabes, malformaciones, tumores… Los padres han demandado a la clínica.

—Pero ¡cómo pueden ser tan inútiles! ¡El método está documentado línea por línea!

Blumenthal se encogió de hombros y musitó un «Shit happens».

Hooker se quedó pensativo.

—¿Y qué hago con Nora Baker? Imagino que la queremos vi…

—Todos muertos.

Hooker abrió la boca para decir algo, pero se contuvo.

—Amigo mío —añadió Blumenthal—, nadie está por encima del Núcleo. Nora Baker se ha convertido en un problema para la organización. Ya has escuchado a Rebeca, no hay cabida para las conversaciones, los interrogatorios, las averiguaciones… Hace horas que esas posibilidades se esfumaron.

—Tienen que morir todos —susurró Hooker.

—Hoy, Hooker. Haz lo que sea necesario —sentenció Blumenthal.

50

Un encontronazo

—¿Cómo vas? —preguntó Silva mirando hacia el pasillo de salida a través del cristal.

Erik tecleaba a toda velocidad en su portátil, que estaba conectado al gigantesco ordenador mediante un cable. Junto al teclado se encontraba el microchip de Tom. Erik había conectado las hebras del dispositivo con un chip algo más grande que contaba con una salida USB que en aquel momento se encontraba unida al puerto del portátil.

—Ahí voy, esto no es descargarse la tarjeta del bonobús precisamente —respondió el doctor en computación sin despegar la vista de la pantalla.

—No entiendo por qué tienes que conectarlo por cable, ¿no se supone que esos dispositivos intercambian información de forma inalámbrica?

Erik asintió mientras revisaba las luces parpadeantes de la torre de ordenador que tenía frente a él.

—Cuando el microchip está en funcionamiento sí... A ver cómo te lo explico. —Erik miraba fijamente la pantalla mientras sus dedos parecían estar tocando la «Novena sinfonía» de Beethoven sobre el teclado—. Los dispositivos son capaces de intercambiar información con nuestro cerebro siempre y cuando estén conectados a él. Tienen una relación simbiótica y ambos se necesitan para funcionar correctamente.

—Entiendo —afirmó Silva sujetando la puerta.

—Pero eso no es todo, porque, tal y como dices, también son capaces de conectarse a Mentor, el superordenador cuántico del laboratorio que es capaz de procesar millones de datos en milésimas de segundo. Es por así decirlo, el dispositivo madre, y crea un entorno seguro y cerrado para que los microchips implantados puedan conectarse —explicó Erik—. O al menos eso es lo que hemos... lo que han logrado hasta ahora. Pero piensa que en Proyecto Overmind la investigación se parcela, yo solo conozco una parte del proyecto. Lo hacen así para que ninguno de nosotros tenga toda la información, solo Hooker.

De repente, el sonido de una puerta abriéndose puso en alerta a Silva.

—¡Agáchate! —susurró el exmilitar, que se cubrió tras una de las torres que formaban el ordenador.

Erik también se ocultó, dejando su portátil conectado en el suelo. El sonido de los pasos retumbaba en el pasillo, cada vez más cerca. Las manos de Erik temblaban de miedo y tensión. El joven tecnólogo intentaba serenarse con la cabeza apoyada en la torre y miraba de reojo su portátil, que había quedado totalmente a la vista en medio del pasillo.

Silva aguardaba en cuclillas, con la porra del hombre al que había noqueado en la mano, esperando el momento. En cuanto la puerta de la sala se abriera, caería sobre él. Los pasos se acercaron a tan solo unos metros y se detuvieron. Erik no estaba seguro de si desde donde se había detenido podía ver el ordenador en el suelo. Miró a Silva, pero este se limitó a colocar su dedo índice sobre los labios, indicándole que guardara silencio. Los segundos pasaron y todo permaneció en suspenso, como si ninguno de los tres quisiera romper aquella calma tensa. Fue el sonido de una llamada entrante lo que la rompió.

—¿Sí? —La voz del desconocido era suave y aterciopelada.

—Disculpe que lo moleste, profesor Ramírez —las palabras del interlocutor se escucharon nítidas a través del manos libres—, pero tiene una alumna esperándolo en la sala de profesores. Dice que habían quedado en revisar su tesis.

—Sí, sí, dígale a Luisa que me espere en mi despacho, enseguida voy.

Los pasos del profesor Ramírez no tardaron mucho en alejarse. Después oyeron la puerta del área de investigación cerrándose tras él.

—Ponte en marcha. ¡Rápido! —le azuzó Silva, quien volvió a pegarse al cristal para vigilar el pasillo.

Erik se situó de nuevo frente al portátil y estiró los dedos antes de volver al trabajo. Estuvieron un rato en silencio oyendo el sonido de las teclas del portátil.

—Este Tom era un genio —dijo Erik maravillado al cabo de unos minutos.

—¿Por qué?

—Normalmente, sin el portador, este chip quedaría inutilizable. Pero —los ojos de Erik refulgieron con un brillo especial— los dispositivos traen una especie de memoria, una zona de almacenamiento. En personas sanas no es necesaria, pero en personas con alzhéimer la usamos para reemplazar la memoria dañada.

Silva lo animó a continuar con la explicación.

—No sé cómo lo hizo porque su chip no había sido programado para ello, pero Tom fue capaz de almacenar miles de datos en esa zona. Creo que podría ser lo que estamos buscando.

—¿Podrás sacarlos? —preguntó Silva ansioso.

Erik asintió, enérgico.

—La memoria del dispositivo la diseñamos para que conservara estos archivos, aunque el portador muriera.

—Sí que era un genio… —musitó Silva.

La imagen de Tom Baker aterrizó en su mente evocando inmediatamente la primera vez que vio a aquel chico de ojos verdes, pelo cobrizo y la cara llena de pecas. Se lo había encontrado de bruces en las inmediaciones del laboratorio. Silva recordó apuntarle con la pistola. Él no se asustó, tan solo lo miró curioso. Cuando se acercó, el chico lo detuvo con un gesto.

«No deberías dar un paso más o caerás inconsciente», dijo. Y así le evitó caer en el sistema de seguridad del laboratorio.

Fue el primer contacto con Tom Baker, pero después vinieron muchos más. El único que conseguía avances en el hermético sistema de información de Overmind. Habían utilizado al pobre chico, que solo quería salir de allí con su hermana, y había acabado muerto. Silva se frotó la frente y los ojos con los dedos. Cada vez le pesaban más los daños colaterales.

—¡Lo tengo! —exclamó Erik—. Dios mío, está todo aquí, lo he pasado a un formato leíble. Está todo en vídeo o imagen. ¡Mira esto!

Silva soltó la puerta y se acercó a Erik, que deslizaba el ratón por la pantalla de su ordenador mientras seleccionaba los archivos que había extraído del microchip de Tom.

—Abre uno. Ese, dale a ese vídeo —animó Silva.

En ese momento se oyó de nuevo cómo se abría la puerta de la zona restringida. Se quedaron muy quietos escuchando. De nuevo unos pasos por el pasillo, esta vez acompañados de una voz.

—¡Silva! —gritó la voz masculina—. ¡Silva! ¿Lo oyes? Es tu destino que viene a tu encuentro.

El tecnólogo y el exmilitar se miraron. Erik desconectó el portátil del cable, lo cerró y lo atrajo hacia su pecho como si fuera un tesoro.

—¿Qué hacemos? —inquirió con el miedo marcado a fuego en su rostro.

William Miller apareció por el pasillo con una pistola en la mano. Sonrió al verlos.

—He venido para nuestra cita —soltó en español—, siento si he llegado un poco tarde.

—Corre —murmuró Silva.

—¿Qué? —musitó Erik sin mover los labios.

—¿Sales tú o entro yo? —preguntó Miller.

Silva no respondió. El agente de la CIA se fijó en Erik.

—Tres son multitud —dijo apuntándole.

Fue tan rápido que Erik no tuvo tiempo de reaccionar. Sin embargo, Silva sí: se lanzó sobre Erik protegiéndolo con su cuerpo. No fue necesario; la bala rebotó contra el cristal.

—Vaya —se asombró Miller —, sí que debe ser bueno este ordenador.

Silva ayudó a Erik a levantarse.

—Vamos, rápido.

—Pero ¿adónde? No tenemos escapatoria —respondió Erik, que abría el ordenador para comprobar los daños.

—Escucha a tu amigo, Silva. Ya habéis huido demasiado tiempo. Creía que eras un tipo…

En aquel instante las luces se apagaron y todo quedó en silencio, solo interrumpido por sus respiraciones agitadas.

51

Una captura

—¿Por qué no han llegado?

David miraba nervioso a través de una de las ventanas de la planta baja con vistas hacia el aparcamiento.

—¿Crees que no vendrán? —repitió sin apartar la vista de la calle.

Nora se encontraba detrás de él, sentada en una silla de ruedas. David le había vendado una parte de la cabeza para prevenir infecciones. También la había ayudado a vestirse. Había sido un momento extraño. El médico se había esforzado en no mirar sus piernas desnudas, pero al subirle el pantalón sus dedos tocaron accidentalmente su muslo descubierto y notó cómo la piel de Nora se erizaba sin remedio.

No quiso reparar en sus ojos verdes, en los labios suaves. La idea de probarlos se le hacía cada vez más irresistible.

—¿Tienes agua?

La voz de Nora a su espalda le ruborizó.

«Tranquilo, David, no puede oír tus pensamientos».

Se volvió hacia ella. Entre el vendaje, la palidez de su cara y la silla de ruedas parecía una moribunda.

—¿Qué te notas? —preguntó David cogiéndola suavemente de la muñeca para tomarle el pulso.

—Tengo la garganta seca —dijo ella sujetándose el cuello—, y me duele la cabeza.

—Es por la anestesia, no te preocupes. ¿Te mareas?

—Un poco —asintió ella.

—Voy a por una botella de agua y algunos analgésicos. Te aliviarán algo. Espérame aquí —dijo acariciando su mejilla.

Avanzó por el pasillo en busca de la cafetería. El hospital era muy grande y le costaba ubicarse con tantas señales por todos lados. Mientras vagaba perdido por los corredores dio con una sala a rebosar de estanterías con medicinas. Se llenó los bolsillos de analgésicos y algunos antibióticos.

«Nunca se sabe».

Casi como por arte de magia, al salir de allí se encontró con una máquina de vending en la que había todo tipo de refrescos, y tan solo dos botellas de agua dentro de una fila vacía. David compró las dos con el dinero suelto que llevaba. Antes de que pudiera incorporarse, los vio en el reflejo de la máquina.

Demasiado tarde. No pudo evitar que lo agarraran de ambos brazos.

—Acompáñenos, doctor Peña —le dijo uno de ellos.

Caminaban sosteniéndolo firmemente por los codos, como si lo estuvieran ayudando a caminar. Se cruzaron con algunos trabajadores del hospital que saludaron con una sonrisa, sin notar nada extraño. David no quiso pedir ayuda, eso pondría en peligro a más personas y no quería más afectados por su culpa.

Mientras lo arrastraban analizó a la pareja. Uno era más alto y corpulento que David. El otro, de la misma estatura que el médico, calvo y de complexión delgada. No llevaban placa policial. Comprobó si portaban armas, distinguió una pistola en la cintura del más corpulento. El otro no parecía estar armado, al menos lo que alcanzaba su vista.

—¿Quiénes sois? —preguntó David.

Ellos no contestaron ni tampoco cruzaron una palabra entre sí. Avanzaban con la mirada fija al frente. De pronto, pudieron escuchar nítidamente un ruido de interferencias seguido de una voz masculina proveniente de uno de los bolsillos de los desconocidos.

—Tenemos a la chica, ¿vosotros lo habéis encontrado?

El más corpulento extrajo el walkie del bolsillo.

—Está con nosotros. Nos vemos en la puerta este.

David se dio por vencido, derrotado. Los había localizado el Núcleo. Dentro de poco se reuniría de nuevo con Juan Maldonado, o Hooker, o como diablos lo llamaran en la organización. La última vez que había visto a su tío político no fue demasiado amable con él. Lo había arrojado al mar y dado por muerto.

Su cara no había salido en los programas de noticias junto con la de Nora y Silva. ¿Sabía Juan que estaba vivo? La policía conocía de su existencia, y, si ellos lo sabían, el Núcleo probablemente también. David se relamía pensando en la rabia que sin duda le habría provocado verlo con Silva. Seguro que Juan querría matarlo. Su única esperanza eran Silva y Erik y los datos que hubieran podido recuperar del microchip de Tom. Mientras tuvieran el dispositivo en su poder, Maldonado no podría tocarlos.

Giraron el pasillo y David levantó la cabeza, sorprendido. Junto a la puerta estaba Nora y, alrededor de ella, varios policías vestidos de uniforme. Antes de que pudiera llegar hasta ellos, un hombre y una mujer, vestidos de paisano, se adelantaron a su encuentro. Ya los había visto antes; eran los mismos agentes que habían intentado detenerlos en la selva. Ambos lo observaban con expresión seria.

—Inspectora Vargas, creí que podía confiar en usted —dijo David, decepcionado.

—Somos policías, Peña —replicó la inspectora—. Nadie va a hacerles daño. Si lo que cuentan es cierto, los meteremos en el programa de protección de testigos y entonces…

—No entiende nada, ¿verdad? Ellos dirigen todo este circo. No vamos a llegar a declarar ni nos va a meter en un programa de protección de testigos. Nos ha sentenciado a muerte, inspectora Vargas. Espero que después pueda vivir con ello.

52

Unos compañeros

A Valentina la advertencia de David le sentó como una patada en el estómago. Lo observó con los brazos en jarras y los ojos ligeramente entornados, tratando de dilucidar la veracidad del testimonio. Era cierto que todo aquello apestaba a trama de las gordas: una mujer que no llegaba a pesar cincuenta kilos acusada de matar a seis militares entrenados, un laboratorio estadounidense en medio de la selva al que ni los policías tenían acceso, la desaparición del agente de la CIA que había liderado la persecución, ahora buscado por el CNI, y, para colmo, los propios fugitivos habían llamado a Valentina para pedir ayuda...

Estaba claro que aquella situación era un sinsentido y Valentina se exprimía los sesos tratando de entenderla.

—¿Puedo hablar contigo un momento? —preguntó Sebastián.

Sebastián la condujo a un aparte y en ese momento el médico aprovechó para acercarse a la chica, pero uno de los agentes se interpuso en su camino, impidiéndoselo. Valentina hizo un gesto con la mano a su compañero para que lo dejara pasar, acompañado de un «Vamos, Corrales, sé un poco humano».

Mientras observaba cómo David le daba agua a Nora y comprobaba su temperatura, Sebastián dijo algo que la sorprendió:

—Valentina, no podemos llevarlos a la comisaría de Ciudad de México.

—¿Cómo dices? —preguntó ella.

—Vamos, ¿me vas a decir que aquí no pasa nada raro? Nos acaba de interrogar el director del CNI, por el amor de Dios. Y ahora nos llaman ellos para que los ayudemos…, por favor.

—Sí, lo sé, pero ¿qué propones? Son los fugitivos más buscados del país. ¿Quieres que los ayudemos a escapar?

Sebastián negó con la cabeza y le puso la mano en el hombro.

—Quiero que averigüemos la verdad, compañera. ¿No es lo que siempre me dices que tenemos que hacer?

—Sí, pero hagamos las cosas bien, llevémoslos a…

—Un momento —la interrumpió Sebastián—. Tengo una idea. Podemos llevarlos a un piso franco que tiene la Guardia Nacional en las afueras de la ciudad.

Valentina lo escuchaba sin dar crédito.

—¿Quién eres tú y qué has hecho con mi compañero?

—Escucha, Val —dijo él sujetándola por los brazos—. ¿Y si el médico dice la verdad? ¿Y si alguien quiere hacerlos desaparecer? Sabemos que no es la primera vez que hay casos de corrupción en la policía. Aquí no conocemos bien a los compañeros, es peligroso —susurró mirando por encima del hombro de Valentina.

Ella se quedó pensativa con la mirada fija en ningún lugar.

—¿Dónde está ese piso franco?

—No está lejos, a unos cuarenta y cinco minutos.

—¿Estará vacío? ¿Para qué lo tienen?

—Para los interrogatorios a narcos. Ya sabes que en comisaría podría ser peligroso, se te presentan allí los matones a sueldo y… —Hizo el gesto de disparar con los dedos.

—Está bien. Hagámoslo —claudicó ella.

Media hora después salían de la ciudad en el coche patrulla. La inspectora Vargas conducía y su compañero le iba dando indicaciones. Nora y David iban en la parte de atrás. Apenas hablaban, Nora se encontraba muy débil, y David quería estar pendiente del camino.

—¿Cómo está? —preguntó la inspectora girándose a mirarlos.

—No se encuentra bien. Necesita descansar —respondió David.

—Enseguida podrá hacerlo —respondió el otro policía—. La siguiente a la derecha.

—¿Qué le ha pasado? —insistió ella.

David no dijo nada. Se quedó mirando a la inspectora por el espejo retrovisor central.

Ella se encogió de hombros.

—Tú eres el que me ha pedido ayuda.

David apretó los labios.

—La he operado del cerebro.

—¿¡Qué!? —exclamó incrédula—. ¿Qué es lo que tenía?

—Se podría decir que estaba enferma —dijo David.

Valentina se giró a mirarlo.

—Mire, doctor Peña, si no es sincero conmigo, no sé cómo vamos a poder ayudarlo.

El vehículo se detuvo en un semáforo. Nora se volvió hacia David y le hizo un gesto de asentimiento con la cabeza.

—Está bien. No sé si va a creernos, pero le juro que es la verdad.

—¿Por qué no esperamos a estar en el piso con una buena taza de café delante? —propuso el inspector Cruz—. Val, tienes que seguir otros cinco kilómetros por esta carretera.

—No vamos a esperar, Sebas, tienen mucho que contar —replicó la inspectora.

David exhaló un suspiro largo y cansado.

—En el laboratorio de Chiapas no cultivan plantas.

Los agentes se miraron entre sí.

—Es un centro donde internan a personas con distintas enfermedades neurológicas. Les implantan un microchip en el cerebro que les permite realizar actividades que ya no podían hacer. Recuperan su vida. Nora tenía este microchip, pero no funcionaba correctamente, así que tuve que operarla.

La inspectora Vargas miró hacia atrás por el espejo retrovisor.

—¿Es cirujano o algo así?

—Neurocirujano, sí.

—Pero, si hacen eso, ¿por qué esconderlo? ¡Salvan vidas! ¿Por qué no comparten el avance para que más personas puedan curarse?

Nora sonrió ante la inocencia de Valentina.

—No es tan sencillo. No se conforman con curarnos. El Núcleo quiere averiguar el potencial real del cerebro y del dispositivo y, para ello, experimentan con nosotros.

La inspectora permaneció callada, como si estuviera tratando de asimilar lo que acababa de oír. Su compañero también se mantenía en silencio, salvo para dar indicaciones de tráfico. Estaban llegando a un cruce cuando Valentina preguntó:

—¿Qué leches es el Núcleo?

De pronto, dos todoterrenos oscuros aparecieron desde ambas direcciones, bloqueando su camino. Valentina intentó dar marcha atrás, pero llevaba otro coche pegado al maletero. Varias personas, armadas y vestidas con equipo táctico, se bajaron de los todoterrenos. Cuando la inspectora fue a echar mano de su arma, se dio cuenta de que su compañero Sebastián la apuntaba con su pistola.

—No hagas tonterías, Val. No quiero disparar.

—Hijo de puta.

En el asiento de atrás, David había sacado su teléfono y empezaba a escribir un mensaje.

Los hombres armados rodearon el coche y uno de ellos les pidió en inglés que no se movieran y enseñaran las manos. Todos obedecieron, salvo David.

—Eh, tú, sube las manos —dijo una mujer armada que estaba junto a su ventanilla.

David tecleaba a toda prisa mientras tapaba el móvil con su pierna.

—¿Eres sordo? ¿Quieres una bala en la cabeza? —preguntó en inglés.

David envió el mensaje, se guardó el móvil en el bolsillo disimuladamente y levantó las manos a la vez que se disculpaba.

La inspectora negaba con la cabeza mientras sus ojos brillaban de rabia.

—Cómo he podido confiar en ti todos estos años, rata traidora —maldecía Valentina.

—No es lo que crees, Val. Ayudaron a mi hermana, la pobre tiene esclerosis múltiple. No te haces una idea lo que es…

—¡Me da igual! Eres un miserable —dijo escupiéndole.

—Me han prometido que no te harán daño, Val. Te juro que yo no quería esto —suplicó Sebastián que tenía los ojos llorosos.

De repente, la atención de todos se centró en el hombre que descendía de uno de los todoterrenos, vestido con un impecable traje a rayas azul claro. Se acarició su vigoroso bigote mientras se acercaba al coche.

—¿Y este qué hace aquí? —preguntó Valentina.

—Ha venido a por nosotros —respondió Nora.

—A terminar lo que empezó —añadió David con pesar abriendo la puerta del coche para enfrentarse con su pasado.

53

Un lobo

Avanzaban a ciegas, tanteando las torres en la oscuridad, con el aliento de su depredador en la nuca. Las esporádicas luces parpadeantes del superordenador no bastaban para alumbrar el camino, y a ellos les convenía mantenerse en las tinieblas.

La luz del móvil de Miller zigzagueaba a unos metros de distancia.

—Cómo me está poniendo esto, Silva…, ¡menuda cacería! Me recuerda al entrenamiento con los Navy SEAL. ¿Quieres saber cómo era mi apodo?

Silva y Erik se mantuvieron en silencio.

—¡Lobo! —soltó, y acto seguido lo acompañó de un aullido y una potente carcajada—. ¿Adivina qué animal os ha tocado a vosotros?

—Escúchame atentamente, Erik —susurró Silva como si no fuera con él aquel discurso. El joven no paraba de asomarse por detrás de la torre para mirar la luz blanca de su perseguidor, así que Silva lo sujetó con fuerza de la mandíbula para conseguir que le prestara atención—. Así está mejor. Escucha: hay una puerta trasera, lo he comprobado antes. Está en esa dirección. —Silva se dio cuenta de que Erik no podía ver dónde le señalaba en la oscuridad—. Vale, tienes que seguir por el pasillo principal unos diez o doce metros, luego a la izquierda unos cuatro pasos y a la derecha todo recto. Tiene un cartel sobre la puerta que pone «salida de emergencia», así que imagino que eso estará iluminado.

—¿Cómo coño voy a llegar hasta allí sin ver nada?

—Gracias a que no puedes ver seguimos vivos. Y eso tenemos que agradecértelo a ti, por cierto.

—No hay de qué, bendita domótica.

—Tienes madera, chico, esa sangre fría…

Erik se encogió de hombros y miró hacia el pasillo.

—Está muy cerca —susurró.

—¿Tienes ahí tu móvil?

—Sí, aquí —contestó sacándolo del bolsillo con la mano temblorosa.

—Bien, voy a hacer algo de ruido para despistarlo. En cuanto lo haga, corres con la luz encendida. Cuando salgas de esta habitación, ve hacia la derecha. Te encontrarás una puerta a unos cincuenta metros y estará abierta. Da al área de tecnología y estamos en cambio de clase, así que estará lleno de estudiantes.

—¿Cómo coño sabes todo eso?

—Suerte, amigo. —Silva le puso la mano en el hombro y se desvaneció.

Erik, con sus manos temblorosas y sus piernas de mantequilla, se preparó para la carrera de su vida, pero los nervios le jugaron una mala pasada. Los temblores provocaron que presionara el botón de la linterna por accidente y el haz de luz se proyectó inmediatamente sobre el techo como si fuera la llamada celestial que lo reclamaba allí arriba.

Erik maldijo su suerte, apagando la luz. Demasiado tarde.

—Aleluya, Jesús, ilumina mi camino —gritó Miller.

—Mierda —susurró Erik.

Escondió el portátil a su espalda. Si iba a morir, intentaría al menos salvar los archivos. Se sorprendió a sí mismo por su valentía; ni siquiera sabía que contaba con ella. Era verdad que una persona desconocía de qué pasta estaba hecha hasta que no se encontraba en una situación de vida o muerte. Erik esperó su final con dignidad. Con la cabeza erguida hacia la negrura.

Oía los pasos de Miller a un par de metros; avanzaba despacio. Cerró los ojos, arrepintiéndose del camino escogido. La ambición le había hecho participar en algo que aborrecía, que corrompía aún más la sociedad. No podía excusarse en que no lo sabía. Quizá no había sido consciente del alcance de la organización, pero sí de que el Proyecto Overmind estaba al margen de la ley. Los resultados no se publicarían en la revista *Nature* y nadie iba a recibir un Nobel.

Justo cuando esperaba el frío del cañón de la pistola sobre su frente, oyó un fuerte golpe y, tras él, un forcejeo. Lo siguiente que escuchó fueron dos palabras que activaron el mecanismo de su cuerpo al instante:

—¡Corre, Erik!

Se puso en pie y avanzó deprisa en la oscuridad. No pudo encender la linterna del móvil porque con los nervios se le había caído, solo llevaba el portátil aferrado fuertemente contra el estómago. Con la mano libre iba tanteando las torres de ordenador y, según sus cálculos, no faltaba mucho para la bifurcación a la izquierda que tenía que seguir. A su espalda oía los golpes y quejidos de los dos militares. Encontró el hueco. Cuatro pasos después, tal y como le había indicado Silva, giró a la derecha. Avanzó temeroso por el pasillo, y casi se tropezó con un cable que sobresalía. Frente a él, una luz verde se hacía cada vez más nítida. Su amigo tenía razón: SALIDA DE EMERGENCIA, rezaban las letras fluorescentes.

Justo al empujar la puerta, una mano se posó sobre su hombro, echando por tierra sus esperanzas de salir vivo de allí.

54

Una fábrica

El corazón retomó su actividad en cuanto sus ojos recono-
cieron a Silva gracias a la luz proveniente del exterior. Le
sangraba el labio y el pómulo comenzaba a inflamarse.

—Creía que no lo contábamos, tío —dijo Erik abrazán-
dolo. Silva echó la cabeza hacia atrás molesto, pero al final
cedió dando un par de palmaditas sobre la espalda del joven—. ¿Qué ha pasado?

—Vámonos, rápido —lo apremió señalando la puerta.

Recorrieron los pasillos de la universidad con paso acelerado y mirada baja.

—¿Está muerto? —preguntó Erik cuando hubieron recorrido unos cuantos metros mientras se peinaba la cresta.
Había perdido la gorra en la sala.

Silva negó.

—Solo inconsciente.

Erik miró hacia atrás, asustado.

—¿Y si vuelve a por nosotros?

—Tranquilo, ya estaremos lejos cuando se recupere.

—Sí, pero nos buscará.

Silva se detuvo y lo agarró del brazo.

—Mira, chico, ya tengo demasiada sangre en mis manos. No sé la historia de ese tío ni sé sus circunstancias. No quiero cargar con otra muerte innecesaria; ya me están pesando demasiado los seis de la selva. Así que, si lo quieres muerto, vuelve y remata tú la faena. —Le colocó en la mano la pistola que le había arrebatado a Miller.

Erik palideció ante esos ojos azules centelleantes cargados de determinación.

—No —repuso devolviéndole el arma mientras se aseguraba de que nadie hubiera reparado en ellos—, no es necesario. ¡Vamos! ¡Larguémonos de aquí!

Llegaron al aparcamiento, donde no les resultó difícil encontrar el Chevrolet Aveo con la ventanilla rota que los había llevado hasta allí. Silva se sentó en el asiento del conductor. Él siempre conducía. Mientras guiaba el coche por las calles de Ciudad de México buscó en su bolsillo la cajetilla de tabaco y se encendió un cigarrillo.

—¿Crees que entre los archivos daremos con algo que podamos usar? —preguntó Erik.

—No lo sé —respondió Silva dándole una calada al cigarro mientras la sangre del labio le resbalaba por la barba.

—Yo trabajé casi dos años allí dentro y no conseguí nada. Sí, podría haber sacado a la luz la composición del dispositivo y sus funcionalidades, pero, sin pruebas reales de lo que es capaz en un paciente, ellos podrían silenciarme rápidamente. Me pondrían como un paria ante la prensa para luego hacerme desaparecer. Necesitamos algo que despierte interés, algo que se vuelva tan viral que no sean capaces de pararlo, ni siquiera ellos.

—El microchip de Tom ya es una prueba, ¿no nos podría servir para demostrar lo que hacen?

—El dispositivo por sí solo no nos sería de gran ayuda. Ni siquiera un experto, un neurocientífico, entendería su magnitud. Las investigaciones del Núcleo le llevan años de ventaja al sector.

—Desde luego, algo tenemos… Están poniendo mucha insistencia en encontrarnos —respondió Silva doliéndose de la mandíbula.

—Eso espero —aportó Erik.

El tráfico en Ciudad de México era muy intenso, tardaron una media hora en llegar hasta las afueras. Silva dio un par de vueltas alrededor de un polígono para asegurarse de que nadie los seguía antes de aparcar el Chevrolet junto a una fábrica abandonada. Saltaron la valla, oxidada por el paso del tiempo, y se colaron en el edificio. En la penumbra del interior, Silva encendió una linterna que había rescatado de la guantera del coche e iluminó el lugar.

Parecía una antigua fábrica de cajas, con algunos materiales todavía apilados en una esquina. Silva se fijó en que había crecido moho en el cartón. Ascendieron por unas escaleras metálicas que desembocaban en una especie de oficina. No quedaba nada allí dentro, salvo una estantería vacía y una mesa junto a la pared.

—Saca el portátil. —Silva le señaló la mesa al fondo.

Erik apoyó el ordenador en la mesa y tecleó su clave de seguridad. Silva lo miraba impaciente por encima del hombro.

—¿Lo tienes?

—Sí, un momento —se quejó Erik mientras accedía al directorio seguro que había creado para los archivos que nunca deberían caer en manos que no fueran las suyas—. Ya está.

Ambos observaron la pantalla. Cientos de archivos MOV y JPG.

—¿Qué es todo esto? —preguntó Silva.

—Son vídeos y fotos reconstruidos.

—Pero ¿reconstruidos a partir de qué?

—De ondas cerebrales, estímulos eléctricos… —Silva lo miraba con cara de no entender nada—. De recuerdos, tío, son recuerdos —le espetó Erik.

Silva abrió la boca con un gesto de incredulidad.

—Eso no es posible.

—En realidad, sí que lo es. Y no es ciencia ficción —añadió ante la cara de estupefacción del exmilitar—. Recuerda que estos chips se comunican y actúan en ocasiones como nuestro propio cerebro. Y nuestro cerebro es capaz de interpretar los estímulos de luz captados por los ojos y convertirlos en una representación visual que luego es almacenada en la memoria. Esto es lo mismo, solo que la memoria es externa.

—Estoy alucinado. ¿Y todos estos son recuerdos de Tom?

Erik iba abriendo archivos al azar.

—No —negó el tecnólogo—. No sé cómo, pero Tom también tuvo acceso a los chips de otros pacientes. Y mira esto, joder, accedió a la base de datos de los expedientes.

—¿Qué significa eso? —preguntó Silva con la vista fija en la pantalla.

En el ordenador aparecía el JPG de una ficha médica acompañada de una foto de una mujer joven de piel dorada, pelo castaño y ojos oscuros. Sumaya Rahman, veinticinco años. Originaria de Bangladesh. Padecía una parálisis cerebral congénita a causa de una infección durante el embarazo…

—¡Dios mío, me acuerdo de ella! —exclamó Erik. Enseguida su cara se ensombreció—. Era un amor de persona, muy amable, y teniendo en cuenta que sus padres la abandonaron siendo niña por su enfermedad… me parece un logro de cojones.

—¿Qué le pasó?

—Murió —respondió Erik bajando la vista—. Fue a las pocas semanas de implantarle el chip. No sé mucho más, pero algo no fue bien.

—¿No hay nada más aquí sobre ella? Búscala —ordenó Silva golpeando suavemente su hombro—. ¡Mira! El nombre del archivo contiene su nombre.

Tenía razón, muchos de los documentos estaban marcados con un nombre propio. Erik buscó por «Sumaya Rahman». Aparecieron varias decenas de archivos. Abrieron un par de vídeos. Parecía increíble, pero lo que estaban viendo eran recuerdos de la propia Sumaya. Visualizaron a través de sus ojos cómo la subdirectora del centro le daba la bienvenida. En otro vídeo, jugaba con una mujer al ajedrez y la felicitaba por el movimiento de su mano. Antes de que pudiera poner el siguiente, Silva lo detuvo.

—Pon ese. —Señaló la pantalla con el dedo—. Tiene un nombre diferente. ¿Hay más como este?

El informático se extrañó.

—No; al menos no con su nombre.

—Dale al play.

55

Sumaya Rahman

Proyecto Overmind - Sesión 28

Nada más arrancar el vídeo saltaba a la vista que este no era como los demás. No era un recuerdo. La cámara estaba fija en un plano cenital y en la parte superior de la imagen aparecía la fecha.

03/11/2022. 12.34.

La imagen mostraba una sala en la que se veían varias personas sentadas en semicírculo con una mujer en medio.

—Esa es Sumaya —intervino Erik, pero Silva estaba tan concentrado en la pantalla que no movió ni un músculo.

—Y ese Hooker —musitó Silva fijándose en uno de los hombres que daba la espalda a la cámara. Había reconocido su pelo repeinado hacia el lado.

Los doctores comentaban cosas en privado, pero la cámara no alcanzaba a escuchar la conversación. Sabían que el sonido funcionaba porque llegaba el ruido de pasos y de papeles moviéndose. Sumaya tenía las manos entrelazadas sobre las piernas y miraba al suelo, tímida. Una mujer con pelo plateado controlaba una tableta que posaba sobre sus rodillas.

Silva la señaló.

—Es la mujer que apareció en la televisión, la de la entrevista.

Erik asintió con seriedad.

—Claudine, la subdirectora del laboratorio, un mal bicho.

—¿Qué hace con la tableta?

—Eso, amigo mío, le da acceso a Mentor y, por tanto, también controla el microchip de Sumaya.

—No termino de entender cómo funciona —replicó Silva confundido.

—¿Sabes qué es el sistema maestro-esclavo?

Silva se rascó el cogote como si intentara acordarse de dónde había oído ese término.

—Es la jerarquía entre distintos dispositivos dentro de un sistema informático. Se usa para…

—¡Ya me acuerdo! —interrumpió Silva—. Lo usábamos mucho en el ejército para proteger las comunicaciones. Siempre había un dispositivo, el principal, que coordinaba el resto de los componentes secundarios.

—Eso es —ratificó Erik—, cada uno de los dispositivos secundarios puede comunicarse con el principal, pero es este el que decide qué información llega a cada uno de ellos. En el caso del Proyecto Overmind, Mentor tiene el control sobre todos los dispositivos, y eso no solo significa información…

Claudine comenzó a hablar en la pantalla interrumpiendo la explicación de Erik.

—*¿Estás lista para la sesión, Sumaya?*

La joven asintió con la cabeza.

—*¿Qué tal estás? ¿Algún problema de movilidad? ¿Visión borrosa?*

—*Nada* —*negó con una sonrisa tímida en el rostro*—, *sigo mejorando cada día. Por primera vez soy...*

—*¿Y has notado de nuevo dolores de cabeza?* —*interrumpió Claudine tan fría y distante como siempre.*

Erik se volvió hacia Silva.

—A esta le importan una mierda los sentimientos de la chica.

—*No, han parado. Me siento bien.*

—*Me alegra mucho oír eso. El ejercicio de hoy va a ser un poco diferente. Me gustaría recordarte que, como bien sabes, está prohibido comentar cualquier aspecto de tus sesiones con tus compañeros.*

—*Por supuesto* —*replicó Sumaya.*

—*Vamos a colocarte unas gafas y unos auriculares. Verás y oirás cosas que quizá te den miedo, pero, recuerda, estás en un entorno controlado y nada de lo que estás viendo y oyendo es real. ¿De acuerdo?*

La chica asintió.

Un hombre, que hasta ahora no había aparecido en cámara, salió con el material y se lo tendió a Sumaya.

—*Es muy importante* —*continuó Claudine*— *que no te quites las gafas ni los auriculares antes de que te lo digamos. ¿Me has entendido?*

—Sí —dijo ella mientras cogía el material y se lo colocaba.

—¿Estás preparada? —preguntó la subdirectora.

Sumaya no contestó, ya no podía oírla. La atención de Claudine se centró en la tableta.

—¿Alguna sugerencia de por dónde empezar? —Se volvió hacia sus compañeros doctores.

—Quizá el asesinato múltiple en el callejón de Manhattan —sugirió Hooker.

—Me parece una excelente recomendación, doctor —respondió Claudine, que manipulaba la tableta con presteza.

Detrás de Sumaya había una pantalla plana sujeta al techo. Hasta ese momento había permanecido en negro, pero ahora mostraba los datos fisiológicos de la paciente: frecuencia cardiaca, presión sanguínea, tensión arterial, oxígeno en sangre, insulina y diferentes indicadores hormonales.

Pronto notaron cómo sus gestos y su expresión facial empezaban a reaccionar a lo que sus sentidos percibían en ese momento. Sus números también variaban, la frecuencia cardiaca empezó a subir, así como los niveles hormonales.

Claudine miró a Hooker.

—Voy a aumentar la adrenalina, a ver cómo reacciona su cerebro.

Este asintió con un gesto.

La frecuencia cardiaca y la presión sanguínea no tardaron en aumentar. El rictus de la mujer era de auténtico pavor, pero nadie en la sala parecía verse afectado por ello. Incluso se pudo oír un «Fascinante».

—Aumente también el cortisol, doctora Leraux —comentó uno de los doctores.

—¿De verdad pueden hacer eso? —exclamó Silva a su lado, alarmado—. ¡Están completamente locos!

Erik asintió.

—No estaba al tanto de estas pruebas. Sabía que el dispositivo era capaz de regular los niveles hormonales porque así hemos curado a algunos enfermos de depresión, pero esto... No entiendo la finalidad de esta sesión.

—¿Qué provoca el exceso de cortisol en el organismo? —preguntó Silva.

—El cortisol se libera de forma natural como respuesta del cerebro al estrés o a una situación de emergencia. Aumenta la frecuencia cardiaca, te dilata las vías respiratorias para que entre más oxígeno y moviliza la energía de tu cuerpo. Se podría decir que lo que llaman instinto de supervivencia es en realidad un aumento de adrenalina y cortisol.

—¿Y por qué poner a Sumaya en alerta? —preguntó el exmilitar.

Erik se encogió de hombros.

—Ni idea.

Su atención se centró de nuevo en el vídeo, donde Hooker tomaba la palabra mientras Sumaya no dejaba de retorcerse en la silla.

—*Doctora Leraux, me gustaría comprobar qué sucede si cambiamos el estímulo, pero mantenemos los niveles de adrenalina elevados.*

—*¿Qué sugiere? —preguntó ella volviéndose hacia el doctor.*

—*Cambie el escenario; ¿qué le parece la playa? Las olas del mar, los pájaros..., hay pocas cosas más relajantes.*

Claudine manipuló la tableta y el gesto de la mujer cambió a los pocos segundos. La atención de los doctores se centró en los datos fisiológicos de Sumaya.

—¡No cambian! —exclamó uno.

—¿Su cerebro sigue liberando adrenalina? ¿Por qué? —preguntó otro.

—Porque el chip prevalece sobre su propia mente —sentenció Hooker con una sonrisa de oreja a oreja en la cara.

—Aumente la adrenalina, necesitamos que las conclusiones sean fiables —aportó otra doctora que hasta ahora había permanecido en silencio.

En cuanto la subdirectora del centro realizó el cambio, pudieron comprobar cómo la frecuencia cardiaca y la presión arterial aumentaban aún más. Esta vez no solo lo notaron en los datos de la pantalla; la mandíbula de Sumaya se tensó apretando los dientes hasta hacerlos rechinar, sus manos temblaban y su respiración se aceleraba de forma incontrolable. En ese momento se levantó de golpe de la silla y se quitó las gafas y los auriculares y los arrojó al suelo.

—¿Qué me estáis haciendo? —preguntó sollozando—. Me va el corazón a tope, ¡no puedo seguir!

Se dio la vuelta para dirigirse a la salida, pero enseguida aparecieron tres hombres, vestidos de uniforme, que la agarraron y la sentaron en la silla en contra de su voluntad. Le colocaron unos aros metálicos que resultaron ser una especie de esposas magnéticas que la sujetaban a la silla y le impedían mover los brazos.

—¿¡QUÉ ESTÁIS HACIENDO!? ¡SOLTADME! —gritó desesperada.

Claudine la observó con una mueca molesta, como si de repente le hubiera llegado un mal olor insoportable a sus fosas nasales.

—La sesión ha terminado —indicó la subdirectora—. Pueden salir todos, excepto el doctor Hooker y la doctora Schneider.

El personal abandonó la sala entre los gritos de Sumaya, que cada vez estaba más nerviosa. Le faltaba el aliento debido a su respiración acelerada.

—Creo que es una buena ocasión para explorar los límites del chip —expresó Claudine—. Comprobar hasta qué punto se impone a su propia mente.

—No es necesario —descartó Hooker—. Ya hemos comprobado que prevalecen sus instrucciones. ¿Qué más quiere?

—No es lo que me ha pedido Hopkins —aportó Claudine.

—¿Ha hablado con ella? —preguntó Hooker, que parecía muy ofendido.

—Así es. La doctora Hopkins quiere comprobar si el cerebro es capaz de resistirse al dispositivo en una situación de vida o muerte.

—Ya sabe que sí, hace unas semanas le provocó...

La conversación se oía a duras penas. Entre los gritos de Sumaya y que los doctores hablaban casi en susurros, Silva y Erik debían poner toda su concentración para entender lo que decían.

—Ahora estamos explorando niveles hormonales, doctor Hooker —interrumpió Claudine—. Es algo distinto.

—*Está bien* —se rindió Hooker—. *No voy a oponerme a las instrucciones de Rebeca, pero esto no es necesario.*

Leraux se volvió a la doctora Schneider, que reforzó su determinación con un leve asentimiento con la cabeza.

Los siguientes minutos fueron realmente angustiosos para Erik y Silva que vieron cómo Sumaya se revolvía en su silla, impotente ante aquellas personas que la estaban destrozando desde dentro, utilizando su propio cerebro como arma.

Llegó un momento en el que ni siquiera podía gritar, porque su respiración acelerada la dejaba sin aliento para hacerlo. Se llevó la mano al pecho, consumida por el dolor. También la vieron experimentar algunas arcadas, aunque no llegó a vomitar.

Su final lo pudieron ver antes en los datos fisiológicos de la pantalla que en su cara.

Su corazón se paró, y, acto seguido, ella se desmayó.

En ese momento, Hooker, que llevaba unos minutos al teléfono, intervino:

—*Que la reanimen, ya lo habéis comprobado. Esta chica no tiene por qué morir.*

A continuación se levantó y se marchó de la sala visiblemente molesto.

Silva y Erik estuvieron pendientes de la pantalla otros quince minutos, presenciando los infructuosos esfuerzos de los paramédicos a los que Claudine había llamado.

Sumaya había muerto. Erik apagó el vídeo.

—Esto es demencial —susurró Silva.

Erik asintió, sin poder hablar. Su cresta lucía despeinada debido a las veces que se había pasado la mano por el pelo, incapaz de digerir lo que estaba viendo.

—¿Hay más vídeos con este nombre? ¿Hay más sesiones? —preguntó Silva.

Erik introdujo en el buscador las palabras clave «Overmind» y «Sesión». Apareció un gran número de archivos. Fueron deslizando el ratón hacia abajo sin hacer clic.

De repente, Silva vio algo que los hizo estremecerse hasta los dedos de los pies.

—¡Madre mía! Mira ese nombre —exclamó Silva señalando uno de los archivos.

Erik seleccionó el vídeo que estaba a punto de desvelarles el verdadero alcance del Núcleo. Una verdad que habían buscado con ahínco, pero para la que no estaban preparados.

56

Luo Xinjie

Proyecto Overmind - Sesión 17

Luo Xinjie era el nombre chino más conocido sobre la faz de la tierra. Un líder fuerte, inteligente, que había llevado a su país a establecer relaciones diplomáticas y comerciales con todas las principales potencias, lo que había permitido a China florecer y disputarle la hegemonía mundial a Estados Unidos.

—¿Crees que va a aparecer? —preguntó Erik con las manos sobre las mejillas y los ojos como platos.

Silva no contestó, incapaz de articular palabra.

Como en el vídeo de Sumaya, la fecha aparecía en el vértice superior de la imagen: 20/03/2023. 10.42.

Esta vez, al contrario que en la otra grabación, la sala no era un espacio aséptico bajo la luz fría de un halógeno, sino un despacho ovalado muy luminoso con una mesa baja en el centro y a su alrededor se disponían un sofá y tres butacas que reposaban sobre una alfombra aterciopelada de color azul oscuro.

Sentados en el sofá se encontraban tres personas: el doctor Hooker, la subdirectora Leraux y una mujer china a la que Erik no había visto nunca por el laboratorio. Los tres llevaban batas blancas de hospital, lo cual extrañó a Erik, que nunca había visto a Hooker fuera de un traje.

Fue precisamente el doctor español el primero en hablar en la grabación, y lo hizo con un inglés inmaculado.

—*¿Cómo han salido las pruebas?* —*Se dirigía a la doctora china.*

—*Sobre el papel, los nanobots del dispositivo han destruido por completo el tumor. No se ha visto ni rastro de él en la resonancia.*

—*¿Y el daño en la corteza cerebral?*

—*Reparado.*

—*¿Estás segura? Nuestro equipo en Pekín remite que el presidente tiene dolores de cabeza muy fuertes.*

—*No sé a qué pueden deberse, sobre el papel todo está bien.*

—*Quizá su cerebro está rechazando el dispositivo, nos ha pasado con algún paciente, aunque sería muy extraño.*

—*No lo creo posible, Mentor ha hecho un análisis exhaustivo de su cuerpo y todos los niveles son normales* —*explicó la doctora.*

La conversación se detuvo porque, en ese momento, se abrió la puerta de par en par y por ella pasaron tres hombres de traje oscuro y pinganillo en la oreja. Se desplegaron por la habitación al tiempo que un hombre de una estatura considerable accedía a ella.

—¡Dios mío! ¡Es él! —exclamó Erik dando saltitos junto al ordenador—. ¿Cómo han podido ocultarlo?

—Chis... ¡cállate! —replicó Silva.

El presidente de la República Popular China irrumpió en la habitación con rostro serio. Los tres doctores se pusieron en pie para recibirlo. Leraux le dedicó una radiante sonrisa que ni por asomo habían visto en el vídeo de Sumaya.

—*Señor presidente, es todo un gusto tenerlo de nuevo en nuestras instalaciones.*

Xinjie ni siquiera la miraba a ella. Tenía la vista fija en Hooker.

—*Usted y yo acordamos que, tras la operación, el resto del tratamiento se llevaría a cabo en Pekín —dijo hablando en inglés sin apenas acento—. No es apropiado que un presidente se ausente de su país sin razón aparente.*

Hooker tragó saliva.

—*Disculpe nuestra osadía, señor presidente, pero, debido a sus jaquecas, hemos creído conveniente traerlo al laboratorio, donde disponemos de todo el material tecnológico necesario para hacerle un diagnóstico adecuado. Pero, por favor, tome asiento y, dígame, ¿cómo se encuentra?*

Silva y Erik notaron enseguida que Xinjie estaba incómodo. Era la típica persona que disfrutaba teniendo el control sobre los demás. Y, en aquella sala, era consciente de que estaba a merced de aquellos doctores.

Se sentó en la butaca situada frente al sofá, los tres doctores hicieron lo propio.

—Me encuentro mejor, los dolores de cabeza han disminuido.

—¿Sí? —preguntó Hooker—. ¿Qué hay de la rehabilitación? ¿Va recuperando la forma física?

El presidente dudó, movía la pierna frenéticamente, nervioso, y tenía los hombros caídos hacia delante en una postura impropia para un presidente.

—Sí, he recuperado bastante movimiento gracias a la fisioterapia, pero... —hizo una pausa antes de continuar—no logro recuperar la fuerza de antes, a pesar de entrenar cada día.

Erik apartó la vista de la pantalla y se volvió hacia Silva.

—¿Sabías que Xinjie era un crac jugando al baloncesto? Estuvo a punto de debutar en la selección de China.

Silva le agarró de la mejilla enfocando su vista de nuevo en el vídeo a tiempo para ver la explicación de Hooker.

—Es muy normal. Piense que prácticamente tuvimos que reconstruir un cuarto de su cerebro. El tumor se había extendido de tal manera que hubo que extirpar parte de su corteza cerebral. Perdió funciones muy importantes que ahora ha recuperado gracias al microchip —explicó Hooker.

—Pero su cerebro aún se está adaptando a que esas funciones ahora las realiza un externo —intervino Leraux—.

La debilidad muscular es muy normal. ¿Ha experimentado algún otro síntoma?

Él los miró sopesando si responder a la pregunta de la doctora.

—Sí —contestó finalmente—. Tengo sueños muy recurrentes que no había tenido hasta ahora.

Leraux y Hooker se miraron.

—¿Puede contarnos algo más sobre esos sueños?

El presidente pareció dudar unos segundos.

—La desesperación ante la muerte cambia a las personas —susurró Silva viendo la expresión incómoda del presidente—. Lo he visto muchas veces.

—¿Qué quieres decir?

—Cuando estás condenado a muerte, te agarras a cualquier cosa, lo que sea. Cosas que nunca te creerías capaz de hacer. Seguro que Luo Xinjie nunca se hubiera imaginado contándole sus intimidades a un doctor extranjero, operado por una corporación occidental...

Erik asintió mientras en la grabación Hooker insistía.

—¿Señor presidente?

—Son muy nítidos, casi como si fueran recuerdos que nunca he vivido. Hay uno que siempre se repite, una traición...

—¿Quién lo traiciona? —lo apremió Hooker.

El presidente apretó los labios y fulminó con la mirada al doctor español que pareció percatarse enseguida de que había presionado demasiado.

—No se preocupe, señor presidente, no hay por qué hablar de ello ahora, pero sería bueno analizar el contenido de esos sueños para poder establecer una causa. Solo para descartar que no tenga relación con la operación o con la enfermedad.

Luo Xinjie se levantó visiblemente molesto.

—Solo son sueños.

Hooker se incorporó también, lamentando su error.

—Por supuesto, señor presidente, tan solo le pediré que retrase su vuelta a China un día más. Todas las pruebas salieron bien, pero aún tenemos que hacerle alguna más... —Ante la expresión irascible de Luo Xinjie, Hooker añadió—: Tan solo será un día más, para estar seguros, así no tendrá que volver en mucho tiempo. Sabemos que no es fácil ausentarse de China sin que se note.

—Muy bien —aceptó Xinjie—. Un gusto volver a verlo, doctor Hooker.

Sin esperar su respuesta, se dio la vuelta y se marchó de la habitación, seguido de su comitiva. Hooker le hizo un gesto a la doctora asiática que se apresuró a ir tras el presidente.

Erik se dispuso a pausar el vídeo, pero Silva detuvo su mano.

—Espera un momento.

Los doctores mantenían su mirada fija en la puerta por la que se acababa de ir el presidente, pero al cabo de unos segundos, Hooker se giró hacia Leraux.

—*No veo avances significativos.*

—*Hacemos lo que podemos, pero requiere tiempo trabajar sobre el campo onírico.*

—*No tenemos tiempo, Rebeca quiere que pase antes de verano.*

—*Si queremos hacerlo bien, hay que seguir estimulando sus...*

—*Creo que nos equivocamos de estrategia —la interrumpió Hooker—. Hay otra manera más rápida.*

—*¿Te refieres a tomar el control total?*

Hooker asintió. Leraux se encogió de hombros.

—*Es tu decisión, Hooker, pero solo lo hemos probado en cinco pacientes, y dos murieron al resistirse su cerebro. ¿Te imaginas las implicaciones si muere con uno de nuestros dispositivos dentro de su cuerpo?*

—*Asumo toda la responsabilidad. Nos arriesgaremos —sentenció Hooker—. Quiero que Mentor tome el control. ¿Lo puedes hacer hoy mismo?*

Leraux asintió poniéndose en pie.

Silva pausó el vídeo.

—Esto es gravísimo.

—Lo sé —se lamentó Erik—. Nunca imaginé que el dispositivo pudiera usarse para esto..., pero hay algo que no entiendo, ¿por qué el Núcleo quería causar el conflicto del mar del Sur de China?

Silva se encogió de hombros.

—Hay muchos intereses económicos, piensa que el mar del Sur de China es vital para el comercio mundial. Seguro que la organización puede lucrarse económicamente de esto, o puede que la inestabilidad geopolítica beneficie su plan a largo plazo.

—Si esto llega a la opinión pública... —Erik dejó la frase en el aire.

—Se desata el apocalipsis —añadió Silva—. En marcha. Ahora sí hemos dado con algo para destruir al Núcleo.

Mientras Erik cerraba el portátil, el exmilitar consultó su móvil y comprobó que tenía un mensaje de David.

Silva, nos han cogido. Localiza este
teléfono para encontrarnos.

57

Un encierro

David se sujetaba la frente con la mirada perdida en las estilizadas flores que componían el diseño de los azulejos del suelo. Un estilo bucólico replicado en las paredes pintadas a mano que representaban escenas de paisajes idílicos y naturaleza exuberante. Toda una oda a la belleza y la libertad en contraste con la realidad de las tres personas encerradas en ella.

Valentina no dejaba de caminar de un lado a otro, observando a través de las ventanas, revestidas con marcos de madera decorativos y cerradas con llave desde dentro. Nora permanecía tumbada en la cama. A pesar del cansancio, no había logrado conciliar el sueño. Sus ojos verdes estaban fijos en la ostentosa lámpara de bronce colgada del techo, cuyos múltiples brazos sostenían velas eléctricas, creando un resplandor suave que acentuaba la majestuosidad de la habitación.

David se encontraba a sus pies, devastado. Esperaba que Silva hubiera podido leer el mensaje. Ya no contaba con su teléfono, se los habían retirado a los tres. Al menos les habían dejado quedarse con las medicinas y Nora se encontraba mejor. Llevaban en aquella sala un par de horas, como mínimo, y de momento nadie había entrado a hablar con ellos. El único instante en el que David había podido ver a Juan Maldonado había sido a través del parabrisas del todoterreno. Los habían trasladado hasta la casa en vehículos distintos y, nada más llegar, los habían encerrado en aquella habitación.

El dispositivo de seguridad al entrar en la mansión era impresionante, aquella casa parecía una fortaleza.

—Voy a matar a Sebastián, os juro que cuando lo tenga delante lo ahogaré con mis propias manos. —Valentina echaba fuego por la boca.

David levantó la mirada con desgana.

—No te sulfures, esto es lo que hacen. Los eligen así, personas que les pueden servir de alguna manera en su propósito y con un ser querido que necesita ayuda. Ellos lo curan y tú contraes una deuda con el Núcleo.

—Me ha engañado todo este tiempo —dijo Valentina entre dientes.

David le restó importancia con un aspaviento de la mano.

—No te hagas mala sangre. Seguramente él no quería mentirte, pero no le han dejado otra opción.

—¡Siempre hay otra opción! —exclamó Valentina.

El médico negó con la cabeza.

—Mira, Vargas…

—Valentina —le corrigió ella.

—De acuerdo, Valentina —rectificó David sin poder evitar una sonrisa cansada—. ¿Te acuerdas del hombre que estaba con nosotros en la selva?

—¿El que me pegó tres tiros a bocajarro? —preguntó ella indignada.

—Él trabajaba para el Núcleo —continuó David obviando la pregunta—. La organización curó a su mujer y Silva hizo muchas cosas que no quería para saldar esa deuda, pero ¿sabes qué? Ahora mismo, si no fuera por él, nadie se enfrentaría a la organización, y todas esas vidas que han destrozado quedarían impunes.

—¿Y qué quieres decirme con eso?

El médico se acercó a ella y le colocó la mano en el hombro.

—Valentina, yo mismo he odiado a Silva durante mucho tiempo. Estuvo a punto de matarme, dos veces. Pero ¿de qué sirve ese odio? El rencor nos aísla en nuestra rabia interior incapacitándonos para actuar. Sebastián hoy nos ha traicionado por amor a su hermana; mañana podría sernos de ayuda para acabar con la organización.

—¿Cómo piensas acabar con esa gente si estamos encerrados en esta puta habitación? —dijo ella pegando una patada a una lámpara que había sobre una mesita de lectura. La lámpara se hizo añicos contra el suelo.

—Silva vendrá a por nosotros. Confío en él —añadió el médico.

En aquel preciso momento, les alertó el ruido de una llave que giraba en la cerradura de la puerta. Los tres se volvieron hacia ella, incluso Nora se incorporó en la cama. Miraron expectantes cómo la entrada se abría revelando la identidad de su carcelero.

—Vaya, si llego a saber que es una fiesta de pijamas, hubiera traído pasteles —saludó Miller.

El agente de la CIA entró en la habitación y la luz de la lámpara iluminó su rostro, revelando las consecuencias de su pelea con Silva: varios cortes en el labio y en ambas mejillas, además del ojo izquierdo ensangrentado por un derrame.

—Parece que alguien te ha dado una buena paliza. Me da pena no haberlo hecho yo misma —soltó Valentina, que se había separado de David y caminaba hacia la ventana sin apartar la vista de Miller.

—Te habría gustado, ¿verdad? Sí, siempre supe que te iba ese rollo. Qué pena que ya no podremos acabar nuestro asunto pendiente. Hay otros planes para ti —le dijo Miller antes de volverse hacia el médico y señalarlo—. Doctor, conmigo; lo reclaman.

David echó una mirada serena a Nora, cuyos labios ya formaban un nítido «no vayas», antes de caminar hacia el agente estadounidense. De repente, Miller sacó la pistola y apuntó a Valentina, que se había acercado discretamente por el lateral.

—Ni se te ocurra, guapa. Te pego un tiro aquí mismo.

Valentina se quedó congelada en el sitio, con la mirada clavada en Miller, echando chispas.

—Espero verte pronto.

Miller esbozó una sonrisa sarcástica.

—¿Es una amenaza, inspectora Vargas? Ponte a la cola. No caigo demasiado bien —soltó riendo.

Abandonaron la habitación, dejando encerradas a las dos mujeres. David comprobó que había otro militar custodiando la puerta. Recorrieron los pasillos de la finca adornados con enormes jarrones de cerámica y gruesas alfombras granates con ribetes dorados.

—Oye, Peña, dime una cosa —comenzó Miller volviéndose hacia él—. ¿Por qué el doctor Frankenstein quiere verte? ¿Acaso eres uno de sus médicos locos que salió rebelde?

David permaneció en silencio mientras continuaba caminando por el corredor. Ni siquiera lo miró.

—Ya suponía —dijo riendo.

David se percató por el rabillo del ojo de la mueca de dolor que esbozó Miller al reírse.

—¿Quién te ha hecho eso? No me digas que Silva te ha puesto en tu sitio. —Esta vez sí lo miró a los ojos.

A Miller no se le borró la sonrisa con el comentario de David, al contrario.

—¿Crees que vendrá? —le preguntó ansioso.

David sostuvo la mirada sin despegar los labios.

—Yo creo que sí. Espero que lo haga —añadió Miller—. ¡Andando! —Empujó al doctor por la espalda.

El resto del recorrido se mantuvieron en silencio hasta llegar a una doble puerta de grandes dimensiones. Miller llamó con los nudillos y asomó la cabeza. Luego se volvió hacia David.

—Puedes pasar.

El médico se adentró en el despacho rectangular, iluminado por la luz que entraba a raudales por sus impresionantes ventanales. En el centro de aquella sala había un escritorio. Tras él, con las manos entrelazadas sobre la mesa, se encontraba Juan Maldonado.

Bajo sus manos, una pistola.

Miller cerró la puerta, dejando a David indefenso frente a su pasado.

58

Una charla

—No creí que pudiera volver a verte, hijo. Estás cambiado —dijo Maldonado observándolo con pesar.

«Hijo».

A David, aquella palabra le ardió en el estómago, y avanzó furioso hacia su antiguo jefe.

Este agarró la pistola en un gesto inconsciente y David se detuvo.

—¿Vas a pegarme un tiro esta vez, doctor Hooker? —preguntó enfatizando las dos últimas palabras.

—Tú no tienes que llamarme así —contestó Maldonado—. Y no, no voy a dispararte, es solo por precaución. Comprendo que estés enfadado.

—¿Enfadado? Yo te mataría sin dudarlo si tuviera el arma —espetó David.

—No estoy tan seguro —contestó pensativo Maldonado acariciándose la barbilla—. Tú y tu amigo Silva habéis tenido tres años para quitarme de en medio. Al parecer, incluso teníais gente dentro del laboratorio. Podríais haberos acercado a mí. No tomé muchas precauciones; nunca pensé que Silva vendría a un pueblo perdido de México para perseguirme. Y en cuanto a ti... creía que habías muerto.

David no dijo nada.

—Está bien. Te diré yo por qué no me habéis matado. Porque no os basta conmigo. Queréis destruir toda la organización y la idea que nos mueve. ¿Me equivoco? Pero déjame darte una mala noticia, David. Aunque consigáis algo sobre Overmind y lo hagáis público..., ¿sabes qué pasará? Que lo taparemos. Llenaremos toda la prensa con otras noticias. Lo silenciaremos y haremos desaparecer a aquellos medios que insistan con el tema. Ridiculizaremos toda la información y saldrán expertos desacreditándoos. ¿No lo comprendes? No podéis ganar.

—Para no poder ganar, habéis movilizado todo un país en nuestra búsqueda.

—¿Eso no te da una idea del poder que tiene el Núcleo? —Maldonado se puso en pie para estar a la misma altura.

—Hay algo que tú no entiendes —respondió David—. Ni tú ni esa Hopkins.

—Ilumíname.

—Os creéis muy especiales, pero lo que no entendéis es que esto de dominar el mundo ya lo han intentado antes en el pasado. Los grandes imperios; las propias religiones, como el cristianismo en la época de la Inquisición; los romanos; los nazis..., por mucho poder que acumuléis, en algún momento todo se quiebra. Y se rompe porque la sociedad despierta y se revela contra ello. Porque el ser humano está hecho para ser libre y no para vivir bajo un yugo invisible. Nosotros solo tenemos que hacer que abran los ojos. Y, créeme, Juan, lo haremos.

Juan Maldonado negaba con la cabeza, decepcionado.

—Que nos compares con los nazis solo me hace ver lo equivocado que estás, David. No queremos tener el dominio mundial. Solo darle a la sociedad las herramientas para sobrevivir. ¿Es que no te das cuenta? ¿No ves a tu alrededor que el sistema que hemos construido está a punto de saltar por los aires? La fe en la política y en el capitalismo está por los suelos. Si las personas dejan de creer en el sistema…, simplemente queda el caos. Necesitamos evolucionar como especie para afrontar estos retos, y solo así perduraremos.

—Si es verdad lo que dices, divulgad vuestros hallazgos al mundo entero. Hacednos ver que no es el camino, pero no me digas que quieres ayudar a la sociedad cuando estáis asesinando personas.

—Ese es el problema. —Maldonado hizo un amago de dar la vuelta a la mesa para situarse más cerca de David, pero pareció pensárselo mejor y reculó—. La sociedad no está preparada para lo que hacemos. La prueba eres tú mismo, David. Un tío inteligente que incluso has participado en nuestras investigaciones y no eres capaz de entender nuestra visión. Tampoco es culpa tuya, sino de los valores en los que nos han educado desde pequeños, centrados exclusivamente en nuestro bienestar. Pero te diré algo, chico, la realidad es muy distinta. La verdad es que el individuo no es importante para la especie; el rebaño sí lo es. ¿Por qué nos empeñamos los humanos en creer lo contrario?

—¡Porque sentimos, joder! ¡Porque somos capaces de amar! Porque yo quería a Alma con todo mi corazón, maldito enfermo. —David se encontraba a centímetros de la cara de Hooker.

Este no se echó hacia atrás, solo acarició la culata de la pistola, manteniendo la mirada en los ojos castaños del joven.

—¿Te crees que yo no la quería? Me lo suplicó... Yo... ¿Sabes qué? Si pensara como tú, me quitaría la vida ahora mismo... Para mí cada día es una agonía desde que se fue Alma. ¿Quieres saber por qué no lo hago?

—Me da igual por qué no lo haces, por mí como si te quemas a lo bonzo.

Maldonado esbozó una mueca como si aquel comentario lo hubiera herido físicamente, como un puñetazo directo al mentón.

—Aunque no lo creáis, sin nosotros estáis condenados —sentenció guardándose el arma en la cintura—. Lo siento, pero tengo que irme. Volveré en unos días, y entonces hablaremos con calma. —Se dirigió hacia la puerta dejando a David junto al escritorio.

—¿Vas a permitir de nuevo que otros hagan el trabajo sucio? —preguntó David elevando la voz.

Maldonado se giró apesadumbrado.

—Te seré sincero, hijo. —David apretó los labios, furioso, pero él continuó como si no se hubiera percatado—. El Núcleo te quiere muerto. Sois un peligro para la organización, y ya sabes que preferimos atajar los problemas de raíz.

David no dijo nada, pero dirigió una fugaz mirada hacia la pistola que Maldonado llevaba en la cintura.

—He decidido que no voy a cometer el mismo error de hace tres años. He dado orden de que no te toquen un solo pelo de la cabeza, y yo mismo responderé ante el Núcleo por esa decisión.

Tras aquella declaración, se giró y se encaminó de nuevo a la puerta. Antes de que abandonara la sala, David le lanzó una última pregunta.

—¿Qué hay de los demás?

—No puedo responsabilizarme —respondió serio Hooker—. Tus amigos están muertos.

—¡NO! —gritó David corriendo hacia él.

La puerta se cerró y oyó el cerrojo antes de que pudiera llegar hasta ella.

59

Una heroicidad

Silva y Erik permanecían tumbados en la hierba junto al embarcadero del lago, ocultos tras unos matorrales. No había personal de seguridad cerca. En aquel momento, todos estaban alrededor de la mansión. Silva observaba a través de los prismáticos que había comprado en una tienda de caza.

—¿Qué ves? —preguntó Erik al borde de un ataque de nervios.

Silva le chistó molesto.

—Un momento —replicó.

Los militares se congregaban en el patio principal formando un pasillo, pero nadie salía a través de la entrada a la casa. Oyeron el ruido de un motor a lo lejos que fue haciéndose cada vez más potente conforme un helicóptero de gran tamaño se acercaba a la finca. El sonido del motor y del viento generado por las aspas era ensordecedor. El aparato se disponía a aterrizar cerca de donde ellos se ocultaban, así que tuvieron que cubrirse los ojos para protegerse de la tierra y la hojarasca que levantaba el movimiento de las hélices. Cuando el viento se detuvo, contemplaron el imponente helicóptero que se posaba sobre la plataforma de hormigón.

—Es un puto Black Hawk —musitó Silva—. Esta gente nunca dejará de sorprenderme.

—¿Qué significa?

—Que en el alto mando del ejército estadounidense hay miembros del Núcleo.

Erik se pasó las manos por la cresta, nervioso, en ese gesto tan suyo.

—Esto nos queda muy grande, tío.

—¡Relájate! —le ordenó Silva—. No hagas que me arrepienta de haberte traído. Mira, se mueven.

Los dos se tumbaron de nuevo sobre el césped para ver cómo la comitiva de seguridad escoltaba a cinco personas hasta el helicóptero. Tres mujeres y dos hombres. A uno de los hombres Silva lo reconoció enseguida: se trataba de Hooker. Si hubiera tenido un arma de largo alcance, en ese momento le habría volado la cabeza a ese pretencioso cabrón. Sin embargo, iba a tener que dejar que se fuera si quería rescatar a sus amigos. Enfrentarse a un equipo de élite con una pistola y un doctor en computación habría sido un suicidio.

Comprobó aliviado que gran parte de la unidad militar subió al helicóptero junto con los cinco miembros del Núcleo. El UH-60 Black Hawk despegó y en cuestión de minutos se había perdido en el cielo crepuscular. El sol se estaba poniendo y la luz era cada vez más tenue, lo que posibilitaba el factor sorpresa.

Silva observó la casa con el visor; aún quedaban algunos guardias custodiándola. De pronto, algo llamó su atención. Se volvió hacia Erik tendiéndole el binocular.

—Mira, enfoca el segundo piso, junto al balcón de madera. La… uno, dos, tres; la tercera ventana desde la puerta principal.

—¡Es David! —exclamó Erik al poco tiempo—. Está bien.

—Sí, así es —afirmó Silva—. Vale, este es el plan.

—Espera, espera —interrumpió Erik—. Está saliendo gente de la casa.

—Trae eso. —Silva le quitó los binoculares—. Joder, son Nora y esa policía… Vienen hacia aquí.

—¿Por qué las sacan de la casa en plena noche? —preguntó Erik.

—¿Tú qué crees? —contestó Silva comprobando su pistola.

Erik se llevó las manos a la cara, espantado.

—Tranquilo. —Silva le sujetó la cabeza con suavidad—. No les va a pasar nada. Quédate aquí, no puedo hacer mi trabajo si tengo que preocuparme también por ti.

—Ten cuidado.

—Lo tendré. Si no vuelvo, ya sabes qué hacer con lo que hemos descubierto.

Este asintió y Silva se desvaneció entre los arbustos. Fue avanzando, oculto tras las plantas, mientras calculaba hacia dónde se dirigía el grupo. Identificó el lugar donde se disponían a eliminar a las dos mujeres, junto al muelle; seguramente las subirían al pequeño bote y las echarían al lago con un peso. Se camufló entre los árboles frutales, y observó cómo descendían la ladera. Eran siete personas en total:

las dos chicas y cinco militares. Aquello iba a suponer un gran reto. Especialmente, si quería que todo el mundo saliera vivo. Se deslizó entre las sombras preparado para sorprenderlos por detrás. Pero, cuanto más de cerca los veía, más inseguro se sentía.

Aquel ataque no podía enfocarse con cero bajas.

Los militares entrenados tenían una orden y era deshacerse de ellas; si Silva intentaba rescatarlas sin bajas, lo único que sucedería es que acabarían muertos los tres. Tomó una decisión. Iba a apilar cinco cadáveres más en su conciencia.

Justo después le pidió perdón a Ana, que lo cuidaba desde el cielo.

«Será la última vez».

Se aseguró de que contaba con los dos cuchillos que había comprado en la tienda de caza. La hoja, de unos quince centímetros, resplandecía con las luces exteriores de la finca, que acababan de encenderse. Se posicionó en un lateral, tan cerca que podía distinguir las voces con claridad.

—¿Adónde nos lleváis, cabrones? —gritaba Valentina.

—Cállate de una puta vez o te abro en canal aquí mismo —contestó uno de los militares.

Nora no abría la boca, caminaba en silencio con la cabeza gacha.

Observó a sus oponentes. Tenían el uniforme de la marina, pero no eran SEAL. Habría dificultado mucho la operación. En la marina se les prepara para la lucha cuerpo a cuerpo, pero no para una emboscada. Viéndolos tan relajados, con los subfusiles colgando de sus cuerdas y sus pistolas en el cinturón, calculó que tardarían unos segundos en reaccionar.

Los siguió sigiloso durante unos metros. El muelle ya estaba cerca, pero tenía muy clara la estrategia. A los dos hombres más rezagados tendría que neutralizarlos de la forma más silenciosa posible. Después se encargaría de la pareja de habladores. A esos los mataría con la pistola, no serían blancos difíciles si seguían distraídos. El problema era el quinto, que iba tirando de las chicas. Si reaccionaba rápido, Silva estaba muerto.

«Todo depende de ti, amigo», pensó mientras se colocaba la pistola en la cintura y sujetaba sus cuchillos.

Se adelantó para situarse en una zona con poca visibilidad y llena de árboles, y se apostó tras el majestuoso tronco de un árbol del Tule gigantesco. El corazón le iba a dos mil. No había margen para el error. Dejó pasar al grupo mientras escuchaba los insultos que proferían los militares a Valentina. Cuando oyó los pasos de los últimos dos, se asomó y lanzó el cuchillo contra el que cerraba el grupo. El filo del machete atravesó con fuerza la región carotídea haciéndole sangrar profusamente. Los ojos del soldado eran de desconcierto absoluto. Antes de que el primero cayera de rodillas, Silva había llegado hasta el que estaba más próximo al tronco. Acababa de girarse hacia su compañero, lo que facilitó que Silva se colocara a su espalda y deslizara la hoja del cuchillo por la yugular del joven, que no pudo ni siquiera gritar. Dejó caer su cuerpo y el cuchillo mientras extraía la pistola de su cintura.

Los dos militares que permanecían algo apartados hablando se habían percatado del ataque, pero demasiado tarde. Uno de ellos intentó reaccionar con el subfusil. Mala elección; un arma excesivamente lenta frente a una pistola. Antes de que pudiera retirarle el seguro, Silva había alojado una bala justo donde le nacía el pelo en la frente. El otro fue más listo y rápido. Cogió su pistola y apuntó a Silva, pero la mala suerte, o la buena, según se mire, hizo que se le encasquillara el arma. El ex boina verde le metió dos balazos en el pecho y uno en la cabeza. Se giró hacia las chicas temiendo por el quinto hombre sin saber por qué no le había disparado. Enseguida lo averiguó: Valentina lo tenía de rodillas y lo estaba asfixiando.

Silva se volvió hacia ella y disparó en el corazón al hombre, que cayó hacia delante.

—¿Qué haces? —gritó la inspectora.

—Con que uno de los dos tenga que cargar con el peso de sus víctimas en la conciencia es suficiente.

Valentina no replicó, y a Silva le pareció que, en el fondo, se lo agradecía. El militar se acercó a Nora.

—Me alegro de verte viva, Baker.

Ella esbozó una sonrisa tímida, pero la palidez de su rostro alertó a Silva.

—¿Estás bien?

—Sí —respondió ella con la voz temblorosa—. Algo débil.

Silva asintió.

—Seguro que es normal, tu cuerpo se está recuperando de la cirugía. Venga, rescatemos a David y vayámonos de aquí. ¿Puedes ayudarla? —preguntó a Valentina.

—Sí, claro —respondió esta sujetándola por la cintura.

Silva recopiló las pistolas de los muertos, se colgó un subfusil y recuperó sus cuchillos. Los limpió de sangre en la pernera del pantalón. Fue hasta Valentina y le tendió dos pistolas, esta cogió una y se guardó la otra.

—Gracias.

—¿Estamos en paz? —preguntó Silva.

—Te debo tres tiros —respondió ella muy seria.

Silva rio ante el comentario. De repente escucharon una voz a sus espaldas.

—¡Dios mío! ¿Esto lo has hecho tú? —preguntó Erik con la mirada fija en el militar que había muerto degollado.

—No los mires —respondió Silva—. Rápido. Tenemos que rescatar a David.

Subieron la ladera con Silva y Erik a la cabeza, seguidos de Valentina, quien ayudaba a Nora a afrontar la pendiente, pues la pobre iba sin resuello.

Al llegar al patio principal vieron varios coches aparcados, pero ningún miembro de seguridad.

—¿Qué opinas? —preguntó Silva.

—No entraría por la puerta principal —contestó Valentina.

—Sí, pienso lo mismo. Seguimos. —Se puso en marcha ocultándose entre los vehículos y el resto lo siguió.

Cuando estaban a tan solo unos metros de una de las entradas laterales, apareció Miller junto con otros dos hombres. El agente estadounidense abrió mucho los ojos, sorprendido. Después sonrió.

—¡Te estaba esperando!

Silva respondió apuntándole con la pistola.

—Daos la vuelta, ¡deprisa! —susurró el exmilitar.

—Pero ¿y tú? —preguntó Nora.

—Estaré bien. ¡Largo!

En aquel instante, Silva comenzó a disparar a la vez que los tres hombres se ocultaban tras el muro. Valentina, Nora y Erik corrieron a buscar otra entrada mientras Silva se refugiaba tras uno de los coches y comprobaba sus armas.

—¡¿La oyes, Silva?! —gritó Miller—. ¡Es la muerte susurrándonos! Uno de los dos va a tener que acompañarla. Yo estoy preparado. ¿Lo estás tú?

60

Un duelo

La ráfaga de disparos retumbaba en el patio exterior. Las balas rasgaban con fiereza la chapa metálica del Bentley tras el que se ocultaba Silva, pero ninguna conseguía traspasar el automóvil. El exmilitar se encontraba sereno. Tenía el subfusil apoyado en el asfalto y la pistola en la diestra. En la boca, un cigarro apagado. Levantó el mechero y lo prendió, observando la llama bailar tratando de alcanzar la punta. La primera inhalación fue lenta, casi ceremonial. En la segunda, sus ojos se iluminaron con un destello de placer.

—¡Silva! ¿Es que no vas a salir? ¡Vamos! —Oyó gritar al estadounidense por encima de los disparos. Silva no reaccionó más que para acercar de nuevo el pitillo a sus labios. Exhaló el humo con una suavidad calculada, como si a través de aquellas espirales pudiera acceder a sus recuerdos.

El tiempo se había ralentizado en su cabeza. Las balas, el humo y los gritos se sucedían a cámara lenta mientras Silva mantenía fija la imagen de la única mujer que había amado.

«Perdóname, amor».

Lanzó el cigarro lejos y recogió el subfusil del suelo. Apoyó la cabeza en la chapa del automóvil y cerró un momento los ojos tratando de concentrarse.

Cuando volvió a abrirlos, su determinación era implacable.

Salió por detrás del vehículo y cogió desprevenidos a sus tres enemigos, que corrieron a refugiarse de las balas tras la fachada. Silva abatió al último de ellos, al que se había quedado frente al peligro cubriendo la retirada.

Avanzó a grandes zancadas hasta la esquina. Respiró hondo y se asomó al otro lado.

Nadie lo esperaba; tenía vía libre.

Observó el cadáver del marine, que miraba al cielo con ojos vidriosos. Otra vida apagada gracias al Núcleo.

Continuó su marcha con el subfusil apuntando a la altura de los ojos, las piernas flexionadas y la espalda recta. Las ventanas retrasaban su avance. Inspeccionaba una por una con precaución. Antes de que la pared terminara y diera paso a un espacio abierto lleno de columnas, percibió el suave tintineo de las espuelas y el aroma cálido de la madera y el heno. Apuntó hacia el interior escuchando la respiración agitada de los caballos. Sonó un relincho tímido al fondo de la cuadra.

Silva avanzaba cauteloso entre las robustas vigas de madera adornadas con hierro forjado. Trataba de distinguir cualquier sonido ajeno al lugar, a aquellos nobles animales. Las lámparas colgaban de las vigas y arrojaban destellos intermitentes sobre el arma del exmilitar, la cual empuñaba con firmeza. Aquella luz tenue resaltaba las figuras de los imponentes caballos. De repente, uno de ellos se movió inquieto. Silva se volvió en su dirección, pero, antes de que pudiera llegar a la portezuela de madera que daba acceso al box, algo llamó su atención por el rabillo del ojo. Se giró y disparó una ráfaga sobre el agresor que se acercaba sigiloso. No se detuvo a comprobar su estado, retrocedió hacia uno de los compartimentos libres doliéndose del brazo izquierdo; una bala le había rozado el músculo. A juzgar por los gritos agónicos de su oponente, sus balas habían provocado más daño.

Se asomó por encima del vallado y vislumbró al agente de la CIA, que comprobaba el estado de su compañero. Se apresuró a disparar, pero Miller fue más rápido y saltó por encima de un bebedero metálico, ocultándose tras él.

—¿Te diviertes, Silva? —la voz de Miller surgió de entre las sombras.

—Al contrario que tú no soy un perturbado —contestó el exmilitar español comprobando que acababa de quedarse sin balas en el subfusil. Sujetó con firmeza la pistola.

—¡Oh, vamos! ¿Me vas a decir que no sientes la adrenalina recorriendo tus venas?

—Ahora entiendo que trabajes para el Núcleo, tío; te faltan tres primaveras.

Miller rio a carcajadas.

—No puedo decir que esté cien por cien cuerdo, pero ¿quién lo está hoy en día? Tengo entendido que trabajaste para Maldonado y ahora quieres acabar con él. ¿Sabes qué te digo? Puede que en honor a tu memoria lo haga yo mismo.

—Me emociona tu compañerismo —respondió Silva mientras pensaba la manera de llegar hasta el estadounidense sin ser visto.

—Te voy a proponer algo… —sugirió Miller.

No pudo continuar la frase, ya que en ese momento aparecieron dos soldados provenientes de la escalera que descendía desde el interior de la mansión. Silva los observó a través de un pequeño orificio en la madera.

Examinaron la cuadra en busca del origen de los disparos, enseguida dieron con Miller tumbado tras el bebedero.

—De este me encargo yo. El resto está en la casa.

Los dos hombres se miraron confusos sin moverse del sitio.

—¡Deprisa! —insistió Miller—. Aquí lo tengo todo controlado.

Uno de ellos le dio al otro una palmada en el brazo y se giraron, desapareciendo a través de la oscuridad de la escalera.

—Ya ves que no quiero que nadie estropee nuestro momento.

—Dile a Hooker que te revise el chip, te está haciendo cortocircuito con las neuronas —aventuró Silva.

Miller rio con ganas de nuevo.

—Me caes bien, Silva. Te iba a plantear algo —dijo incorporándose y exponiendo su cuerpo a su rival que lo observaba a través del agujero en el vallado—: deja tu pistola y peleemos con honor, con las manos, o con el acero de nuestros cuchillos, como los antiguos gladiadores. ¿Qué me dices?

Miller se quitó la camiseta dejando al descubierto un torso lleno de tatuajes. Silva vislumbró el enorme diseño de una loba amamantando a dos niños, las siglas SPQR, emblema del antiguo Imperio romano, una corona de laurel rodeando su cuello y una espada, que cruzaba el lateral del abdomen, que Silva intuyó que se trataba de una *rudis*, la espada de madera que se concedía a los gladiadores al otorgarles la libertad.

El exmilitar español también se puso de pie, pero manteniendo la pistola firmemente sujeta.

—La última vez no te fue bien.

Miller esbozó una media sonrisa.

—La última vez no podía ver nada.

—Eres muy fanfarrón para no haber peleado nunca con los ojos vendados… Igual la fama de los SEAL es desmerecida —se mofó Silva.

Miller levantó las cejas, intrigado.

—¿Me has investigado?

Silva salió del cubículo donde se había ocultado.

Se encontraban de pie, frente a frente, en el pasillo central de la caballeriza. La luz titilante iluminaba a destellos los rostros cargados de determinación que se analizaban a distancia. Un silencio tenso roto por el eco de los cascos de los caballos que resonaban en el suelo empedrado. Los relinchos de los animales revelaban su incomodidad ante aquellos intrusos.

—Sabes que hay otra salida, ¿verdad? —preguntó Silva.

El estadounidense negó. También sostenía una pistola en la mano, pero ambas armas apuntaban al suelo en aquel momento.

—Creo que hay una gran diferencia entre nosotros, Silva. Yo creo en el Núcleo, en lo que intentan hacer. Los fuertes perduran y los débiles perecen, como en la antigua Roma.

—Estás peor de lo que pensaba, tío.

—Nuestra sociedad necesita nuevas fórmulas para sobrevivir, nuevos líderes que guíen nuestro futuro. El Núcleo cree en el potencial del ser humano. ¿Por qué no dejarles liderar este cambio?

Silva no dijo nada.

—Vivimos en un sistema que no valora las aptitudes de los individuos más fuertes. En el que si destacas te ponen un tope para no herir las sensibilidades de los débiles…, de los vagos. Si no ponemos remedio, y pronto, este mundo solidario que hemos construido va a terminar con toda nuestra especie.

—Tu discurso me resulta enternecedor —repuso Silva—, pero no me creo nada. No son más que mentiras que el Núcleo se repite para acaparar poder. Se aprovechan del capitalismo para obtener más riquezas, y, con ello, más control.

—¡El capitalismo es una patraña! —exclamó Miller—. Vamos, Silva, ¿no me dirás que te lo has creído? Si naces pobre, morirás pobre, y lo mismo si eres rico. Esto no tiene que ver con el dinero ni con este sistema ficticio que nos hemos inventado para llevar una vida cómoda. Tiene que ver con nuestra supervivencia. Tiene que ver con que el ser humano siga evolucionando. ¿No te parece lo suficientemente importante como para prescindir de algunas vidas?

—No —contestó rotundo el exmilitar español—, precisamente eso es lo que nos diferencia de los animales. Cada vida humana cuenta. Todas son igual de importantes.

El silencio se instauró en la caballeriza. El primero en romperlo fue Miller, que levantó su arma para apuntar a Silva mientras este hacía lo propio.

—¿Qué dices de mi oferta?

Silva observó que Miller poseía en su cinturón la funda de un machete de grandes dimensiones.

—Me parece justa —respondió el exmilitar.

—¿A la de tres las tiramos?

—Está bien.

Silva sabía que el estadounidense tiraría el arma. Un SEAL con el orgullo herido era como un tiburón que ha olido sangre. Pensó por un momento en faltar a su palabra y pegarle un tiro en la frente a aquel chulo, pero eso habría implicado que el agujero de su conciencia se hiciera todavía más profundo. Cuando tiraron las pistolas, distinguió un atisbo de alivio en el rostro de Miller. Se puso en guardia con los puños en alto y una sonrisa en el rostro.

—Te espero.

Silva avanzó hacia él con decisión. El contacto fue feroz. Ambos oponentes intercambiaron golpes sin apenas tregua. Miller recibió un par de impactos en la cara y Silva una fuerte patada en el estómago. En una de sus acometidas, el exmilitar español no calculó bien y el estadounidense consiguió derribarlo. Una vez en el suelo, ambos hombres lucharon por una posición dominante torciendo su cuerpo con una gran agilidad, casi como si se tratara de una coreografía.

Miller consiguió imponerse, se montó sobre el cuerpo de Silva y castigó su rostro, pero este, haciendo gala de una gran habilidad, se revolvió con un aeróbico movimiento de piernas y caderas que estranguló al Navy SEAL. Miller se liberó de la llave y se apartó de su rival.

Ambos se incorporaron sin apartar la vista el uno del otro, midiéndose. Miller extrajo el machete de su funda. Silva hizo lo propio con sus cuchillos, que ya habían conocido el tacto de la carne. Antes de que el agente de la CIA pudiera siquiera acercarse, Silva lanzó uno de sus cuchillos, que pasó rasgando la mejilla izquierda de Miller, quien con reflejos felinos giró la cabeza para evitar que el puñal se hundiera en su faringe. El machete acabó clavado en la viga de madera a su espalda.

Los movimientos del Navy SEAL eran rápidos y letales. El español pudo esquivar las dos primeras embestidas; la tercera consiguió hacerle un profundo corte en el brazo. Silva se rehízo y, en un movimiento propio de un mago, cambió su cuchillo de mano y envistió con todas sus fuerzas contra el mentón de Miller, que se apartó, pero no lo suficiente para evitar que el acero rozara su mandíbula y le provocara un corte muy feo.

Ambos hombres lanzaban agresivos ataques al mismo tiempo que intentaban evitar que el oponente los alcanzara con el frío acero. En una de las potentes acometidas, Miller se quedó a escasos milímetros de hundirle el cuchillo en el corazón, tan cerca que consiguió rasgar la camiseta del ex-militar y le hizo un corte en el pectoral. Silva se había movido rápido para evitar el golpe mortal y aprovechó para situarse tras el estadounidense y estrangularlo. Miller trataba, sin éxito, de quitarse de encima el brazo izquierdo de su rival, que se había enroscado a su cuello como si fuera una boa constrictora. La mano del machete resultaba inservible; el español había conseguido inutilizarla pegándola al cuerpo. Miller sentía cómo su mundo se desvanecía. El acero de su cuchillo sonó al golpear contra el suelo empedrado. Ya no le quedaban fuerzas para sujetarlo. Su cerebro se quedaba sin oxígeno. Apenas veía unas manchas borrosas cuando una sombra irrumpió en la cuadra.

—¡Silva! —exclamó Valentina—. Ya basta, suéltalo.

Silva levantó la cabeza y vio a sus amigos que lo observaban desde la entrada de las caballerizas. David sostenía a Nora, que se veía muy pálida. El médico tenía un fuerte golpe en la cara y la ceja le sangraba profusa. Erik parecía ileso, pero su cara reflejaba el pánico que sentía. Mientras tanto, Valentina mantenía la pistola apuntando hacia ellos.

—¡No merece la pena, Silva! No pongas más peso en tu conciencia. Tenemos que irnos ya, antes de que nos encuentren —lo apremió la inspectora.

El exmilitar español observó el rostro de su rival, que se volvía azulado por momentos. Sus ojos permanecían cerrados. Silva lo soltó y Miller cayó al suelo bocabajo. Valentina bajó la pistola.

—¿Estáis todos bien? ¿Qué ha pasado?

—Es una larga historia, pero has enseñado bien al médico —contestó Valentina sonriendo.

—Salgamos de aquí, Nora tiene muy mala cara —dijo Silva observando preocupado a la joven.

Todo pasó muy rápido.

Cuando vio el miedo reflejado en el rostro de sus amigos la hoja ya se estaba hundiendo en su carne y atravesándole el hígado. Notó otra puñalada más. Esta vez más arriba, que le hirió el pulmón. Sintió mucho frío y la sensación de que su cuerpo dejaba de pertenecerle. El sonido de los disparos reverberó a través del suelo empedrado. Silva se venció sobre sus rodillas hacia delante. Oyó el grito desgarrador de David como si se tratara del relámpago de una tormenta en la lejanía. Alguien lo sostuvo entre sus brazos antes de que su cuerpo golpeara contra la piedra. Era el médico. Tenía la cara desencajada. Sus labios se movían, pero Silva era incapaz de entender lo que decían. Se giró hacia el lado y distinguió el cuerpo inerte de Miller. Observó un orificio de bala en su mejilla. Al final iba a tener razón aquel demente y la muerte los estaba esperando. No estaba triste. Llevaba años aguardando que sucediera, desde que su mujer se había ido. Ahora podría reunirse con ella. Cerró los ojos para imaginarla sonriendo, con el uniforme de los boinas verdes y el arma hacia arriba. Lista para la acción. Ana le sonrió en paz, haciéndole un gesto para que caminara hacia ella.

Cuando abrió los ojos de nuevo, las caras de sus amigos estaban allí. Todos lloraban. Incluida esa inspectora, Valentina, a la que había tenido que disparar para escapar. Le recordaba a su mujer con esa fuerza y bravura indómita. David y Nora estarían bien con ella. Nora le sostenía la mano con delicadeza. Notar el tacto de los dedos de aquella chica le recordó que, al final, había hecho algo bueno, que aquellas personas lo recordarían con afecto. Ese pensamiento lo reconfortó. Se fijó en Erik, que no era capaz de despegar las manos de sus ojos inundados en llanto. En David, cuyo rostro era el reflejo del dolor. Le había pesado tanto lo que le había hecho a su amigo… Al ver su rostro en esos últimos instantes de vida, supo que lo había perdonado, que aquellos ojos castaños velados por la tristeza lo consideraban más que un amigo, que se habían convertido en familia sin saberlo.

Le dio pena no concluir la misión, liberar al mundo del Núcleo, pero confiaba en aquel grupo variopinto de personas que se había formado gracias a las peores circunstancias posibles.

Antes de que las sombras borrosas dieran paso a un blanco resplandeciente se despidió con las dos palabras que mejor reflejaban su existencia. Por encima de la violencia, su vida la había regido el amor.

«Os quiero».

61

Una decisión

El murmullo de los comensales, combinado con el sonido de la cafetera y el tintineo de las tazas que portaba el camarero en una bandeja, creaba una sinfonía agradable y familiar que poco tenía que ver con el sentir de las cuatro personas sentadas al fondo del local. Nadie había abierto la boca desde que entraron en la cafetería. Valentina había decidido parar allí a desayunar después de haber conducido toda la noche. Estaban a pocos kilómetros de la ciudad de Monterrey, donde Erik cogería un vuelo rumbo a Europa.

Todos permanecían callados con la mirada fija en la mesa. Nora removía sus huevos con cebolla y chile acompañados de tortitas. No había probado un solo bocado. Su aspecto era lamentable. David le había cambiado el vendaje por otro menos aparatoso, pero su tez pálida y sus ojos rojos de mirada perdida le daban aspecto de moribunda.

El médico se había pedido unos molletes. Después de darle un bocado que le provocó náuseas, no había vuelto a tocar el plato. Tenía el estómago cerrado y el ánimo por los suelos. En los últimos años, Silva había sido el único faro capaz de guiar aquella cruzada contra el Núcleo, el único que había dotado de un propósito a su vida destrozada hacía ya tres años. Todos los pasos que habían dado para acercarse a la organización habían sido gracias a él. Sin Silva no había esperanza.

«Os quiero».

Esas dos palabras habían sido las últimas de su amigo. Las lágrimas brotaron de su rostro al pensar en su significado. Claro que Javier Silva era su amigo. Llevaba toda la noche arrepintiéndose de no habérselo dicho nunca, de haberle hecho creer que no lo había perdonado, que le seguía guardando rencor…, porque la verdad era que ese militar duro de mollera le había llegado al corazón y ahora se había ido, y David no podía estar más perdido.

Valentina, que acababa de terminarse el café, interrumpió las elucubraciones de todos.

—Voy a sacaros de México.

—¿Qué? —preguntó incrédula Nora.

Ella asintió reafirmándose en la idea que acababa de tener.

—Voy a ayudaros a salir del país.

—No lo harás. Si te pillan con nosotros, vas a tener muchos problemas —sentenció David, que ya estaba harto de que se destrozaran tantas vidas por el Núcleo.

—Mirad, no sé bien en qué estáis metidos, pero sí sé que esa gente es muy peligrosa. Y que, si no fuera por Silva —David sintió un latigazo en el pecho—, yo estaría muerta. Me siento engañada, manipulada, utilizada… Mi propio compañero me ha mentido durante meses, o incluso años. Y quiero saber por qué. Quiero que me contéis todo lo que sepáis de esa organización, ese… Núcleo. Y yo a cambio os ayudaré a escapar. Os busca todo el país, sin mí no vais a durar.

El camarero se acercó a traer el zumo que había pedido Erik y todos permanecieron callados mientras lo servía en el vaso. Acto seguido les sonrió con amabilidad y se retiró a servir otra mesa.

Fue David el primero que volvió a romper el hielo.

—No voy a permitir que nos ayudes. Tendrías que renunciar a tu vida, a tu familia, a tu país, por perseguir una quimera. El Núcleo siempre gana. Y no dejaré que nadie más destroce su vida.

—Tú no decides sobre mí —replicó Valentina enfadada—. He dicho que voy a ayudaros, y lo haré.

Nora estiró el brazo bajo la mesa y colocó su mano sobre la de David.

—Necesitamos su ayuda… Ahora estamos solos.

El médico no pudo resistirse a aquellos ojos verdes cargados de dolor.

—¿De verdad vas a renunciar a todo? —preguntó el médico dirigiéndose a Valentina.

Ella se encogió de hombros.

—Lo único que tenía en El Cruce era mi trabajo. Mi familia está lejos de allí. En la comisaría me odian y mi compañero…, bueno, ha resultado no ser tan leal como creía.

—Es tu decisión —aceptó David resignado.

—¿Cómo salimos de México? —preguntó Nora.

Valentina se inclinó hacia delante y bajó la voz para que nadie a su alrededor pudiera oírla.

—No puedes ir en avión ni en barco. Tu rostro ha salido en todos los telediarios del país —dijo clavando sus ojos en los de Nora—, aunque ahora les costaría reconocerte. Lo mejor será cruzar la frontera en coche, por la ciudad de Juárez.

—¿Y cómo se supone que vamos a cruzar la frontera? Con este revuelo mediático estoy segura de que registran cada coche —argumentó Nora.

Valentina asintió.

—Pero conozco a alguien que puede ayudarnos.

—¿Quién? —preguntó David.

—Mi padre —respondió Valentina—. Es el gobernador del Estado de Chihuahua.

Nora y David reflejaron su incredulidad.

—¿Tu padre es político? —se extrañó David.

—No nos ayudará —razonó Erik. Todos lo miraron—. He leído lo suficiente sobre Emiliano Vargas en la prensa para saber que es inquebrantable. Tu padre basa su política en la honestidad y en la presión sobre la delincuencia. No ayudará a escapar a los fugitivos más buscados de México.

Valentina asintió con pesar.

—Sí lo hará, porque sabe que puedo destrozarle la imagen de hombre modelo y familiar que se ha construido. —Tras mirar las caras de confusión de sus amigos, exhaló un suspiro y continuó—: Con dieciséis años pasé una mala época: empecé a faltar al instituto, a fumar marihuana, a frecuentar malas compañías… En mi casa no se daban cuenta, mi padre andaba muy ocupado con su carrera política y mi madre, bueno, ella siempre ha sido de mirar hacia otro lado y evitar que la mierda le salpique su bolso de Prada.

La puerta de la cafetería se abrió interrumpiendo el relato de Valentina. Por ella entró un hombre octogenario con paso renqueante, una frondosa barba plateada y un palillo entre los dientes. Una vez la inspectora se hubo cerciorado de que no corrían peligro, prosiguió:

—El caso es que me eché novio, el Cholo, un chico de mi edad, así guapete y con mucha labia. Había dejado los estudios y andaba metido en negocios del cártel del Norte, mejor dicho, lo utilizaban de chico de los recados. Y por uno de esos recados acabó en el reformatorio unos meses, acusado de un delito de lesiones. Aquel lugar lo cambió, tanto que me costó reconocerle cuando fui a buscarlo. Estaba en los huesos y su aire pícaro había desaparecido, se había vuelto tosco, violento. Nunca me puso la mano encima, no se lo habría consentido, pero me insultaba, llegaba drogado a mi casa, sacaba la pistola y la dejaba sobre la mesa para amedrentarme. Quería terminar con él, pero nunca me atreví, creo que en el fondo seguía loca por él. O al menos por lo que había significado para mí aquel amor adolescente. El caso es que no tuve que hacerlo, un día simplemente desapareció.

Todos callaron, impacientes por oír el desenlace.

—Estuve varios meses sin saber nada. Estaba segura de que el cártel le había hecho algo, así que comencé a investigarlos. Sus propiedades, sus negocios, las personas que trabajaban para ellos, pero el Cholo no aparecía por ningún lado, se lo había tragado la tierra. Me volví loca buscándolo, culpándome por no haber sido capaz de ayudarlo, de sacarlo de aquella vida. Estaba segura de que lo habían matado, pero entonces acompañé a mi padre a un acto benéfico en El Paso, al otro lado de la frontera. Al llegar al hotel de convenciones nos lo encontramos, él salía de la recepción y mi padre y yo entrábamos. Se hizo el loco, como si no me conociera, grité su nombre, no el mote, el de verdad, Miguel Mendoza, pero él no se giró. Fui en su busca, pero mi padre me sujetó del brazo impidiéndome salir tras él. Me llevó a la habitación y me contó la verdad: le había ofrecido un montón de pasta por desaparecer de mi vida, de Ciudad Juárez. Lo triste es que sé que lo hizo por su imagen pública, por su carrera, y no por mí.

Valentina se volvió hacia Erik.

—El Cholo prosperó en el cártel del Norte, y hoy en día es uno de sus líderes. Imagina si la prensa supiera que fue mi novio y que mi padre le dio una gran suma de dinero por abandonarme. ¿Sigues pensando que no nos ayudará?

Erik negó.

—Te agradecemos mucho lo que estás haciendo por nosotros —dijo David poniendo su mano sobre la de la inspectora.

Ella echó los hombros hacia atrás y retiró la mano de la mesa, intentando recobrar su fortaleza habitual.

—No hay de qué.

En ese momento no la atormentaba aquel pasado, sino uno mucho más reciente. Valentina suspiró, cansada, mientras se colocaba detrás de la oreja un mechón de pelo, negro como el carbón. Aquella noche había matado por primera vez a un hombre. Había participado en decenas de redadas y, también, en algún tiroteo. Alguna vez había herido a alguien, pero nunca había matado. Hasta hoy; le había pegado cuatro tiros a bocajarro a Miller. Uno de ellos en la cara.

Y lo que más le preocupaba es que la angustia que sentía no era por matar, sino por no hacerlo antes. Le había ordenado a Silva que se detuviera. Que lo soltara. Se había repetido esas palabras durante toda la noche. Si le hubiera dejado hacerlo, el exmilitar español aún seguiría vivo. Iba a tener que vivir con ello, pero al menos ayudaría a sus amigos a destruir al Núcleo.

—Yo también voy con vosotros —intervino Erik que se pasaba la mano por la cresta en un gesto nervioso.

—¡De ninguna manera! —exclamó David.

—No quiero que arriesguéis vuestra vida mientras yo me voy a Europa —replicó este cabizbajo.

David se incorporó y fue hasta el joven tecnólogo y le colocó las manos sobre los hombros.

—Tu parte es la más importante, Erik. Tienes que prometerme que lo harás —susurró.

Este lo miró con los ojos llorosos.

—Por Silva —respondió.

Se marcharon de la cafetería como habían entrado, con la esperanza desvaneciéndose de sus corazones.

62

Una torre

Hooker se quedó admirado ante la imponente torre de cristal que crecía en espiral hacia el cielo hasta alcanzar los cuatrocientos veintiocho metros de altura. La faraónica obra, sede de la empresa farmacéutica Gencore Biologics, había concluido hacía nueve años, convirtiéndola en el segundo edificio más alto de Chicago, solo por detrás de la Torre Willis.

Hooker había estado allí en una única ocasión, con motivo de la inauguración. Rebeca había invitado a los rangos más altos del Núcleo para celebrar la construcción de la nueva sede. La fiesta se había desarrollado en el piso ciento uno, en una gigantesca sala acristalada que te permitía disfrutar de las vistas de la ciudad desde cualquier ángulo. Le vinieron a la memoria los singulares balcones con el suelo de cristal, a través de los cuales se podía ver a los viandantes a cuatrocientos metros bajo los pies.

Se mordió el labio al recordar la figura esbelta de Rebeca disfrutando de un Bloody Mary mientras le hacía ojitos. Aquella noche se habían devorado a besos desatando su pasión desenfrenada.

Ya no se reconocía en aquel hombre impetuoso, narcisista y ambicioso que quería comerse el mundo, al que todos llamaban doctor Hooker con respeto. Desde la muerte de Alma, su personalidad se había desdibujado mostrando su fragilidad. Su mente lo atormentaba sin descanso y ya nada le permitía conciliar el sueño, ni siquiera el valioso propósito del Núcleo.

Se encontraba débil y sabía que otros podían percibirlo. No se le había pasado por alto el tono con el que Claudine Leraux, la subdirectora del centro, se había dirigido a él en ocasiones. O la bronca de Rebeca durante la llamada del otro día.

Lo veían fuera de juego.

Aquella reunión era su oportunidad de volver a la partida. Si lo veían flaquear, puede que se quedara sin algo más que su rango. Por suerte, tenía un as en la manga que se acababa de presentar ante él sin ni siquiera pedirlo.

Observó sus relucientes zapatos. Su madre siempre le decía que podías conocer a alguien por el estado de su calzado.

«Los detalles son lo más importante, Juan».

Estiró los puños de su camisa para que sobresalieran ligeramente por la americana del traje. Ajustó su corbata y colocó el pañuelo de seda en el bolsillo. Echó a andar decidido hacia la puerta de la Torre Gencore. La habían llamado como la propia empresa, en inglés:

«El núcleo del gen».

Muy apropiado.

Cuando accedió al edificio se sorprendió al no cruzarse con ningún miembro del personal de seguridad. Avanzó por el majestuoso vestíbulo, dividido por una columna central cubierta por un florido jardín vertical que se enroscaba alrededor de ella. Dejó atrás una zona de sofás en la que un grupo de jóvenes charlaban animadamente y se acercó al mostrador, donde el recepcionista ya lo observaba con una sonrisa de oreja a oreja. Sobre él, una cámara que se giró suavemente para enfocar a Hooker mientras avanzaba hasta la recepción.

Rebeca le había mostrado aquel sistema de videovigilancia y era espectacular. Tenían cámaras por todas partes, incluso en el exterior. Grababan a cualquier visitante antes de pisar el vestíbulo y enviaban su imagen a un software de reconocimiento facial que les facilitaba información relevante sobre esa persona. En el caso de los estadounidenses, incluso podían acceder a su historial médico. En el suyo, al ser extranjero, dudaba que el programa, por muy potente que fuera, pudiera encontrar toda esa información sobre él.

—Es un verdadero placer saludarlo, doctor Hooker —le dijo el recepcionista en inglés.

Como siempre, cuando se trataba del personal de Rebeca, el hombre era muy atractivo. Grandes ojos expresivos, buena simetría facial y un pelazo que el joven llevaba completamente engominado.

—El placer es mío —contestó Hooker—. Tengo esto.

—Apoyó la mano sobre el mostrador con la palma hacia abajo, mostrando un sello que portaba en el dedo anular.

El chico observó el anillo, con el logo de la organización grabado, sin dejar de sonreír.

—¿Sería usted tan amable de decirme qué protege lo más valioso?

Hizo la pregunta sin dejar de admirar el sello de oro blanco con diamantes negros incrustados, un mineral que no abundaba en la naturaleza.

—El Núcleo —contestó el doctor con rapidez.

El chico le sonrió, esta vez sí, mirándolo a los ojos.

—Acompáñeme, lo llevaré hasta su ascensor —indicó mientras salía del mostrador y se colocaba a su lado—, este vestíbulo es un laberinto.

El joven lo guio a través de un corredor por cuyas paredes fluía el agua en cascada. Le recordó a su última visita a un spa. El hilo musical era tenue y relajado, lo que invitaba a dejarse llevar por la positividad y el bienestar, al contrario de como se sentía Hooker en aquel momento.

Llegaron a una estancia de paredes curvas en la que apenas podía distinguirse el techo, al estar varios pisos más arriba. Una escultura de acero, que replicaba una cadena de ADN, se erigía ante él y alcanzaba varios metros de altura. Tras ella, en la pared del fondo, destacaban las puertas negras de dos ascensores en contraste con el blanco mate de las paredes. La luminosidad en la sala era artificial; no había ni rastro de las enormes cristaleras que circundaban el edificio.

—Espectacular —masculló el médico admirando el brillante acero.

—Muy impresionante.

Una voz femenina habló a su espalda. El médico se giró para dar la bienvenida a la recién llegada que le sonreía abiertamente con unos dientes demasiado perfectos para no haber llevado brákets. Era muy bajita, apenas llegaba a los hombros del recepcionista, quien aprovechó para despedirse.

—Ya que está aquí la doctora Khoury, será mejor que los deje a solas. El ascensor de la derecha los llevará directamente a la sala Génesis. Que pasen un buen día.

—¿Vienes desde muy lejos? —preguntó la joven mientras echaban a andar.

—México —contestó escueto Hooker.

—He oído cosas sobre Overmind —dijo ella esbozando una sonrisa traviesa.

—Todas son ciertas.

La sonrisa se convirtió en carcajada.

—Siempre tan directo, doctor Hooker. Tengo que reconocerte que de todos eres mi favorito.

—Gracias, Samar.

«Ojalá el resto piense lo mismo».

La doctora Khoury era la persona más joven en alcanzar el rango más alto de la organización. Un nivel reservado para las mentes más brillantes del Núcleo, y, por ende, del planeta; doce personas que decidirían el destino de la humanidad. Bueno, doce más Rebeca Hopkins, la líder suprema de la sociedad.

El doctor estaba convencido de que aquel número de miembros en la cúpula de la organización no era una casualidad. Rebeca era una fanática del simbolismo y no era descabellado pensar que se viera a sí misma como una mesías moderna dispuesta a ser la guía de la humanidad, y a sacrificarse por ella si fuera necesario.

Llegaron hasta el ascensor y se dieron cuenta de que no existía ningún botón. Samar acercó la mano al oscuro metal y la puerta se abrió. Hooker se fijó en que ella también poseía el sello de gran protector. La carrera de aquella mujer en el Núcleo había sido meteórica y no era para menos. Doctora en Física por la Universidad de Princeton, había recibido una beca del gobierno para entrar a formar parte de un proyecto científico dedicado a obtener un mayor control sobre la siembra de nubes. Desde la Segunda Guerra Mundial, los estadounidenses y otras potencias mundiales habían experimentado con el yoduro de plata como forma de obtener precipitaciones. El problema de ese sistema era que una vez iniciado el proceso ya no podías detener la lluvia. El yoduro de plata se disolvía en las nubes provocando que los cristales de hielo aumentaran su tamaño y produjeran una gran condensación que, gracias a la gravedad, se precipitaba al vacío.

En muchas ocasiones la siembra de nubes acababa inundando completamente la zona. De hecho, el ejército estadounidense la usó para frenar a sus enemigos en la guerra de Vietnam, cosa que se supo años después.

Samar y su equipo no solo buscaban controlar las precipitaciones, también evitar la toxicidad del compuesto en plantas y animales. Estaban cerca de conseguirlo cuando Rebeca Hopkins se presentó en su laboratorio con un plan más ambicioso que desbordó su curiosidad, el Proyecto EARTH.

Años más tarde, Samar se había convertido en uno de los miembros más valiosos de la organización, como demostraba el anillo que poseía en la mano. El diamante negro brillaba profusamente gracias al halógeno del ascensor.

Los números digitales, en el vértice superior del cubículo, aumentaban a toda velocidad sin que ellos tuvieran la más mínima sensación de aceleración. El elevador se detuvo en el piso ciento tres, pero la puerta no se abrió. En cambio, percibieron una luz a su espalda. Se giraron al tiempo de ver sus reflejos en la pantalla y dos figuras geométricas emergieron, uniendo todos los ángulos de sus rostros. Una vez completadas las figuras, la imagen desapareció y la puerta se abrió, dejándolos acceder a la sala Géminis.

63

Un zoo

Era fascinante ver a un elefante alimentarse. La majestuosidad de su figura, la suave danza de su trompa. El barritar emocionado ante el heno que les proporcionaba su cuidador. La última vez que había visto una manada de estos magníficos animales era tan solo una niña, cuando fue con su madre y su hermano al zoo de Londres. Recordaba haber sentido pena por ellos, allí atrapados sin poder ver el mundo.

Después de haber pasado por el laboratorio en Chiapas, aquel sentimiento todavía se hacía más intenso. Quizá fueran felices, como muchos de sus compañeros en el laboratorio. Tenían comida, salud, cuidados, comodidades..., a veces no hacía falta más. No era el caso de Nora, que prefería morir siendo libre, luchando por una causa justa, que vivir toda una vida encerrada.

El walkie talkie, que había comprado Valentina, crepitó en su bolsillo.

—Ya está aquí. Viene sola —la voz de Valentina sonó metálica y algo distorsionada a través del aparato, pero la información llegó clara.

—Nora, ¿estás segura de que quieres hacerlo? —Esta vez era David quien preguntaba también a través del comunicador.

La mujer se llevó el dispositivo a la boca.

—Le debo a mi hermano ser yo quien lo entregue. Esta información le ha costado la vida.

Se mantuvieron las interferencias durante unos segundos.

—Está bien. La salida está despejada, tenemos vía libre si hay problemas. Valentina, ¿cómo vas?

—Nadie la sigue. Ha venido sola.

—No te olvides de cachearla. Si no ha obedecido nuestras instrucciones, podrían rastrearla a través de su móvil —añadió el médico.

—¿Crees que soy una aficionada? —preguntó Valentina ligeramente molesta.

Antes de oír la réplica de David vio aparecer a la periodista por el camino que accedía al hábitat de los elefantes.

La reconoció enseguida por los vídeos que habían visto de ella en un programa de televisión sobre actualidad política. Además era reportera en *The Truth*, uno de los diarios más leídos de Estados Unidos. La corresponsal había sacado a la luz numerosas tramas muy sonadas de la política estadounidense. Entre ellas, una famosa filtración de información clasificada de la Agencia de Seguridad Nacional que revelaba que la NSA realizaba escuchas y grabaciones a través de los teléfonos móviles de sus propios ciudadanos. La agencia intentó explicar que eran casos muy concretos y justificados relacionados con la seguridad nacional, pero tuvieron que hacer frente a decenas de denuncias de ciudadanos que habían aparecido en aquellos papeles y reclamaban una indemnización ante la flagrante pérdida de intimidad totalmente injustificada.

La televisiva Olivia Hayes no solo había destapado escándalos en su país, también fue la responsable de sacar a la luz un caso de corrupción en el gobierno mexicano. El gobernador de Veracruz, Alejandro García, fue acusado de haber comprado varias propiedades de lujo con fondos obtenidos de manera ilícita durante su largo mandato. Además, al político se le descubrieron fuertes lazos con el crimen organizado. Emiliano Vargas, el padre de Valentina, ayudó a Olivia en la investigación a su homólogo en Veracruz, lo que reforzó su excelente reputación política y obtuvo la confianza de la periodista estadounidense.

Cuando Emiliano la llamó para contarle que su hija Valentina necesitaba ayuda para destapar una trama criminal, la periodista no dudó un segundo en viajar hasta Houston para reunirse con ella.

Nora observó cómo Olivia se dirigía al punto indicado, el banco más apartado del área de los elefantes asiáticos, junto a unos servicios cerrados por reforma. Se encaminó hacia ella mientras examinaba sus facciones. Los retoques estéticos se hacían más palpables en persona; aun así, sus cincuenta y seis años apenas se distinguían en un rostro libre de patas de gallo. Su figura era esbelta y, a juzgar por el bolso de Chanel que portaba, la carrera periodística no le iba nada mal.

Valentina y Nora llegaron a la vez hasta la estadounidense, que miró a las dos con curiosidad.

—Tú debes de ser Valentina —dijo con los ojos clavados en la mexicana—, tienes el mismo pelo negro de tu padre.

La inspectora sonrió con educación.

—Gracias por acceder a ayudarnos, señora Hayes...

—Señorita —corrigió ella.

—Señorita Hayes, lo que vamos a contarle ha estado a punto de costarnos la vida. Entenderá que debemos tomar algunas precauciones.

Olivia se levantó del banco con una sonrisa en sus labios siliconados.

—He seguido vuestras instrucciones al pie de la letra.

—Aun así debo comprobar que no ha traído su móvil ni ningún dispositivo electrónico consigo..., nos pondría en peligro a todos.

La sonrisa se congeló en el rostro de la periodista y se hizo cada vez más fría y menos agradable. A pesar de ello accedió a la petición de Valentina. Mientras la inspectora de la Guardia Nacional palpaba sus bolsillos, la atención de Olivia recaló en Nora.

—Tú no eres mexicana, ¿de dónde eres? —preguntó en inglés.

—De Londres.

—¿Cuál es tu nombre, chica?

—Nora Baker.

Una sonrisa se formó en el rostro de Olivia.

—En cuanto te he visto he tenido la sensación de que te conocía. Te ha estado buscando mucha gente.

Valentina terminó el registro y asintió a Nora en silencio formando en sus labios dos palabras: «Está limpia».

—De eso precisamente quiero hablarte —contestó Nora también en inglés.

—Os dejo a solas —se despidió Valentina.

Ella ni corta ni perezosa le plantó un achuchón y un par de besos a Valentina.

—Se lo debo a tu padre. Es un placer ayudaros.

La inspectora dejó a solas a las dos mujeres y Olivia se volvió hacia Nora, expectante.

—Quiero saberlo todo. He seguido tu caso a través de la prensa mexicana. Si has llegado desde Chiapas hasta Houston huyendo de la policía para hablar con una periodista es que tienes algo muy gordo que contar.

Los ojos verdes de Nora evaluaron a la mujer durante unos instantes antes de hablar.

—¿Podemos confiar en ti, Olivia?

La periodista bufó ligeramente disgustada.

—Mira, Nora, desconozco lo que vas a contarme, pero viendo el empeño que ponen en encontraros imagino que tenéis algo bastante sucio de alguien muy importante. Te diré algo —clavó sus ojos cristalinos en los de Nora—: nadie en este país ha hecho más investigaciones periodísticas contra las altas esferas que yo. No me dan miedo. Ellos son los que me temen a mí. Y mi periódico me ofrece vía libre con los reportajes. Así que, si lo que tienes es tan grande como parece, no dudes que en pocos días estará en todos los canales, redes sociales, periódicos y radios del país.

Nora sonrió emocionada ante aquella posibilidad.

—¿Damos un paseo? —preguntó a la periodista.

Ambas echaron a andar mientras Nora se abría en canal contándole hasta el más mínimo detalle de lo sucedido en el laboratorio de Chiapas: las sesiones, los microchips, Mentor, Hooker, las muertes de algunos pacientes, el control mental... Cuando terminó de narrarle el asesinato de su hermano y su posterior huida a través de la selva, se dio cuenta de que habían llegado hasta el área de los gorilas africanos.

En aquella zona no había ningún otro visitante, estaban solas.

La cara de Olivia reflejaba su estupefacción.

—Caray, Nora, ahora mismo no sé ni qué decirte. ¿Tienes pruebas de todo esto que me cuentas?

La joven asintió mirando hacia los lados para asegurarse de que no había nadie y extrajo su móvil de la chaqueta. El primer vídeo que le enseñó fue el de Luo Xinjie.

Nada más verlo, la expresión de sus ojos puso a prueba el bótox.

—Ese es...

—Sí, el presidente de China —afirmó Nora.

Después de aquel vídeo vinieron muchos más. A cada uno de ellos la expresión de incredulidad en la cara de Olivia fue tornando en incomodidad.

Justo estaban viendo el asesinato de Sumaya cuando dijo «Basta».

—Ya es suficiente, Nora. Me hago una idea.

Nora se guardó el móvil en el bolsillo.

—¿Nos ayudarás?

Ella afirmó en silencio. Estaba blanca como la leche y parecía a punto de vomitar.

—Necesitaré corroborar todo esto con expertos de mi confianza. Tendrás que darme los archivos, y el microchip de tu hermano.

Nora metió la mano en su bolsillo y extrajo un disco duro y el microchip. Cuando la periodista fue a cogerlos, la joven cerró la mano.

—Tendréis que confiar en mí, Nora.

La joven suspiró con los ojos cerrados, imaginaba la sonrisa de Tom, dulce y sincera, entonces fue cuando abrió la mano.

Ahora sus vidas dependían de Olivia Hayes.

64

Un gran protector

La sala Géminis era un espacio diáfano y ovalado con una espectacular panorámica del lago Michigan. El doctor Hooker se encontraba sentado junto a Rebeca, que apoyaba los codos en la mesa con la mirada perdida. Apenas se habían dirigido la palabra, a pesar de llevar meses sin verse en persona. La líder del Núcleo le echaba la culpa del desastre de México.

En cierto modo, Hooker se sentía responsable: en tres años había cerrado dos laboratorios de gran importancia para la organización, ambos por culpa de la misma persona, David Peña, el novio de su sobrina fallecida. Según la información a la que había tenido acceso, el chico había huido junto con Nora y esa policía a Estados Unidos. Silva, en cambio, había terminado muerto en aquella mansión. No podía negar cierto alivio al ver que su sentencia de muerte había expirado.

Situado frente a Hooker, con una mirada inquisidora propia del que se cree por encima del resto de los mortales, se sentaba Peter Blumenthal, número tres del Núcleo y principal benefactor. No es que necesitaran su dinero; si algo tenía la organización, además de personas inteligentes, era pasta. Les salían las donaciones por las orejas. Hacía años que Rebeca se movía entre las élites económicas y políticas y les ofrecía ser parte de algo grande, secreto y exclusivo. Tres palabras a las que nadie, y menos alguien con mucho dinero, lograba resistirse. La mayoría de ellos solo tenía acceso a información sesgada y controlada, pero Rebeca explotaba a las mil maravillas ese sentimiento de pertenencia a algo único que les hacía sentir aún más poderosos.

La fina mueca en los labios de Blumenthal, casi como si fuera una media sonrisa, mosqueaba a Hooker y le producía cierta desconfianza. Siempre se habían llevado bien, pero era posible que el judío, al verlo debilitado, quisiera deshacerse del número dos.

El poder corrompe las buenas voluntades.

—Rebeca, ¿qué te parece si empezamos? Mi vuelo sale esta misma tarde.

La mujer que había lanzado la pregunta se llamaba Li Mei Zhang, biotecnóloga china y la principal responsable de la creación del nuevo coronavirus y, también, de su posterior vacuna. Zhang era una científica brillante con una absoluta falta de habilidades sociales. Sin embargo, sus fuertes lazos con el gobierno chino habían permitido al Núcleo llegar hasta el presidente Luo Xinjie, y controlar a un hombre con tantísimo poder había significado un gran hito para la organización. Por eso, Rebeca tenía debilidad por aquella mujer esquelética de piel pálida y ojos rasgados.

A Hooker, en cambio, no le gustaba Zhang. Para empezar, su ropa no era apropiada; asistía a una reunión importante con una sudadera desgastada que rezaba: NO SOY ANTISOCIAL, SOY ANTIESTÚPIDOS. El pelo lacio indicaba que no se había duchado aquella mañana. Y las zapatillas, que había tenido la desgracia de ver antes de sentarse a la mesa, eran de deporte. Para un hombre al que sus padres le habían inculcado que el chándal no se usa ni para hacer ejercicio, aquella mujer era un sacrilegio.

—¿Por qué no ha venido el resto del consejo? Esta reunión era importante —se quejó el hombre sentado a un par de sillas de Blumenthal.

Mirada afilada detrás de sus gafas redondas, pelo canoso y cara alargada. Vestía un jersey de cuello alto y unos pantalones de pinza. Henry Cavendish, director del MI6 y el hombre encargado de tapar los trapos sucios del Núcleo. La organización tenía miembros en casi todas las agencias de inteligencia de las principales potencias mundiales, pero ninguno como Cavendish. Su mente era un hervidero de soluciones a problemas complicados y además contaba con su propia red de contactos en países occidentales y, también, en Oriente Próximo. Henry había sido quien sugirió a Hooker reclutar a Javier Silva. Un ex boina verde condecorado, expulsado del ejército por conductas inapropiadas y con una mujer enferma a la que le había dado un ictus.

Rebeca suspiró apesadumbrada.

—El resto está ocupándose de asuntos igualmente importantes, Henry. Y sí, podemos empezar ya. Como siempre, os recuerdo que se está transcribiendo el contenido de la reunión y se os enviará por e-mail un resumen con los aspectos más importantes. El primer punto que tratar, como no puede ser de otra manera, es nuestro Proyecto Zero. Estamos teniendo algunos problemas con su implementación en Europa. Ingrid, querida, ¿nos puedes actualizar en qué punto estamos?

Hooker se giró hacia la jefa de la diplomacia europea, Ingrid Schreiber. Había alcanzado el cargo de Alto Representante de la Unión para Asuntos Exteriores y Política de Seguridad gracias a la influencia indirecta que ejercía el Núcleo sobre el Consejo Europeo. Ingrid había hecho carrera en el Partido Social Demócrata Alemán y había llegado a ser ministra de Asuntos Exteriores. Era una mujer agradable, aunque muy directa en sus afirmaciones. Ya entrada en años, mantenía su cabello rubio y su porte recto. Solía vestir de traje, pero en aquella ocasión había elegido un jersey fino.

—Así es, Rebeca. En Alemania ya son siete clínicas de fertilidad las que están siendo investigadas por casos de malformaciones y abortos en el parto. La situación es muy delicada. Aunque hemos conseguido detener las pesquisas policiales, ya tenemos casos en España, Francia, República Checa y Dinamarca.

—¿Qué está pasando, Rebeca? Nos confirmaste que la tecnología era segura. Esos niños son nuestro futuro y ahora resulta que están muriendo antes de nacer o nacen con malformaciones. Esto no era lo que nos vendiste... —expresó enfadado Michael Khumalo.

El hombre, de origen sudafricano, había permanecido callado, concentrado en su dispositivo móvil hasta ese instante. Khumalo era uno de los mayores expertos en internet del mundo. Ingeniero de redes por la Universidad de Singapur. También hizo un doctorado en Ciencia de Datos en

Nueva York donde conoció a Rebeca Hopkins hacía unos doce años. Un verdadero coco, aunque, para gusto de Hooker, con demasiados escrúpulos.

—Tranquilo, Michael —se apresuró a contestar Hooker adelantándose a Rebeca—. No vendimos humo, las técnicas genéticas utilizadas en el Proyecto Zero fueron testadas durante años antes de implementarse en nuestras clínicas. Yo mismo fui parte activa del proceso, pero no solo lo investigamos en España. La metodología de Zero se probó en una veintena de países con diversas razas. Nuestro modelo funciona. El *Homo plenus* era una realidad hace tres años y lo será ahora.

—Me gustaría añadir a lo que comenta el doctor Hooker —dijo Rebeca fulminando al doctor español con la mirada— que hemos editado satisfactoriamente el genoma de decenas de miles de niños en todo el mundo. Solo en algunos casos puntuales se ha producido algún tipo de contratiempo en el embarazo.

—¿Cuántos casos hemos tenido? —preguntó Michael inquisitivo.

—Cincuenta y seis casos en Europa, ciento cuarenta y ocho en China, dos en Rusia, catorce en Estados Unidos y sesenta y tres en Latinoamérica —contestó Ingrid, a la que le gustaba ser muy concreta en las respuestas.

—No parecen pocos… —soltó Michael.

Rebeca lo aplacó en un gesto con las palmas de sus manos.

—Y no decimos que lo sean, Michael. Nos tomamos muy en serio el problema. Para eso estamos aquí hoy. En mi opinión, necesitamos reunir un equipo de nuestros mejores científicos que descubran cuál es el origen de estos fallos. Sugiero que un gran protector supervise directamente la investigación, al tratarse de un tema tan delicado...

Hooker sonrió para sus adentros. Al fin la oportunidad que necesitaba para recuperar la confianza de Rebeca. Estaba claro que él era la persona indicada para liderar la investigación; además de haber trabajado muchos años en el Proyecto Zero, sus conocimientos en genética superaban a los de cualquiera de aquella mesa. Sin embargo, antes de que pudiera postularse, Rebeca continuó hablando, y arruinó sus esperanzas.

—Me gustaría proponer a la doctora Zhang. Creo que su mentalidad innovadora y sus enfoques alternativos pueden ser de gran ayuda.

Una ristra de «De acuerdo» y «Me parece bien» se oyó en la sala. Incluido el de Hooker, que tuvo que tragarse su orgullo.

—Genial, dicho queda. Pasemos al siguiente punto...

—Antes de que continuemos, Rebeca. Me gustaría saber más acerca de los niños del Proyecto Zero. Algunos ya tienen tres o incluso cuatro años. ¿Qué sabemos de ellos? ¿Aprenden más rápido? ¿No se ponen malos? ¿Qué personalidad tienen?

Las preguntas de Cavendish pillaron por sorpresa a Rebeca que, tras balbucear un par de palabras, consiguió recomponerse y argumentar una respuesta.

—Los avances con los niños *Homo plenus* los tienes en el informe anual que hemos enviado a finales de enero. Si quieres más información, puedo pedir a nuestros observadores que...

—Disculpa, pero no me refiero a datos genéricos sin personalizar de un informe. Quiero que tú me cuentes qué has podido observar en tu propia casa.

Rebeca apenas pudo ocultar el pánico de su rostro.

—No sé a qué te refieres.

Hooker la observó con curiosidad.

«No sería capaz de habérmelo ocultado».

—Bueno —dijo Henry haciendo una pausa muy calculada—. Creía que todos sabían que tenías una niña *Homo plenus* en tu casa. Lamento mi indiscreción.

La declaración del director del MI6 hizo mella en la audiencia, que permaneció callada esperando a que Rebeca Hopkins se justificara. Su respuesta no tardó en llegar y, lejos de sentirse intimidada, dejó una frase que mostraba su férreo carácter.

—Mi hija no forma parte del Proyecto Zero y en ningún caso entrará en ningún estudio. ¿He sido lo suficientemente clara? —expresó con los ojos clavados en Cavendish, que mantuvo su mirada firme y desafiante, aunque sus labios siguieron pegados, dibujando una siniestra mueca.

Hooker no podía dar crédito a lo que oía.

«Esta mujer ha perdido el juicio».

Se había diseñado una niña para reemplazar a su hija fallecida. Lo que más le dolía era enterarse por Cavendish. Era verdad que se habían distanciado en los últimos años, pero siempre pensó que recurriría a él para las cosas importantes. ¡Qué equivocado estaba! Y Henry ¿a qué estaba jugando?

Hooker nunca había estado en una reunión del Núcleo tan tensa. Siempre había opiniones diferentes, al fin y al cabo, se trataba de las personas más inteligentes del mundo, y si algo tiene una mente brillante es un ego igual de mayúsculo. Rebeca lo sabía cuando fundó el Núcleo, pero contaba con una confianza ciega en su capacidad de influencia sobre los demás.

—Como iba diciendo, pasemos al siguiente punto del día, que creo que es un tema que nos preocupa a todos. A ver si conseguimos reconducir la curiosidad de Henry hacia asuntos de mayor importancia para la organización —soltó la perla sin inmutarse y ni siquiera dirigió la mirada al director del MI6, quien esbozó una sonrisa incómoda—. El Proyecto Overmind.

Hooker se tensó en su silla.

Le tocaba probar que seguía en el juego. Que se habían equivocado al oler el rastro de la carroña. Seguía vivito y coleando y estaba a punto de demostrarlo. Por mucho que quisieran quitarlo de en medio, allí permanecería, porque en el fondo era más listo que ellos, tenía menos escrúpulos y tenía más interiorizada la visión del Núcleo que cualquiera sentado a aquella mesa, puede que incluso más que Rebeca.

—Como todos sabéis, tenemos un problema en México. La última novedad es que hemos perdido el favor del gobierno mexicano, que quiere hacer una investigación exhaustiva del laboratorio. Claudine Leraux acababa de informarme de que todo está listo para trasladar a Mentor fuera del país. —A Hooker no se le pasó por alto aquel reporte directo de Leraux a Rebeca—. También hemos perdido nuestra mejor baza en la CIA; Elaine Scott está siendo investigada por autorizar una operación en México fuera de los canales legales. Hemos tenido que sacarla de Estados Unidos para evitar interrogatorios. Además, según nuestras últimas fuentes, Nora Baker y David Peña —de nuevo miró a Hooker con fastidio— habrían conseguido pasar la frontera con Estados Unidos llevando consigo información...

—Si me permites intervenir en este punto —interrumpió Hooker ante la cara de disgusto de Rebeca—, tengo una novedad que me gustaría compartir con vosotros. —El doctor español sacó su móvil de la americana y lo posó sobre la mesa—. Vais a escuchar una conversación grabada esta misma mañana que, sin duda, cambiará vuestra percepción sobre este asunto.

65

Una grabación

—*Acabo de ver tu nombre en la pantalla y no me lo podía creer. ¿Cuánto tiempo ha pasado?*

—*Siete años. ¿Cómo estás?*

—*He estado mejor. Escucha, tengo que entrar a una reunión importante. ¿Puedo llamarte luego?*

—*Esto es más relevante.*

—*¿De verdad no puede esperar, Olivia?*

La periodista ignoró la pregunta de Hooker, dispuesta a ir al grano.

—*Apareces en unos vídeos —dijo haciendo una pausa—. Es horrible lo que le hacéis a esa gente, Hooker.*

—*¿De qué me hablas?*

—*México. El Proyecto Overmind. Mentor. Luo Xinjie... Lo sé todo.*

Hubo un silencio de unos segundos que hizo pensar a los presentes que la grabación se había interrumpido, pero enseguida la voz de Hooker reapareció con un timbre distinto.

—Mucho cuidado, Olivia. No te estás jugando solo la carrera.

—¿Crees que te llamaría si pensara hacer el reportaje?

—Creo que te gusta mucho airear la mierda de los demás. Sonó una carcajada cantarina. Fina. Elegante.

—Así es, pero lo que no me gusta es morder la mano que me dio de comer. Espero que valores el gesto como se merece, Hooker, esta historia es el mejor material que me ha llegado en toda mi carrera.

—Te daremos mucho más, Olivia.

—Lo sé, y por eso te he llamado en lugar de publicarlo.

—¿Sabes dónde están?

—¿La famosa Nora Baker y sus amigos? No, no tengo ni idea, pero me dejaron un número de teléfono para contactar con ellos.

—Necesitaré ese número.

—Acabo de enviártelo en un mensaje.

—Genial, y… ¿tienes el microchip en tu poder?

—Así es, les dije que necesitaba probar que el material fuera real.

—Muy bien, Olivia. —El tono de Hooker sonaba mucho más relajado—. Nos has hecho un gran favor, no lo olvidaremos. Enviaré a alguien a tu casa para recoger todo. ¿Te parece bien?

—Sí, no hay problema —contestó Olivia.

—Te tengo que dejar. Me esperan en una reunión, pero espero que nos veamos pronto.

—Adiós, Hooker.

La grabación se detuvo. La mayoría de los presentes miraba a Hooker expectante, esperando que el doctor español añadiera más información a lo escuchado.

Peter Blumenthal fue el único que sonrió, satisfecho.

—La verdad que tienes una flor en el culo, amigo mío.

El español negó con la cabeza y, a pesar de contestar a Peter, su mirada estaba fija en los ojos de Rebeca que lo contemplaban imperturbables.

—Esto no tiene nada que ver con la suerte, tiene que ver con un ambicioso plan para meterse en el bolsillo a los periodistas más fuertes de las principales potencias mundiales a cambio de darles información que impulse sus carreras. Así es como se solucionan las cosas, con planificación y visión de futuro.

Nadie se atrevió a añadir ningún comentario después de su argumento, pero Hooker pudo ver en sus caras que había vuelto a hacerlo. Había entrado a aquella reunión vencido, aplastado por los acontecimientos, sin la confianza de sus iguales, y saldría cual ave fénix, renacido de sus cenizas.

—Buen trabajo, doctor Hooker —lo felicitó Rebeca—. Ahora remata la misión. Encuentra a Nora Baker y a David Peña de una vez por todas.

El doctor español asintió y una fina línea se formó entre sus labios mostrando una media sonrisa. El Núcleo era toda su vida y no pensaba renunciar a él. Antes de eso haría saltar todo por los aires.

66

Un jaque mate

Mientras esperaba a que Rebeca terminara su conversación con Cavendish, Hooker se entretenía con el teléfono, con la mente perdida en el futuro.

No sabía por qué le había pedido quedarse para hablar a solas. Quizá fuera por David Peña, la persona que estaba haciendo peligrar su situación en el Núcleo y que había minado su relación con Rebeca.

¿Estaba dispuesto a arriesgarlo todo por aquel joven?

Buscó el mensaje de Olivia Hayes; allí estaba el número de teléfono, cuando se quiso dar cuenta, la llamada dio el primer tono.

Al segundo, alguien contestó.

—¿Olivia?

Era la voz del neurocirujano.

—Hola, David. ¿Esperabas otra llamada?

Su interlocutor suspiró contrariado al otro lado de la línea.

—¿Qué le ha pasado a Olivia?

—Te lo advertí, hijo, no podéis ganar.

—¿Ella está bien? —preguntó David ignorando el comentario.

—Lo está. Cree en nuestra causa, como deberías hacer tú —le reprochó—. Quiero darte una última oportunidad, a ti y a Nora. Queráis o no el Núcleo va a ser el futuro de este mundo. Sois personas con unas facultades extraordinarias y os quiero dentro, pero esta será vuestra última oportunidad. Podría haber localizado este teléfono y os habríamos sorprendido…

—No, no podrías —interrumpió David.

—Pero he preferido llamarte y que nos veamos —continuó Hooker—. Os explicaré todo lo que necesitéis saber sobre los proyectos. Entenderéis que en realidad somos los buenos, que la humanidad se pierde sin remedio y que somos el último bote salvavidas. Y, créeme, David, no son palabras vacías y tampoco soy un loco. Te mostraré lo que hemos averiguado, lo que le pasaría al planeta, a cada ser vivo, si no hacemos nada para evitarlo.

David guardó silencio.

—Eres médico y por eso sé que la curiosidad vencerá al odio. Iré a verte a Houston, no te deshagas del teléfo…

—Juan, ¿acaso no has visto las noticias?

—¿Perdón?

Oyó una risa burlona al otro lado de la línea, era de mujer, estaba en manos libres.

—Te recomiendo que pongas la televisión.

La ansiedad se agarró al pecho de Hooker, impidiéndole incluso tragar saliva.

—¿Qué has hecho? —preguntó aterrado.

El neurocirujano no contestó enseguida a la pregunta, dejó que Hooker se ahogara en su propia angustia unos segundos más antes de responder.

—Fuiste tú el que me diste la idea —expuso finalmente David—. Me dijiste que si recurría a la prensa lo taparíais, así que tuvimos que pensar diferente. ¿No es lo que hacéis en el Núcleo?

Hooker no contestó. Le parecía que su epiglotis se cerraba gradualmente impidiendo el paso de oxígeno a sus pulmones.

—Esto no lo vais a poder esconder, Juan, está por todos lados. Hay que tener cuidado con las amenazas que uno hace… Ah, y una cosa más: creías que era imposible, pero habéis perdido. Vais a acabar todos en la cárcel, y, cuando estés pudriéndote allí, quiero que pienses que fue posible gracias a Javier Silva y a Tom Baker.

David hizo una breve pausa.

—Jaque mate, Juan.

La llamada se cortó.

67

Una amenaza

Hooker irrumpió en el despacho todavía con el teléfono en la mano y el corazón palpitando fuerte dentro de su pecho acongojado.

Henry y Rebeca lo miraron como si hubiera perdido el juicio.

—¡Hooker! ¿Qué crees que estás haciendo? —preguntó Rebeca.

—¡Pon la televisión! —gritó sin aliento—. ¡Las noticias!

Rebeca se quedó paralizada, pero Cavendish se apresuró a encender la pantalla que colgaba de la pared del despacho de la líder del Núcleo. Al encenderse, automáticamente aparecieron imágenes del fondo del mar que mostraban un precioso arrecife de coral con centenares de peces de distintas formas y colores. Una medusa gigante nadaba apaciblemente justo antes de que Cavendish cambiara al canal de noticias.

A Rebeca casi le da un infarto cuando leyó el titular sobreimpreso justo al lado de *Breaking News*: DESTAPADA ORGANIZACIÓN CRIMINAL QUE EXPERIMENTABA TÉCNICAS DE CONTROL MENTAL.

—¡Sube el volumen, Henry! —indicó Rebeca.

El presentador leía muy serio el teleprónter dirigiéndose a los espectadores. Tras él, para desgracia de Rebeca, aparecía el logo del Núcleo bien grande en una pantalla, junto con varios informes de pacientes del Proyecto Overmind.

«... y los agentes de la Guardia Nacional están accediendo en este momento a las instalaciones de la multinacional Gencore en México para tratar de esclarecer las acusaciones vertidas por el grupo de hackers de internet llamado Código Ético.

»Recordemos que estos individuos, cuyos miembros han destapado ya múltiples tramas de corrupción en diferentes países desde su fundación en 2007, han publicado esta misma mañana innumerables pruebas sobre la existencia de una organización, denominada Núcleo, que habría implantado con éxito microchips cerebrales en pacientes con enfermedades neurológicas.

»Al parecer, el dispositivo sería capaz de reparar el daño provocado por la afección, pero su funcionamiento no se detendría ahí; según informa Código Ético, el chip podría controlarse mediante un superordenador cuántico denominado Mentor, dotando al sujeto de una mayor capacidad intelectual, pero también pudiendo manipular sus emociones, sus recuerdos o incluso aumentar sus niveles hormonales hasta provocarle la muerte, como en el caso de Sumaya Rahman, que hemos podido ver hace apenas unos minutos.

»El vídeo se está haciendo viral en internet pese a su contenido explícito. Según fuentes a las que ha accedido este canal, todas las pruebas han sido presentadas también ante la policía española, que ya está trabajando con la Interpol, el FBI y otros cuerpos internacionales para comprobar la veracidad del contenido y poner en marcha una investigación judicial que esclarezca los hechos.

Rebeca silenció al presentador de noticias y observó aterrorizada a sus compañeros.

—¡Esto es un completo desastre! —exclamó llevándose las manos a la cabeza.

Cavendish, que estaba enfrascado en su móvil, levantó la mirada hacia su líder.

—Está por todos lados, Rebeca, no lo podemos tapar. Hay que organizar un gabinete de crisis urgente y analizar los daños.

—¿Van a registrar estas instalaciones?

—Lo harán —afirmó Cavendish.

Hooker estaba en shock, incapaz de decir una sola palabra mientras sus músculos agarrotados por el pánico trataban de alcanzar el mando a distancia.

El titular bajo el presentador había cambiado y ahora rezaba LUO XINJIE ESTARÍA ENTRE LOS PACIENTES CON UN MICROCHIP CEREBRAL IMPLANTADO.

Hooker subió el volumen.

—Según acaba de comunicar Código Ético, el presidente de China podría tener un microchip cerebral implantado por la multinacional estadounidense, Gencore. Desconocemos las implicaciones internacionales que tendría de confirmarse la información. El grupo de hackers ha anunciado la existencia de un vídeo muy esclarecedor que hará público a las 14.00 de hoy. En él se veía al presidente de China en las instalaciones de México, en una de las sesiones postoperatorias con los doctores del centro. Por el momento, el gobierno chino no ha hecho ninguna declaración al respecto. Tampoco la Casa Blanca, que se mantiene a la espera de las consecuencias de este tsunami de filtraciones.

—Tenemos que irnos de aquí ahora. —Henry se levantó al tiempo que se ponía el teléfono en la oreja y hablaba con alguien entre susurros.

Rebeca también se puso en pie, pero no se dirigió hacia la puerta. Se volvió hacia su escritorio, que reposaba sobre una alfombra, retiró la mesa y levantó la alfombra. No había nada. Rebeca introdujo la punta de un bolígrafo en la junta de la tarima e hizo palanca con él hacia arriba hasta que retiró una lámina.

Repitió la operación varias veces hasta descubrir una caja fuerte incrustada en el suelo.

—Tenemos que irnos. Ya tenemos un helicóptero esperándonos arriba —los apremió Cavendish.

En la televisión, el presentador había conectado con un reportero que se encontraba justo debajo de sus pies, a las puertas de la Torre Gencore. Cada vez había más curiosos aguardando que apareciera un representante del Núcleo.

Algunos incluso habían acudido con pancartas: ASESINOS, NO AL PROGRESO A CUALQUIER PRECIO, o la que más impactó a Hooker: CHIAPAS = AUSCHWITZ.

Entre los viandantes distinguió a un hombre en silla de ruedas que llevaba un cartel hecho de cartón que rezaba LLEVADME CON VOSOTROS.

«Qué locura», pensó Hooker.

Nunca se habían encontrado ante un escarnio público. Por supuesto, habían pasado dificultades, pero ninguna como aquella. Rebeca pasó por su lado como una exhalación con una carpeta muy gruesa en una mano y un móvil en la otra.

—Rebeca…, lo siento —la voz de Hooker sonó como una súplica apenas audible.

Ella se giró con la mirada que esperaba, dura, intransigente, despiadada…, pero algo debió cambiar en su mente porque de repente se acercó hasta Hooker y le puso la mano en el hombro.

—Lo que nos ha llevado hasta aquí ya no se puede cambiar, mi querido Juan. No te aferres a tus errores porque te necesito brillante y locuaz. Eres mi doctor Hooker, ¿recuerdas?

Hooker agachó la cabeza, incapaz de mirar a Rebeca a los ojos.

—Estamos acabados. ¿Cómo vamos a continuar con los proyectos si estamos con el foco justo encima de nosotros?

Rebeca sonrió, enigmática, mostrándole el nombre del proyecto que ocultaba la carpeta negra.

—Entonces apaguemos la luz.

Epílogo

Habían reservado la suite presidencial en el mejor hotel de Houston. Después de varios días huyendo por la selva necesitaban desesperadamente una ducha caliente, y un sueño reparador en una buena cama. Nora ya había cumplido la primera de las condiciones, y se encontraba recostada sobre la cama *king size*, a punto de cumplir la segunda.

La televisión ofrecía en bucle las noticias sobre el Núcleo. El titular rezaba: REGISTRO EN DIRECTO EN LA TORRE GENCORE, EN CHICAGO.

«Lo habían logrado».

Casi no podía creérselo. Seis personas habían puesto en jaque a una organización multimillonaria que controlaba gobiernos. Se imaginó a los peces gordos del Núcleo escondiéndose como ratas, perseguidos por la prensa, por la policía, como habían estado ellos. Y esto era solo la punta del iceberg. Todavía quedaban muchas más pruebas que sacar a la luz y no pararían hasta destruirlos por completo. Se lo debían a Tom, a Silva y a todas las víctimas de la corporación.

Recorrió la habitación con la vista, y se detuvo en la terraza, donde Valentina discutía acaloradamente con su padre.

Emiliano Vargas los había salvado, sin su ayuda nunca hubieran atravesado la frontera de México, pero el político había pedido algo a cambio, quería a su hija de vuelta en Juárez, recuperar su relación con ella. Valentina había accedido, desesperada por cruzar la frontera junto a sus nuevos amigos. Ahora su padre le reclamaba cumplir con el trato, pero Valentina no estaba dispuesta a volver todavía, quería acabar con la organización primero.

En ese momento apareció David con una toalla a la cintura y el móvil en la mano, procedente del baño.

—Qué bien sienta una buena ducha.

Nora rio.

—Y que lo digas.

—¿Estás bien? —preguntó el médico señalando la cabeza.

—Sí, apenas me molesta —contestó Nora.

Él se acercó a examinar la herida.

—Está perfecta —dijo sentándose a su lado—. Y por lo demás, ¿algún mareo? ¿Dolor de cabeza? ¿Desorientación?

Ella negó.

—Todo genial.

—Me alegra oírlo.

Sus ojos se encontraron, y Nora sintió que se aceleraba su ritmo cardiaco.

—Oye, tengo algo que contarte —dijo él.

Su corazón latía cada vez con más fuerza en el interior de su pecho, casi como si fuera a salirse de la caja torácica.

David bajó la mirada hacia su móvil.

—Erik ha encontrado algo entre los archivos de Tom.

—¿El qué? —preguntó Nora con curiosidad.

—Una sesión de tu hermano, la número catorce.

—Dios mío. —Nora se incorporó en la cama, con sus músculos en tensión—. Muéstramela.

—Quizá antes debería avisarte...

—¡Enséñame el vídeo!

El médico suspiró, con pesar, desbloqueó su móvil y pulsó un par de veces la pantalla hasta encontrar el archivo. Le tendió el teléfono a Nora, que con dedos temblorosos inició la reproducción.

Como en el resto de los archivos que correspondían a sesiones, la fecha aparecía en el vértice superior de la imagen: 10/11/2021. 15.23.

La imagen mostraba a Tom, de espaldas, sentado frente a dos personas que Nora reconoció al instante. Se trataba del doctor Hooker y la psicóloga del laboratorio, la doctora Johnson.

—Lo interesante viene a partir del minuto diecinueve —dijo David—. El resto te lo puedes saltar.

Nora adelantó el vídeo a toda prisa, ansiosa por saber. Cuando llegó al minuto dieciocho, Tom y la doctora se levantaron de sus butacas y se despidieron de Hooker, que permaneció sentado.

Nora se volvió hacia David, confundida, pero este le pidió que tuviera paciencia.

Observaron cómo el doctor deslizaba los dedos por su cabello para asegurarse de que seguía bien colocado, y a continuación se ajustó el nudo de la corbata y se cruzó de piernas.

—¿A quién espera? —preguntó Nora.

No tardó mucho en hallar la respuesta, en la pantalla apareció un hombre de gran envergadura ataviado también con un traje, y el pelo canoso que le quedaba, peinado hacia atrás. Al contrario que Hooker, no llevaba corbata. Saludó al doctor como a un viejo amigo y se sentó en la butaca junto a él. En ese momento, Nora reconoció las facciones de su rostro y aquellos ojos azules que tanto la habían atemorizado de niña.

—¡No puede ser! —gritó levantándose de un salto de la cama—. ¡Es él!

David la siguió, tratando de calmarla mientras recorría la habitación sin rumbo.

—Es él, David, ¡es mi padre!

—Lo sé —asintió el médico.

—Pero ¿qué hace allí? ¿Qué hace con Hooker?

—Tienes que ver el resto del vídeo, Nora.

Se sentaron a un escritorio que había al lado de la televisión, y Nora reprodujo el vídeo de nuevo por la parte donde lo habían dejado. Percibieron en la postura relajada de Hooker que entre los dos hombres había cierta confianza.

—*¿Qué tal el viaje?*

—*Horrible, esto está en el culo del mundo.*

Hooker rio el comentario de su amigo.

—*Pero ha merecido la pena, ¿no? ¿Qué tal has visto a Tom? ¿Impresionado?*

—El chico es débil.

—Pero ¡qué dices hombre! —exclamó Hooker—. ¿No le has visto andar? ¿Moverse?

—No son sus piernas por lo que te pedí que lo trajeras.

—También hemos hecho avances con su mente, Peter, pero dale algo de tiempo. Todavía se está adaptando al laboratorio, y eso requiere un proceso.

—Si quieres sacarle partido a Tom, tendrás que exprimirlo como a un limón, Hooker.

—Tranquilo, amigo mío, los mellizos son las mentes más brillantes que tengo aquí dentro, estoy seguro de que van a ayudar a hacer grandes avances con Overmind.

—Eso espero, respondí por ellos con Rebeca. Insistí en su potencial.

—¿Qué pasó? ¿Te arrepentiste de abandonarlos? —preguntó Hooker.

David miró a Nora, por cuyo rostro corrían lágrimas silenciosas.

—Eso es asunto mío —respondió Peter—. Espero que no te moleste.

—En absoluto —señaló Hooker con un gesto despreocupado—. ¿Te quedas a comer conmigo y me cuentas tus avances con el Proyecto Zero?

Peter negó, levantándose de la butaca.

—Ya me gustaría, pero no puedo. Tengo asuntos del banco que necesito resolver, me esperan para cenar en Ciudad de México.

—*Hay cosas más importantes que el dinero, Peter* —*dijo Hooker poniéndose de pie también.*

—*No para un judío* —*respondió este.*

Ambos rieron con ganas encaminándose a la puerta. Antes de desaparecer de la imagen, el banquero se giró hacia Hooker.

—*¿Qué tal está Nora?*

—*Feliz de haberse librado de Kayla, y tan lista como siempre* —*respondió Hooker.*

—*Ten cuidado con ella, tiene cierta tendencia a romper las normas* —*le advirtió Peter.*

—*Lo tendré en cuenta.*

Ambos desaparecieron de la pantalla y el vídeo se detuvo. Nora se dirigió a David con el rostro desencajado.

—¿¡Mi padre es miembro del Núcleo!? —exclamó sin esperar respuesta—. Ese hijo de puta no tuvo bastante con jodernos la infancia que ahora va y nos mete en ese puto laboratorio.

David no contestó.

—Permitió que mataran a Tom..., que nos persiguieran como a animales —insistió Nora—. No sé de qué me extraño, si lo último que hizo por nosotros fue abandonar a un par de niños con una madre moribunda.

David rodeó los hombros de Nora con su brazo.

—Haremos que lo pague, irá a la cárcel —afirmó David, tratando de reconfortarla.

Nora negó, con sus ojos verdes inyectados en sangre.

—Lo quiero muerto.

—Pero... en el fondo es tu padre, Nora...

—Ese señor no es familia mía desde que nos abandonó hace más de veinte años. Yo soy una Baker, como mi madre, y como mi hermano Tom.

Valentina entró en la habitación cabizbaja con el móvil en la mano.

—Chicos, malas noticias, yo... —Su mirada se posó en la cara desencajada de Nora—. ¿Qué pasa?

Nora se puso en pie, y David imitó el gesto.

—Pasa que las noticias solo son el principio, pasa que vamos a desmembrar toda esa puta organización y pasa que voy a matar con mis propias manos a Peter Blumenthal.

Nota del autor

Escribir es una muestra de amor altruista, implica entregarte en cuerpo y alma a una historia; son noches en vela corrigiendo un borrador que nunca termina de estar perfecto, es encerrarse el fin de semana frente a una pantalla y son los planes rechazados para dedicarlo a esta pasión que reclama de ti cada día más.

Y es que tiene que apasionarte escribir, porque el oficio es duro y solitario, pero también es increíblemente gratificante. Cada e-mail, reseña o mensaje privado me reafirma en que merece la pena seguir contando historias. En que tú, que has elegido mi libro entre tantos miles de novedades literarias que se publican cada año, necesitas que yo siga exprimiéndome el cerebro para sacar algo nuevo. Por eso te doy las gracias, porque nadie escribe para sí mismo, porque sin ti, sería imposible seguir con este sueño...

Si te ha gustado esta novela y te encantaría que hubiera una tercera parte que cierre la saga del Núcleo, te animo a meterte en mi web, danielsanchezcantero.com, y me dejes un mensaje a través del apartado de «Contacto» o te registres en la newsletter sobre el Universo de Proyectos. Para ti es un momento, pero a mí puede ayudarme mucho.

Y ahora, sí, llega el momento de agradecer con todo mi corazón a las personas que han hecho posible que tengas esta novela entre las manos.

Gracias a mi compañera de vida, Marina, porque sin su apoyo y comprensión sería imposible todo esto. A mi madre, Isabel, por la ilusión que pone al leerse cada uno de los borradores. A mi padre, Jesús, por enseñarme, con su ejemplo, la virtud de la constancia, sin ella *Proyecto Overmind* no sería posible. A mi amigo Ignacio y a mi hermana, Raquel, por ser unos magníficos lectores beta.

Gracias también al equipazo de SUMA, empezando por mi editora, Ana Lozano, que no solo confía en el potencial de mis historias, sino que además ha trabajado sin descanso y a contrarreloj para tener la mejor versión de Overmind. Gracias a Yolanda por una portada que es una fantasía. También gracias a Pilar por cuidar los detalles, y a Irene y a Pablo por dar lo máximo para que esta novela llegue lejos. No me quiero olvidar de Gonzalo Albert, sin su apoyo no tendrías esta novela en las manos.

Este párrafo es muy especial porque va dedicado a personas que lo dieron todo para que *Proyecto Zero* se diera a conocer. A mis primas, Natalia, Alicia y Andrea; y a mi suegra, Nieves, que se convirtieron en mis mejores comerciales. A mis amigos por su apoyo incondicional. A Teresa, librera de Entre páginas de libros, por el entusiasmo que imprime en todo lo que hace y que contagia a lectores y escritores. A Celia, de librería Corinto, por su apoyo y simpatía. Y también a Juanjo de la Casa del Libro, a librería Moiras, a Toñi de librería Nobel, a Mar de librería Pléyades y muchos más que han apostado por una novela diferente ambientada en mi preciosa Cáceres. A Lucía y a Mabel, grandes periodistas de Extremadura y que tanta visibilidad me han dado. También quiero agradecer el apoyo inestimable de algunos creadores de contenido, como letrasdeluz7, empapela2, booksandmark, nomada.entre.libros, animoloslibros, laponicornio, aroacoral, las_novelas_de_naiara, viviendotrasvidas, lachica.trebol, israanrubiarodrigo, diagnosisbookaholic y muchos más a los que pido perdón por no nombrar, pero sería imposible ponerlos a todos.

Podría dar las gracias durante varias páginas más, pero en algún momento hay que poner el punto y final.

Te espero en mi web para que me digas si realmente quieres esa tercera parte de la saga Proyectos. El futuro de David, Nora, Valentina y Erik está en tus manos ahora.

Atentamente,

@bydanisanchez
www.danielsanchezcantero.com

«Para viajar lejos no hay mejor nave que un libro».
EMILY DICKINSON

Gracias por tu lectura de este libro.

En **penguinlibros.club** encontrarás las mejores
recomendaciones de lectura.

Únete a nuestra comunidad y viaja con nosotros.

penguinlibros.club

Penguin
Random House
Grupo Editorial

 penguinlibros